リリス
サクラ
オルト
ユート
和服パーティー!

ファウ
ドリモ
クママ
ピッタリの服装で

ルフレ
ペルカ
アイネ
マモリ
浴衣マジック!

リック
ヒムカ
オレア
みんなで楽しく

出遅れテイマーのその日暮らし
Deokure tamer
11
Deokure Tamer no Sonohigurashi

CONTENTS

Deokure Tamer no Sonohigurashi

第一章　悪魔召喚

イベントポイントの交換も終了し、大変で楽しいイベントも終了した。

本当なら飾ったアンモライトや琥珀を眺めつつ一息つきたいところなんだが、俺たちにはまだ仕事が残っていた。

「畑に行くか」

「ヒム！」

「ペペン！」

疲れていても、畑の世話を疎かにはできん。それに、オルトたちは一足先に畑に戻って、仕事をしてくれているのだ。まあ、オルトたちは畑仕事大好きだから、どれだけ疲れていても作業をしたがるんだけどさ。

だからと言って、俺だけさぼるわけにはいかなかった。

「畑仕事をパッと終わらせて、皆でホーム改装パーティーでも開こうか？」

「ヒムム！」

「ペーン！」

ヒムカとペルカは大賛成とばかりに、両手を上げて飛び跳ねる。

手を取り合ってぐるぐる回り始めたぞ。楽しそうで何よりだが、俺を見るのは止めなさい。そこに加わるのは恥ずかしいから！

「よーし！　それじゃあ畑に急ぐぞー！」

「ヒームー！」

「ぺぺーン！」

そう勢い込んで畑にやってきたんだが、うちの子たちの優秀さを侮っていたぜ。まあ、ホームの改装に、思ったよりも時間をかけてしまった俺の責任でもあるんだが。

「もうほぼ終わってるな」

「ムー！」

「――♪」

最後の畑を世話している最中のオルトたちが、こちらに気付いて手を振ってくる。手伝うまでもなさそうだ。

「どうするか……」

「キキュー！」

「お、リックはもう仕事終わったのか？」

俺の体を駆け上がったリックが、俺の頭をペチペチと叩く。遊べアピールかな？

「キュ！」

「あ、そうだ！」

リックを見て思い出した！

試さなきゃいけないことがあったじゃないか！　リックの樹呪術《じゅじゅじゅつ》だ！

樹呪術：樹木に関することに特化した呪術。

正直、リックの主力スキルである木実弾が強化された以外に、効果が実感できていない。だが、他にも使い道があるはずなのだ。

「リック。樹呪術を畑に使ってみたいんだけど、できるか？」

「キュー！」

俺の肩に飛び降りたリックが、元気良く挙手する。本当に畑に使用することが可能であるらしい。

「じゃあ、とりあえずこの畑で試してみようか」

「キュ」

どんな効果があるか分からないし、失敗しても被害の少ない畑で試したい。そこで選んだのが、ハーブ類を育てる雑草畑だ。

一応、端っこの方では薬草や微炎草《びえんそう》も育てているので、雑草以外の植物への効果も確認できる。そして、全滅したとしてもダメージは少なく、明日には元通りにできるのだ。

「それで、どんなことができるんだ？」

「キュー」

俺の質問に対し、リックがドヤ顔で指を四本立てる。小っちゃいお手てが可愛いね。

「キュ？」

「おっと、今はリックのミニマムハンドに見とれてる場合じゃなかった。できることが四種類あるってこと？」

「キュ！」

四種類とは、意外に色々とできるんだな。

「キューキュキュキュー！」

「お？　なんか出たな」

リックの前に、魔法陣のようなものが浮かび上がった。大きい五芒星の中に、小さい五芒星が描かれている。二重五芒星とでも言えばいいのだろうか？　いかにも呪術っぽい感じだ。

同時にステータスウィンドウが立ち上がり、そこには『生育《せいいく》の呪《しゅ》』と表示されている。

効果としては、畑一面の全ての植物の成長速度上昇と、変異率の上昇が期待できるそうだ。

全ての植物ってことは、雑草なども生えやすくなりそうだが、しっかりと世話をしていれば問題ないだろう。

「えーっと、呪術に捧げるアイテムを決定してください？」

どうやら、呪術には供物が必要になるらしい。インベントリを開くと、ほとんどのアイテムが灰色表示で選べない中、幾つかが選択可能になっていた。

薬草や果物なんかの作物類に、肥料などの土類。あとは水類に、植物系モンスターの素材が選べる。

「ま、お試しだしな、色々やってみよう」

とりあえず品質の低い薬草を一つ選択してみた。すると、ウィンドウには効果レベル一と表示される。つまり、最低レベルの効果しか発揮されないってわけか？

追加でアイテムを選択できるようなので、様々な供物を選んでみた。

選択できるアイテムは最大で一〇個まで。二つの五芒星の頂点に一つずつセット可能ってことだろう。供物を選ぶたびに、魔法陣の星の頂点が光るからね。

効果レベルの上限は不明。効果レベルの上昇は、供物のレア度や品質の高さで変わるらしい。

俺が持ってる中でもトップクラスの素材を一〇種類選んでみると、効果レベルは四となったので、一〇が最高じゃないかと睨んでいる。

「ま、今回は様子見で、最低限でやってみるとしよう。薬草一つで発動だ」

「キュー！」

俺が薬草を選択すると、魔法陣の放つ光が強さを増した。俺の肩の上で、まるで大魔術を発動する魔法使いのように、両手を天に向かって掲げるリック。

直後、目の前の畑全体が緑色に光り輝き、ド派手に光の柱を噴き上げた。

このゲームの閃光トラップはもう何度も経験してるからね。対閃光防御は完璧だ！

「呪術のエフェクト派手だわー」

「キュー」

光が収まったことを確認した俺は、目を開いて鑑定を使用した。

「畑は……よく分からんね」

鑑定結果では、大きな変化はない。生育の呪・発動中と出るだけだ。どうやら、即座に効果が出るものではないようだった。まあ、肥料などと同じようなイメージなんだろう。

「さて、お次の呪術を頼む」

「キュ！」

リックのMPは10ほどしか減っていない。消費量は効果レベルなどでも変化するっぽいね。

「次は『安定の呪』？」

こっちは中々面白い効果だ。畑で育つ作物の品質の振れ幅を狭め、変異率を下げる効果があるらしい。今ある畑で、安定して同じ品質の作物を収穫できるようにする効果のようだ。

突発的に良い作物を得られるメリットを捨てる代わりに、品質低下や育成失敗のデメリットを最小限にできるって感じだろう。

うちの畑の場合はあまり関係ないかな？　なんせ、オルトやサクラがずっと面倒を見てくれているから、大失敗なんて経験したことは数えるほどしかない。

多分、片手間に畑をやっている戦闘職など、そこまで手間をかけていられないプレイヤー向けの呪術なのだろう。

「使ってはみるけど。リック、頼む」

「キュ！」

エフェクトは生育と全く同じだった。目新しいところはない。そして、見た目の変化もなかった。

ただ、生育も安定も、畑を鑑定すれば効果を確認できるので、どこに何の呪術を使ったのか分からなくなることはないだろう。

　両方の呪術をかけておけば、高品質の作物が安定して作れるかもしれない。

「で、お次は？」

「キュ」

「なんだこれ？　『緑肥《りょくひ》』？」

　この呪術に関しては、発動に供物が必要なかった。範囲内の植物全てが消滅する代わりに、その場所の土をランクアップさせる効果であるらしい。

　生育の呪を、その場所の植物を使うことで発動させるような感じだろう。雑草生え放題の荒れ地なんかには使えるのだろうが、これもうちではあまり使わんかな？　範囲失敗したら、大損害だし。

「ま、これもとりあえず発動してみよう。リック、頼む」

「キュー！」

　ハーブ園を一つ、実験台にして緑肥を発動させる。

「おー、綺麗になったな」

「キュー」

　植えていたハーブや薬草だけではなく、周囲の雑草なども全てが消えていた。畑を綺麗にすると同時に、肥料を撒いたような状態に変えるわけか。

　畑を手っ取り早くリセットしたい時には使えそうだ。

「よしよし。じゃあ、次は四つ目の効果の確認だな」

「キュ！」

「え？　リック？　どこ行くんだ！」

何故かリックが駆けて行ってしまった。もしかして、この畑じゃ使えないのか？

俺は慌ててその後を追うのであった。

「ちょ、待てよ！」

「キュー！」

速い！　速いよ！　あいつ、明らかに遊んでるだろ！　たまにこっちをチラチラ振り返るし！

「うぉぉぉ！」

「キッキュー！」

結局、追いつくことはできませんでした。やっぱリス速いよー。

到着したのは、果樹や水臨樹が植えてあるエリアだった。

「キキュ！」

「ここが目的地？」

リックはそのまま、とある樹木の前へと駆け寄る。

三メートルほどの背の高さの、うちの畑の中では小さい部類に入る樹木だ。植えてからしばらく経つが、一向にこれ以上には成長しようとしないのである。

「キュー！」

「神聖樹か」

そう、これはオークションで落札し、畑に植えた神聖樹であった。

もう苗木ではない。ただ、衰弱状態は相変わらずである。多分、これが成長を妨げているのだろう。

「もしかして、衰弱状態をどうにかできるのか？」

「キュ？　キュキュ」

リックがドンと自分の胸を叩く。本当に、神聖樹をどうにかできるらしい。

「まじか」

ならば、絶対に成功させなくては！

リックが神聖樹の前に立つと、呪術のウィンドウが起動した。

「呪術に捧げるアイテムを選択か」

生育の呪や安定の呪と同じだな。こちらは『快癒の呪』となっている。間違いなく、樹木を癒すための呪術であるようだ。

「神聖樹を治療できるなら、大概のアイテムは捧げるぞ」

供物として選べるアイテムのラインナップは、生育の呪の時とは微妙に変化――いや、増加している。

植物類、水類、土類に加え、ポーションなどの一部と、悪魔系の素材を選択することが可能だった。

「なんで悪魔？　いや、邪悪樹は確かに悪魔と関係あるけど……」

悪魔素材を捧げて大丈夫なのか？　邪悪樹化しちゃったりしない？

恐る恐る選んでみたが、特に異常はない。他のアイテムと同じように、効果レベルが上昇するだけだ。

「それに、悪魔素材は効果レベルの上がりが凄いぞ」

悪魔という稀少な種族の素材というだけではなく、悪魔はほとんどがボス的な存在なのだ。つまり、その素材は稀少なのである。そのため、効果も強いのだろう。

手持ちの悪魔素材を全て選択してみた。

アンドラスの羽根×3、アンドラスの爪、アンドラスの尾羽、アンドラスの剛嘴《ごうし》、ビフロンスの魔核、ビフロンスの爪、ビフロンスの怨念、ビフロンスの骨粉で、ちょうど一〇個である。

効果レベルは一〇。多分、最大だ。ただ、悪魔素材を全て放出しなくても、レベルは一〇になる。一番稀少そうなビフロンスの怨念を温存して、薬草でも良かったかな――?

「え?」

なんか、呪術の名前が変化したんだけど！　あ、悪魔召喚？

ふ、不穏すぎる名前にっ！

「これ、ヤバくない？　だって、悪魔を召喚するんだよ？」

いやいや、まさかね？　このゲームで悪魔って言ったら、超強いボスなんだけど……。

これ、やっちゃっていいんだろうか？　絶対ヤバいよね？　そもそも、神聖樹はこれを使っても無事なのか？　本当に邪悪樹になっちゃったり？

どうやら、一〇ヶ所全てに悪魔素材を捧げると、悪魔召喚に変化するらしい。一ヶ所を薬草などの素材に変更するだけで、元の快癒の呪に戻った。

一度呪術を中断して、他の畑で試してみよう。そう考え、他の畑で快癒の呪を準備し、悪魔素材を選択してみても悪魔召喚には変化しなかった。

緑桃などの樹木に試しても、同じだ。

神聖樹に快癒の呪。そして捧げるアイテム一〇個全てが悪魔素材。この条件が揃った時にだけ、悪魔召喚が可能であるらしい。

「これだけ特別感があるんだから、選択してみたい気はするけど……」

ボス戦とかになったら、絶対に負けるんだけど。

イベントの時の邪悪樹戦の動画を見たことがあるけど、レイド戦の超強敵だったのだ。

どうする？

そうだ、以前アリッサさんが、邪悪樹に育っちゃってレイドボス戦になったら助けてくれるって言ってたよな。

「よし、アリッサさんに相談しにいこう！」

悪魔召喚系の情報を売って、その対価に戦力を集めてもらう。悪くないんじゃないか？

フレンドリストを確認すると、まだログイン中だ。まあ、イベント終了からそれほど時間は経っていないしね。

アリッサさんにコールをかける。

『もしもし……』

「良かった繋がった！」

『もしかして、あ、新しい情報があったりしちゃったり？』

「え？　いえ」

なんか、声が震えて聞こえるけど、コールだからそう聞こえるだけか？　ゲーム内の通信でノイズなんか入るわけないんだが……。

「まあ、新しいと言えば新しいんですが。それに関してお願いがあるんですよ」

『お願い……。まあ、詳しい話はうちで聞くわ。店でいい？』

「はい。アポを取ろうと思ってコールしたんで」

よし、相談を聞いてもらえそうだ。相変わらず声は震えてるけど。

その後、俺は早耳猫の店舗へ向かい、アリッサさんと再会した。

「ども」

「相談があるって言ってたけど……？」

「そうなんですよ」

俺はリックの樹呪術について、分かってることを説明した。その能力や、使い心地なども含め、全部だ。

アリッサさん、ちょっと眉間に皺寄ってるか？

もしかして、既出情報？　既出情報を偉そうに語るなって思われてる？

いや、だとしても、もう話しだしちゃったし、止まれん。そもそも、ここで変に照れて話を止める方がハズい。すでに知られた情報だったとしても最後まで喋り切り「あれ？　もしかして既出でした？」的な顔をするんだ！

　そして、悪魔召喚の話に差し掛かると、アリッサさんの表情がより険しくなる。

「悪魔召喚……？　神聖樹なのに？」

「そうなんですよ。で、思いつくことと言ったら、邪悪樹に変化するんじゃないかってことなわけです」

「それはあり得そうねぇ」

「でしょ？　で、なんとか手を貸してもらえないかと思って。情報料の代わりに、戦力を貸し出してもらったりできないかなーと……」

「戦力を集めて、取りまとめればいいってことね？　人数の制限もあるかもしれないから、うまくパーティを集めないと偏っちゃうしね。いいわ、任せておいて」

「あ、ありがとうございます」

　なんと、戦力を集めるだけじゃなくて、その運用やまとめ役までかって出てくれるようだ。さすが早耳猫！　頼もしい！

「そ、その代わり、情報料はタダでいいのよね？」

「というか、足ります？　こちらから出せるのは樹呪術関連の情報が少しと、悪魔の情報だけなんですけど……」

　既出情報だったとしたら、全く情報料には足らないだろう。

「十分よ。悪魔召喚なんて、初めて聞いたもの」

「ならよかった」

細かい情報料とかはよく解らんが、少しでも戦力を集めてもらえたら十分助かるし。

「それで、時間とかはどうしますか？」

「ちょっと待って……。うん、まだ結構ログインしてるわね」

フレンドのログイン状況を見ているらしい。当てにしているプレイヤーたちが、ログインしているかどうかを確認しているんだろう。

「そうね、一時間後でどうかしら？」

「え？　いやいや、早過ぎませんか？」

明日とか明後日の話になると思ってたんですけど！　たった一時間で、人を集められるのか？

だが、俺の心配は的外れなものであったらしい。

「今はまだお祭りの余韻が残ってるし、プレイヤーも集まりやすいのよ。むしろ、今ならいつも以上に豪華な面子を集めてみせるわ！　あ、ボス戦を生配信させてくれないかしら？　それを許可してくれたら、確実に人は集まるわ」

「おおー！　頼もしい！　生配信くらい、バンバンやっちゃってください！」

まあ、レイドボス戦だったら、自分から参加したいって人もいるだろうし、アリッサさんの付き合いの広さなら、それなりに人数も集まるのだろう。

「それなら一時間後で構いません。というか、それでお願いします」

使い忘れていたレアドロップチケットを使うチャンスだ！　これはありがたい。

「じゃ、一時間以内にユート君の畑の前に集合させるから」

「お願いします！」

俺も準備しないとな！

畑で戦闘になることはないと思うけど、できるだけ神聖樹の周囲の作物は収穫しておこう。あと、参加者さんたちにはせめてバフ料理くらいは振る舞わないとね！

炊き出しはおにぎりだろうな！　恐竜肉を使った肉みそ握りとか、絶対美味しいし、きっと喜ばれるだろう。

あと、怪魚の肉がかなりあるから、それでツナマヨ握りとかもいいかもしれん。

「戦闘じゃ役立たずなんだから、そのくらいはせねば！」


そして一時間後。

アリッサさんは見事にプレイヤーを集めてくれていた。

「おにぎり行きわたりましたかー？」

「私まだもらってなーい！」

「できればツナおにぎりの方がいいんだけど、誰か交換してくんない？」

「し、白銀《しろがね》さんのおにぎり……ゴクリ」

「来てよかった！」

うむ、来てくれたプレイヤーさんには配り終えたかな？

恐竜肉みそがMP上昇。怪魚ツナマヨがスキルの消費軽減なので、前衛後衛はあまり関係ないだろう。

あとはリンゴジュースなども一緒に配ったので、ボス戦前の腹ごしらえにはなったはずだ。少しは戦意の向上に繋がれば嬉しいのである。

「ミニ恐竜がコンプされとる！　さすが白銀さん……」

「ていうかそこの水場！」

「ラッコちゃんと水精ちゃんが戯《たわむ》れとる！　スクショしてぇぇ！」

「後で頼んだら、ホーム見学させてもらえないかな？」

この畑にこれだけの人数が入るのは、花見の時以来だろう。にぎやかで楽しいね。いや、今回はそれ以上の人数かな？

しかも、その中にはホランドやヒューイ、サッキュンなどの上位プレイヤーたちの姿まであった。さすがアリッサさん。凄まじい人脈である。

「アリッサさん。スゲー人数集まったけど、どうなってるんですか？」

「まあ、一応参加者なんだけどね」

多分、五〇人を超えているだろう。七〇人くらいはいるかな？　テイマーのモンスを合わせれば確実に一〇〇を超える。

ただ、アリッサさんからは二〇人くらいしか紹介されなかった。炊き出しを配るのも、その人たちだけでいいと言われたんだが……。

ボス戦がどの程度の規模になるか分からなかったので、とりあえず人数は揃えたらしい。

紹介してくれた二〇人は、早耳猫の構成員と、依頼をして来てもらったプレイヤーたちだ。通常のレイドボス戦である五パーティ、三〇人制限の場合に彼らが参加する。

そして、それ以外の今のところ野次馬でしかないプレイヤーたちは、制限以上に参加可能だった場合に参戦することになっている。

報酬は参加した場合の後払いで、とりあえず来てもらっただけであるらしい。

「いや、後払いでとりあえずって……。そんな扱いでいいのか？」

「いいのいいの。むしろ、その条件でいいから参加させてくれって、向こうから言ってきてるんだから」

「そ、そうなんですか？」

「うん。白銀さんの畑に入って、見学するチャンスだしね」

「見学？　俺の畑を？　まあ、珍しい物がたくさんある自覚はあるけど……」

ファーマー以外に、そこまで注目されるのか？　いや、神聖樹とかを間近で見るだけでも、話のタネになるかもしれない。

まあ、それでいいっていうなら、いいや。参加してくれた場合は、参加賞的におにぎりを配ればいいしな。おにぎりじゃしょぼいけど、ないよりはマシだろう。

「じゃあ、そろそろ神聖樹のところにいくか」

「待ってました！」

「悪魔か！　ビフロンスみたいなの出てきたらヤバくね？」

「白銀さんだからな、何があってもおかしくはない」

俺とアリッサさんが動き出すと、他のプレイヤーたちも付いてきてくれる。ワイワイと楽しそうだ。

「どんな敵が出るんだろうな？」

「ムー」

今のパーティは、オルト、ドリモ、ルフレ、サクラ、ファウ、アイネになっている。レイドを見越して、補助重視の構成だ。

「よし、それじゃあ、リック頼んだぞ！」

「キュ！」

みんなが見守る中、リックが両手を高々と突き上げるとウィンドウが立ち上がる。

「ここに悪魔素材を全部つぎ込んで――」

アンドラスの羽根×3、アンドラスの爪、アンドラスの尾羽、アンドラスの剛嘴《ごうし》、ビフロンスの魔核、ビフロンスの爪、ビフロンスの怨念、ビフロンスの骨粉と、次々と素材を選択して、魔法陣へと投入していく。

「これでオッケーだ！　いくぞ！」

「キキュ！」

リックが俺の言葉に対し、力強く頷く。

「よし！　悪魔召喚、発動！」

「キューキキュー！」

真剣な顔のリックが、神聖樹に向かって両手をバッと突き出した。緑の大魔王に対して、電子ジャー封印術を使う時のじっちゃんのような気合である。

こいつ、見られているからって、必要以上にカッコつけてるな？　まあ、気持ちはわかるけど。

「お？　樹が……！」

「なんか起きてる！」

誰かが叫んだように、神聖樹に変化が起きていた。

全高三メートルほどに成長していた全体から、黒い靄《もや》が発せられたのだ。その靄が枝葉を伝って幹の中央部分に集まり、膨れあがっていく。

一気にバランスボール大に膨張した黒い靄の塊が、今度はギュッと圧縮されたようにその体積を減らす。いや、靄が集まって凝り固まり、実体を得たのだ。

まるで、幹に生った真っ黒な瘤である。

ゴムにも似た黒い瘤の表面には、赤い血管のようなものが無数に走り、その全体が僅かに脈動を始める。呼吸でもしているのだろうか？

その姿はとにかく不気味だ。

ただ、悪魔が召喚されると考えれば、相応しいとも思える。今にも中から悪魔が生まれそうなのだ。

皆が息を呑んで黒い瘤を見守っていると、その姿が再び変化し始めた。

表面に、無数の細かいヒビが入り始めたのである。

「く、くるか？」

「キュ！」

リックが合図をするかのように鳴くと、瘤のヒビが一気に開いていく。その直後、内部から赤い光が溢れ出した。

派手なエフェクトだな！

そして、赤い光が急激に勢いを増すと、畑全体を包み込む。いつものやつだ！

「まぶし！」

「こういうとこだぞ運営！」

「目がぁ！　私の目がぁぁ！」

「大佐ごっこはもうこすられ過ぎて誰も相手にせんぞ」

「……くっ！　前ならみんなが乗ってくれたのに！」

プレイヤーたちが楽しげにギャアギャアと喚いていると、すぐに演出の光は収まっていく。

そうして皆の視界が回復する頃、神聖樹には大きすぎる変化が表れていた。

「でっかくなったなぁ……」

「キュー……」

リックと一緒に、見上げてしまったぜ。さっきまで目の前にあった小さい樹が消え、代わりに巨大な樹が出現していた。全高一五メートルくらいはあるか？　幹回りは、俺一人が手を伸ばしたくらいでは全く足りないほどに太い。

節くれだった幹がいかにも古木って感じの、樫に似た巨樹である。イベントで見た神聖樹によく似ていた。

「一気に育ち過ぎじゃね？」

「キュー」

うちの畑だとたまにある現象だが、一度にこれほど育つことは珍しい。

ただ、樹ばかりに気を取られているわけにもいかない。

「あれが悪魔、なのか？」

「キュ」

神聖樹の前に、黒い塊が浮かんでいたのだ。見た目は、宙に浮かびながらウネウネと動く、バスケットボールサイズの墨汁の塊？　スライム型の悪魔とか？

俺がそんなことを考えていると、黒い塊がさらに激しく蠢《うごめ》き始めた。そうして、段々と姿を変えていく。

その形は、明らかに人型を模しているように見えた。

悪魔に変身しようとしているとしか思えない。

「これは、くるんじゃないか？」

「キュ！」

宙に漂う黒い液体が膨張を続け、その姿を変えていく。

その形は、完全に人型に変化していた。

黒いゴムで作った、人形とでも言えばいいのか？　以前戦った下級悪魔に、雰囲気は似ている。

ただ、妙に小さい。というか、子供体型だ。意外と弱そう。

誰も声を発さないのは、生配信したり、スクショを撮っているからだろう。一番前で、マモリと並んで撮影している人、見覚えがあるけど誰だっけ……？

あ、そうだ。以前ハナミアラシ戦でやらかしてた人だ。今回はバトルフィールドから締め出されたりしないように、最前列に陣取っているのだろう。

いつ戦闘が始まるかと身構える俺たちの前で、さらに変化は続く。

「え？　色が……」

「キュ！」

黒い表面がボロボロと崩れ落ちていくと、その中から人の肌が現れた。それだけではなく、髪の毛や衣服まで見え始める。

数秒後。

俺たちの前に、変な生物が姿を現していた。

「悪魔のヌイグルミ……？　すげー、デフォルメされてるな」

髪は、バイオレットカラーのツインテールだ。額からは短く丸い角が二本伸び、背中からはデフォルメされた蝙蝠の翼が生えている。先端がハート形をした悪魔尻尾が、自己主張するようにクネクネと蠢いていた。

多分、悪魔だろうと思われたが……。

人型ではあっても、人間と同じ体ではない。どちらかと言えばクママに近いだろう。大きな頭に、幼児のような体。そこはアイネに近いかもしれない。

三頭身のミニキャラとか、そんな感じだろう。顔も、かなりデフォルメされている。

鮫のようなギザギザの歯が並ぶ大きい口に、かまぼこを逆にしたような形のつり目。配管工のおじさんが活躍するゲームの、顔つき砲弾みたいな顔と言えばいいか？　ギザギザの歯が覗く口は三日月形の笑みを浮かべており、かなり凶悪な印象がある。

眼球は、幼児の落書きみたいなグルグルの渦巻きだ。ただ、その整っていない歪な線が、むしろ迫力を醸し出している。

アイネくらいのサイズのデフォルメキャラなのに、中々の面構えだった。

服装もかなり攻めている。いや、このチビキャラに服なんか必要あるのかと思ったが、一応女の子型のようだし、コンプライアンスやらなにやらあるんだろう。

黒いレザー製のミニスカートに、黒いレザーのニーハイブーツ。まあ、先っぽが尖った短い脚に、黒い革が張りついているような姿だけど。

上は、黒レザー製のビスチェだ。胸元が大きく開き、ヘソ出しの状態である。まあ、胸の膨らみも腰のくびれもないけど。

尖った耳には円柱状のイヤーカフが輝き、ツインテールの根元には髑髏をあしらったバレッタを装着していた。

右手に持った巨大なプラスチック製のフォークは、武器だろうか？

衣装は非常に煽情的なはずなのに、色気が一切なかった。ほぼヌイグルミなので当然だが。

これと戦うのか？　多少の迫力はあるけど、強そうではない。というか弱そうだ。

皆の戦意が急速に萎えるのが分かった。だって、明らかに大悪魔じゃないのだ。

いや、外見に騙されてはいけない。何せ悪魔だ。油断できん。この外見で、超強いってこともあり得るぞ！

「デビー」

「……かわいいな」

その口から出た鳴き声も、臨戦態勢とは思えないほどに緊張感に欠けている。

どうすればいいのか、俺以外の全員も戸惑っているのが分かった。すると、その直後であった。

ピッポーン。

『悪魔が召喚されました。戦闘を行いますか？　戦闘を行わず、テイムすることも可能です』

「は？　テイム？」

『特殊召喚されたモンスターであるため、無条件でのテイムが可能です』

なんと、戦闘せずともテイムできるらしい。卵から孵《かえ》ったときに似ているのか？

しかし、どうしようか……。チラッと後ろを振り返ると、大勢のプレイヤーが固唾を呑んで悪魔を見つめている。

テイムしたら、わざわざきてもらったこの人たちに無駄足を踏ませることになるよな？　でも、戦って倒しちゃうのもな……。せっかくのレアなモンスなのに。

「あ、あのー、アリッサさん。ちょっといいですか？　これ見てください」

俺はアリッサさんにログを見せて、相談することにした。

「どうしたの？　もしかして、レイド戦の条件が表示された？」

「それが……」

「なになに……？　え？　えぇぇぇ！」

ログを見たアリッサさんが、驚愕の悲鳴を上げる。

「ど、どうしましょう？」

「そ、そりゃあ、テイムするしかないんじゃない？」

「で、でも……」

「ああ、他の人たちのことは気にしないでいいわよ。おにぎりをただでもらって、珍しい光景を見られたんですもの。文句は言わないわよ」

そ、そう？　アリッサさんが言うなら、信じますよ？　後で怒られたら、アリッサさんに庇ってもらうんですからね！

「な、なら、テイムさせてもらいますよ？」

「勿論よ」

俺はアリッサさんの言葉に甘えさせてもらい、テイムを選択することにした。

ウィンドウに浮かんだ選択肢から、テイムを選択する。

『悪魔をテイムしました』

簡単！　本当に一瞬だったな！

「デービー！」

「おっとぉ」

「デビ！」

デフォルメ悪魔が胸に飛び込んできた。目付きは相変わらず鋭いけど、その声には俺に対して甘えるような雰囲気がある。ちゃんとテイムされたようだ。ステータスを確認してみる。

名前：リリス　種族：リトデビ　基礎Lv1
契約者：ユート
HP：20／20　MP：34／34
腕力7　体力7　敏捷12
器用4　知力12　精神7
スキル：吸収、幻術、小悪魔の視線、樹木殺し、精神耐性、槍術、飛行、闇魔術、夜目
装備：子悪魔の三叉槍、子悪魔の装束、子悪魔の髪飾り

「名前はリリスか。ユニーク個体なんだな」

「デビ！」

リリスはドヤ顔で胸を張り、オモチャのような見た目の三叉槍を突き上げる。

「え？　なにあれ？」

「超かわいいんだけど！」

「また白銀さんがやらかした！」

「生サスシロきたー！」

「わ、私も欲しい……」

「何が起きたんだー！」

プレイヤーたちが騒ぎ始めたことで、俺もようやく我に返った。メッチャ見られてる。

怒っている感じはしないけど……。

「あ、あはは。テイム、できちゃいました～……」


デフォルメチビ悪魔のリリスをテイムしてから、僅か二〇分後。

「なぜこんなことに……」

俺は――俺たちはある場所にやってきていた。そこは、俺たちが解放した、地底湖の先の第六エリアである。

米を採取するために、もう何度も足を運んでいるフィールドだ。ただし、今回の目的は米の採取でも、雑魚モンスターの素材集めでもなかった。

「情報通り！　この辺りだ！」

「おっしゃ！　やってやる！」

「白銀さんのおにぎりの効果が残ってるうちに、いくぞ！」

「プレデター狩りじゃー！」

各フィールドの特殊ボスであるプレデター。適正レベルを無視した強さを誇り、エリア八以降のプレデターは未だに撃破報告がないという、恐ろしいボスモンスターだ。

この湿地帯のプレデターはレイドタイプで、湿地の特定エリアに一定以上のプレイヤーがいると出現するという。

プレデターな上にレイド。そりゃあもう、メチャクチャ強いだろう。

湿地帯のプレデターの撃破報告が未だにないのも頷けるのだ。

しかし、俺たちはその恐ろしいプレデターを狩りにやってきていた。

集められたプレイヤーたちも、戦闘が起こらずに不完全燃焼だったのだろう。レイドボスと戦うつもりで集まったのに、目の前で俺がレアモンスターをテイムするシーンを見せられただけだったからな。

それに、これだけの戦力がバフまで得ておいて、解散してしまうのは勿体ないとも考えたらしい。

結果、「一狩りいっちゃう？」的な感じで盛り上がったプレイヤーたちに連れられて、俺もプレデター狩りに参加することとなってしまっていた。

足手まといだということは理解しているんだよ？

でも、誘いを断り切れなかったのだ。だって、リリスが動くところが見たいって、みんなに言われちゃったからさぁ。

それに、俺たちは戦闘に参加せずに、後ろで見ていていいとも言われていた。とにかく、俺は一緒に行って、応援しているだけでいいらしい。

リリスは珍しいモンスターだから、興味があるのは分かるけど……。

そこまで言われてしまっては断るのも悪いし、後ろで見ているだけならってことで参加することにしたのだった。

公認の寄生って感じか？　どちらかというと、姫プレイ？

まあ、リリスはまだレベルが低いから前に出られないし、今回は本気で隠れているつもりだ。

周囲のプレイヤーの手助けもあって、道中でリリスの能力はある程度確認できた。レベルも6まで上がっている。

吸収：物理攻撃時に敵のＨＰ、ＭＰを僅かに吸収
幻術：幻影などを生み出す魔術
小悪魔の視線：対象の精神を僅かに低下させる
樹木殺し：樹木系の相手への与ダメージ上昇
精神耐性：精神系状態異常への耐性が上昇
槍術：槍を上手く扱える
飛行：空を飛ぶことが可能

闇魔術：闇や影を操る魔術
夜目：暗い場所でも日中のように見える

簡単に説明するとこんな感じだ。珍しいのは前半の四つと、闇魔術だろう。

吸収は槍や噛みつきでの攻撃時に、ドレイン効果が発動するというものだ。吸収率は低いが、継戦能力は大幅に上がるはずだ。地味に有用なスキルと言えるだろう。

幻術はその名の通り、幻を生み出す術である。幻影の囮で相手を引き付けたり、相手に幻を見せて混乱させたりできるらしい。

精神力が低いモンスターには意外と成功率が高く、上手く使えば一気に戦況を変えることもできるかもしれない。

小悪魔の視線は検証が難しかったが、一定時間見つめることで発動し、相手に精神ダウンのデバフを与えることができた。因みに、スキル名は小悪魔で、リリスの装備品は子悪魔である。読みも同じなので紛らわしいが、明確に違いがあるらしい。

精神は魔法防御だけではなく精神異常耐性にも関わってくるので、それを下げることができるのはかなり強い。しかも、魔術によるデバフではないので、失敗することがないのだ。

その分、一定時間見つめなければ発動しない仕様になっているらしい。素早い相手に当てるのは難しいってことだろう。

樹木殺しは神聖樹から生み出されたことで得た能力なのだろうが、植物系モンスターへの特効能力と言えた。うちは植物系の敵に苦戦することも多いので、非常に助かる。

闇魔術は、うちでは初の属性だ。直接的な攻撃力だけではなく、状態異常を付与したり、デバフを与えたりすることが得意な属性だ。

闇魔術と小悪魔の視線で相手の精神を下げたうえで幻術を使うと、面白いように相手が引っかかってくれる。レベル差がかなりある相手にも効果があることから、今後も利用できるだろう。

いやー、シナジってるねぇ。

「出たぞ！　陣形を組めー！」

「俺たちが初討伐だぁ！」

「やったらー！」

俺がリリスのステータスを確認している間に、プレデターが出現したらしい。

そちらを見ると、湿地の中から小山のような巨大な何かが浮上してくるところであった。名前はジャイアント・シルバー・クラブ。

要は、超巨大なカニである。銀色の装甲を持つ、デカいガザミだ。フォルムにも特段おかしいところはなく、ノコギリガザミそっくりな形であった。まあ、そのサイズが普通じゃないんだけど。

全長は二〇メートル以上あるだろう。爪だけで、民家を掴めてしまいそうなほどに巨大であった。

月明りに照らされたその甲殻は美しくさえあるが、魔術のダメージを大幅に減少させる凶悪な効果を持っているそうだ。

「いくぞ！」

「おう！」

ホランドが先頭に立って、銀色ガザミに突撃していく。本日何度目のレイドボス戦なのか分からんのに、元気だねぇ。

それに続くプレイヤーたちも有名な奴らが多いらしく、俺の周囲で援護をしている後衛組からは感嘆の声が上がっていた。勇気を讃えるというよりは、有名人を見てテンションが上がっている感じだ。

このプレデターボスは最大で一〇〇人まで参加できるらしく、この湿地帯で飛び入り参加した者たちも多い。その中にも、有名プレイヤーがいるのだろう。

俺が知っているところでは、タゴサックや、つがるんなどのファーマーたちの姿も見える。ここで採取中だったところをスカウトしたのだ。

「とりゃあ！　くらえ！」

「クルミ！　援護するね！」

「ふっふっふ！」

現地スカウト組の中には、フィルマたち三人娘の姿もあった。米の採取に来ていたらしい。食いしん坊三人娘は、最近ではこのフィールドに足しげく通っていると言っていたが、今日もいるとは思わなかったね。下手したら毎日きてるんじゃないか？

クルミが先頭に立って、馬鹿デカいハンマーをボスに叩きつけている。アーツもド派手で、かっこいいのだ。

あと、以前イベントで一緒になったペインターのヨロレイもいる。相変わらず、絵画調のシャボン玉を生み出して攻撃しているな。いや、シャボン玉だけじゃないぞ？　ヨロレイが筆を一振りすると、子供向けアニメチックな可愛いデフォルメファイアーボールが生み出される。

一見するとホッコリしてしまうメルヘンな攻撃だが、その威力は中々のものだ。飛び散る火の粉までイラストチックだが、普通の魔術よりもダメージが出ている。スキル扱いで、プレデターの甲羅がもつ魔術耐久効果が意味ないのかもしれない。

ただ、皆が頑張って戦っても、戦況は有利とは言えなかった。

相手は未だに討伐が成されていない、超強力プレデターボス。その戦闘力は計り知れない。

「キシャシャー！」

「うわぁぁぁ！」

「くっそー！」

「これでもう一〇人は死に戻ったぞ！」

「突進後に伸びる鋏《はさみ》に気を付けろ！」

こちらの攻撃に怯むこともなく、その巨体による突進や巨大な鋏、口から吐き出す毒の泡を駆使し、プレイヤーたちを一人また一人と葬っていく。

特に鋏が凶悪だ。三〇メートル以上伸びてくるうえ、前線の前衛職であっても捕まればほぼ即死なのだ。

俺はともかく鋏を食らわないように逃げまくったよ。

それから一五分ほど経過した時点で、三〇人は死に戻っただろう。一分で二人のペースだ。このままでは一時間も経たずに、全滅するかもしれない。

しかし、この不利な状況を打破する者がいた。

「くくく……。食らいなさい。私の最新作、水蜘蛛よ」

爆弾娘のリキューだ。安全に爆弾を使用するタイミングを狙っていたらしい。

彼女が使用したのは、水の上をスイスイと滑るように動き回る、蜘蛛の形をした自動追尾爆弾である。

それが、プレデターの腹の下に潜り込んで大爆発を起こすと、劇的な変化が訪れた。

プレデターが仰向けにひっくり返り、痙攣《けいれん》し始めたのだ。しかも、その腹にあるふんどしと呼ばれる部分がパカッと開き、中の核がむき出しになる。

なんとか腹を攻撃し、この状態を作り出すことが攻略のカギだったのだろう。

プレイヤーたちが青く光る核に対して総攻撃を加えると、短時間で二割ほどのＨＰを削ることができていた。

「よーし！　今のをもう一度頼む！」

「無理ー！」

ホランドの声に、フィルマが返す。

「どうして！」

「リキュー、自爆して死に戻っちゃったっ！」

「なにー⁉」

ホランドの驚きも尤もだが、リキューが死に戻ったのは本当である。自分の爆弾の威力を確認し、笑いながら死んでいったのだ。さすが爆弾魔。

その後、プレイヤーたちが自爆覚悟で奮闘し、その数を減らしながらもなんとか勝利を掴んでいた。やはり、弱点が分かったことが大きかったな。

爆弾はなくとも腹を攻撃し、弱点を露出させることに何度か成功したのだ。まあ、その度にプレイヤーたちが死に戻っていったけど。

「勝利だー！」

「「「うおおおおお！」」」

シャイニング・セイバーで止めを刺したホランドが、大剣を突き上げて雄叫びを上げる。他のプレイヤーも一緒に叫んでいるな。

やっぱりこのゲームのプレイヤーたちはノリがいいね。みんな、お祭り騒ぎが大好きなのだ。

「……まじで勝っちゃったな」

「デービー！」

リリスがオモチャの槍を突き上げて、可愛い声を上げている。迫力のある顔とは裏腹の、可愛い声なのだ。

見ているだけであっても、余波は飛んでくるし、気は抜けなかった。正直、何度か死に戻るかと思ったしね。ああ、それにリリスの幻術が一回だけ成功して、ボスを混乱させるという見せ場もあったのだ。俺たちなりに頑張ったよな。

イベント中の戦闘も合わせたら、今日は戦いっぱなしだ。なんか、異常に疲れたぞ。しかし、アドレナリンが出ているせいなのか、まだまだ動ける気がする。

「とりあえず、帰って祝勝会だな！」

「ム！」

「デビー！」

それから三〇分後。

「カンパーイ！」

「あははは！　タヌキちゃん超かわいいー！」

「水精ちゃんが注いでくれた水……！　インベントリに永久保存だー！」

なぜこうなった……。

さっきも同じこと思った気がするけど……。

プレデターボスであるジャイアント・シルバー・クラブを倒した後、なぜか俺のホームに移動する流れになってしまったのだ。

俺が不用意に「祝勝会」と口にしてしまったせいである。まさか、あそこまで大きな反応が返ってくるとは思わなかった。

テンションが上がりまくった他のプレイヤーたちが、「まじっすか？」「祝勝会だって！」「白銀さんのホームで祝勝会だー！」みたいな感じで盛り上がってしまったのだ。

超強敵戦でほぼ寄生させてもらった手前、断り切れなかった。

それに、新しいホームを自慢したいという気持ちもちょっとあったのである。

その結果が、目の前の惨状だった。いや、俺に被害が出ているわけじゃないし、みんな楽しそうだからいいんだけどさ。

うちの子にお酌されている女性プレイヤーたちのだらしない顔とか、ハメ外し過ぎの男性プレイヤーとか、今も生配信されているはずなんだが……。大丈夫なんだろうか？

「ユート君。騒がしくなっちゃってごめんなさい。料理まで用意してもらっちゃって……。生配信まで許可してくれてよかったの？」

「生配信は元々の約束でしたし、後で食材とか代金を貰えるって話でしたから、構いませんよ。蟹料理美味いし」

プレデターのドロップは、蟹肉や蟹ミソといった、食材が多かった。俺はみんなの食材を受け取り、料理して振る舞ったのだ。

蟹雑炊と蟹鍋を作ったのだが、メッチャ美味しかったね。料理スキルのレベルも上がったし、自分の食材は消費せずに食べられたし、いいことばかりだった。

「そう言ってもらえるとありがたいわ」

それに、蟹以外の新食材も色々差し入れしてもらっちゃったのだ。

タゴサックからはイチゴ。つがるんからは林檎だ。実はイベント終了後に、各地のＮＰＣショップで新しい食材やアイテムが売り出されたのである。アップデートで追加されたのだろう。

つがるんなんて、フレンド全員に喜びのメールを出していたな。俺も始まりの町で林檎を買い込んで、ジュースとかジャムを作ってみたのだ。

ただ、まだNPC売りの果実として登場しただけなので、苗木化はできないんだよね。つがるんもそこは残念がっていた。いずれ林檎農園を生み出して、林檎王になることがつがるんの夢らしい。そこまで林檎を愛しているのにリアルじゃアレルギーとか、悲劇的過ぎるよな。

「俺なんかよりもアリッサさんの方が大変でしょ？」

場所と食事を提供しただけであとは基本放置の俺と違って、苦労しているのはアリッサさんだろう。場所代やら補填やら、喧嘩の仲裁やらに走り回っていた。今も疲れ切った顔である。

「疲労の原因はそれだけじゃないけどね……」

確かに、悪魔召喚直後くらいにはもうこんな顔だったかもしれない。イベントの疲れも残っているんだろう。

「あと、ハナミアラシの怒りの代金も、ちゃんと支払うから」

「あー、あれは俺も勢いで使っちゃっただけなんで」

宴会で盛り上がって、一発芸的にハナミアラシの怒りを使用してしまったのだ。他の人の一発芸が凄かったからさ～。ついね。

登場したハナミアラシに、プレイヤーたちは大盛り上がりだった。

蟹のバフが残っていたし、参加者も強い人ばかり。楽勝かと思っていたが、結構苦戦してしまった。ハナミアラシは、参加者のレベルなどで強さが変動するタイプのボスであったらしい。まあ、勝ったけどね。

「ハナミアラシのドロップはどうだった？」

「目新しい物はなかったですね。ただ……」

「ただ？」

「これ見てもらえます？」

俺が見せたのはハナミアラシのドロップではなく、プレデター戦の戦利品だ。

「巨大銀蟹の鋏刃《きょうじん》、巨大銀蟹の泡袋《あわぶくろ》、巨大銀蟹のミソ、巨大銀蟹の肉×10。それと――泡沫《ほうまつ》の紋章？」

「なんですかね、これ」

他の皆と同じような巨大銀蟹のドロップ品の中に、見たことのないアイテムが紛れ込んでいた。泡沫の紋章なんて、聞いたことがない。

悪魔戦では空振りに終わったレアドロップチケットを使用したことで、手に入ったのだと思う。

「え？　紋章出たの？」

ただ、アリッサさんにはこれが何なのか分かっているようで、かなり驚いている。

「はい」

「凄いよ！」

この紋章というアイテムは、強力なモンスターが極まれに落とす超貴重品であるという。

今のところ三種類だけしか見つかっていないうえ、第一〇エリアのフィールドレイドボスが極まれに落とすだけであるそうだ。

「レアドロップチケットを使ったからなぁ。あのボスに使っておいてよかった」

そう思ったんだが、レアドロップチケットを使ったとしても確実ではないらしい。ボスの中にはレアドロップ枠が数種類あるタイプもおり、チケットはその中のどれかが確実に一つ落ちるという効果なのだ。

「じゃあ、俺は運が良かったんですね」

「うん。さすがユート君。凄いね」

「それで、こいつってどんな効果が？」

「それ、凄いんだよ！」

「それはさっきも聞きました」

アリッサさんの語彙力が死ぬほどに凄いことはよく分かった。

「あはは。まあ、なんにでも使えるね」

「なんにでも？」

「うん」

それはさすがに言い過ぎじゃないかと思ったら、説明を聞くとマジでなんにでも使えるようだった。

まず、素材として万能だ。鍛冶や調合だけではなく、料理や木工などのほぼ全ての生産行為で中間素材として使用でき、様々な効果をアイテムに与えてくれる。

釣りの餌や、畑の肥料、絵を描く際の絵の具に混ぜ込んだりも可能であるらしい。

まあ、紋章は貴重なアイテムだ。実際に試したわけではなく、可能かどうか選択してみただけらしいので、明確な効果は分かっていないそうだが。ただ、これだけ多くの生産行為に使用可能な素材は、他にないらしい。

「テイマー関係だと？」

「うちのカルロに検証させたけど、モンスに使用するとスキル習得。孵卵器《ふらんき》の作製時に使うと性能上昇。今のところはそれくらいしか分かっていないわね」

「なるほど……」

強化アイテムの類だと思っておけばいいか？　ただ、メチャクチャ貴重品であるらしい。

「もし売る気があるならぜひうちに！　たかーく買うからね！」

「ど、どれくらいですか？」

「今なら、二〇〇万は出すわ！」

「は？　二〇〇万？　まじっすか？」

「マジよ」

「マジか……！」

ど、どうしよう。売って……いやいや！　貴重品なんだ、確保しておくべきか？　でも、二〇〇万はでかいし……。

「ユート君なら面白い使い方見つけてくれるかもしれないし、分かったら情報だけでも売りに来てよ」

「わ、分かりました」

うん。とりあえずはとっておこう。

「ああ、あと、情報料は後で相談ってことでいいかしら？」

「情報料？」

今回は人を集めてもらうことが報酬代わりだったはずだけど……。

「新しい情報があるでしょ。色々と！　悪魔ちゃんの情報とか！　紋章の情報も！」

「ああ、そうでしたね。でも、今日はもう直ぐログアウトしなきゃいけないですし、後日で構いませんよ」

「それならそうさせてもらうわ」

そんな話をしていると、早耳猫のメンバーが慌てた様子で近寄ってきた。な、何か大事件か？

「サブマス！　向こうで喧嘩だ」

「もう、また？」

ただの喧嘩でした。

「原因は何？」

「ウンディーネ派とシルフ派がどっちがいいかで……」

おっと、うちにも無関係じゃなかった。いや、うちの子のことで揉めているわけじゃなかろうな？

「聖地にきてテンション上がるのは分かるけどさぁ……。じゃあ、私は行くわね」

「え、ええ。頑張ってください」

「じゃーねー」

さらにお疲れな様子のアリッサさんが喧嘩の仲裁をするために去っていくと、今度はうちの子たちが駆け寄ってきた。もしかして、大事な話が終わるのを待っていてくれたのかな？

「デビー！」

「ムムー！」

「みんな一緒か」

リリスを中心に、モンスが全員揃っている。ホームを案内していたようだ。

ルフレもアイネもいるな。やっぱり、喧嘩の原因はうちの子たちじゃなかったか！　よかった。

「仲良くなったみたいだな」

「デビ！」

「トリー！」

「――――！」

リリスは樹木殺しなんていう物騒なスキルを持っているが、オレアやサクラと仲が悪いということはないらしい。仲良く手を繋いでいる。

闇魔法使いの悪魔ちゃんなんて、これからどんな成長をするか楽しみで仕方ないね。

「これからよろしくな、リリス」

「デビ！」

掲示板

【有名人】白銀さん、さすがです Part27【専門】

・ここは有名人の中でもとくに有名なあの方について語るスレ
・板ごと削除が怖いので、ディスは NG
・未許可スクショも NG
・削除依頼が出たら大人しく消えましょう

：：：：：：：：：：：：：：：：

224：タカシマ
イベント終了したはずなのに、白銀さんが相変わらずな件について。
悪魔召喚て、なぁに？

225：チョー
白銀さん＋生放送＝爆弾。
この方程式はテストに出るぞ～。覚えておけ～。

226：てつ
忘れる方が難しい www

227：ツンドラ
白銀さん本人は配信してないけど、同行者による配信動画の数も多かった。
何から驚けばいいのかって感じだったな。
というか、冒頭から有名プレイヤーのオンパレードで噴いた。

228：苫《とま》戸《と》真《ま》斗《と》
あの悪魔ちゃん、絶対に需要ありますよね。

229：てつ
可愛いもの好きにも、進化先に美少女の可能性を追い求める漢たちにも需要ありだ。
あと、悪魔とか大好きな中二プレイヤーたちだな。

230：苫戸真斗
普通に強そうでしたし。
私の知人のテイマーが、早耳猫にダッシュしてました。

231：タカシマ
生配信に早耳猫のサブマスが見切れてたもんな。絶対に情報手に入れてるだろ。

232：ツンドラ
テイマー板。悪魔ちゃんの話題だけで即座に２スレ消費されてた。

233：チョー
あそこの住人たちは、見守り隊以上に白銀さんの動向を気にしてるだろうしな。
あんなん見せられたら、そうもなるだろ。

234：タカシマ
毎回同じこと思うけど、手に入れられるものなら俺たちだってほしい！
でも無理なんだよね……。
分かっているのは、白銀さんのリスが何かしてっていうのと、悪魔召喚ていう単語だよな。
あとは何かデカイ樹。

235：チョー
あの木、神聖樹らしいよ。

言われてみたら、イベントの時にあった神聖樹に似てるかも？

236：てつ
つまり、白銀さんのリスが特殊な進化をして、悪魔召喚スキルを手に入れ、神聖樹から悪魔を呼び出した？
そして、何故か神聖樹が一気に育ったと。

237：苦戸真斗
デビーって鳴く悪魔ちゃんも可愛いですけど、私としてはその後のプレデター戦が気になってます。

238：タルーカス
あれな！　カニの攻略法が丸裸だったもんな！

239：苦戸真斗
そうなんですよ！
爆弾と盾役がいれば、どうにかなりそうな気がします。

240：ツンドラ
プレデター板では、すでに戦い方が纏められていたぞ。

241：タカシマ
それにしても、あれ生放送しちゃってよかったのかね？
見れた俺たちとしては有り難いけど。

242：チョー
白銀さんがいたし、その関係？

243：てつ
あー、そうかも？

白銀さんは、生放送で色々と流してくれるからありがたいよな。

244：ツンドラ
今回は白銀さんだけじゃなかったけどな。

245：苫戸真斗
動画、全部で 30 本くらいありました？
前衛後衛。東西南北。全方位からプレデター戦を見れましたもんね。

246：ツンドラ
マジで参考になった。
死に戻り方も様々で、気を付けなきゃいけない攻撃もよくわかったしな。

247：タルーカス
白銀さんの恐竜攻略動画でも思ったけど、本人の目線カメラってメチャクチャ参考になるな。

248：タカシマ
確かに。
今後トレンドになるかもな。

249：苫戸真斗
そんな、ファッションみたいな。

250：てつ
似たような物だ。
人気者のやってることが真似されて、それが流行る。

251：タルーカス
それに、ボス戦生配信は視聴数が伸びやすいからな。

最近の週間上位は半分以上がボス戦だ。

252：てつ
1位は不動のマモリたんだがな。
そろそろ殿堂入りするんじゃないかという噂だ。

253：ツンドラ
1強過ぎると他の参加者のモチベーション下がるしな。
あり得ると思います。

254：チョー
俺はそれよりも、白銀さんのホームが気になった。
なんだあれ？
豪邸だとか、豪華だとか、そういうことじゃなくてさ――アミューズメント施設？
最早パークだったじゃん。

255：苫戸真斗
白銀パーク行ってみたいですね！

256：タカシマ
モンスとマスコットと妖怪と恐竜が出迎えてくれるアミューズメントパークか。
控えめに言ってパラダイス？

257：チョー
有志が白銀邸の地図を作製してたぞ。
色々な生配信の映像を分析して、どこに何があるのか割り出したらしい。

258：てつ
凄まじい……。

259：ツンドラ
どっちが？

260：てつ
どっちもだ。研究対象になる白銀さんちも、有志の執念も。
というか、白銀さんのホーム、イベントのポイントどんだけつぎ込んだらここまで揃えられるんだ？

261：タカシマ
推定だけど、イベントのポイントとチケット、全部つぎ込むくらいじゃないと無理なんじゃないかって。

262：苫戸真斗
武器とかいかずに、ホームに全てをかける。
さすが白銀さん……真似できません！

263：タルーカス
戦闘力ばかりに拘る自らの矮小さを知る……。

264：タカシマ
まあ、白銀さんだから。
あれと比べるのが間違っている。

265：チョー
そうそう。あれはあれだから。

266：てつ
真似すんな。
拝むくらいで、ちょうどいい。

267：ツンドラ
ホーム自体の動画も良かったけど、俺はホームでの打ち上げが楽しそう過ぎて泣いた。
蟹料理も美味しそうだったし……。
蟹鍋が食べたすぎて、リアルで食べに行っちゃったぜ。

268：チョー
あれな！
メッチャ楽しそうだった。
俺もモンスちゃんにお酌されたかった！

269：苫戸真斗
私はマスコットちゃんをナデナデしたいです！
あと、ハナミアラシと再戦が地味に羨ましかったです。

270：タカシマ
再戦できる可能性は以前から論じられていたが、やっぱ定期的に再戦できるのかね？
ハナミアラシのドロップは今でも貴重だから、あれも確かに羨ましい。

271：ツンドラ
俺も酔拳使いになりたい！

272：タカシマ
あれ？　酔拳の通常習得方法、公開されてなかった？
酩酊状態で一定数戦闘をこなすと、習得できるって聞いたけど？

273：ツンドラ
確定じゃないんだよ！
俺はそれで習得できなかった……。

274：タカシマ
なるほど……。
となると、桜を育ててるプレイヤーは荒稼ぎのチャンスかも？
そろそろ、チェーンクエストも進む奴が出てきそうだし。

275：タルーカス
俺は恐竜見酒が羨ましかった。
リアルじゃ絶対に無理だからな。

276：てつ
恐竜見酒？
なんだその凄まじいパワーワードwww

277：タカシマ
でも、確かにあれは大迫力だった。
くそ、俺も恐竜を見上げながら酒が飲みたいぞ！

278：ツンドラ
サクラたんとルフレたんにお酌されたい！

279：チョー
白銀さん、ホームを公開とかしてくれんかな？　金なら払う！

280：苫戸真斗
可愛いと美味しいが詰まっているだけではなく、レイド戦までできてしまう
素敵空間白銀パーク。

開園、待ってます。

281：てつ
あそこには、プレイヤーの夢が全て詰まっているのだ！

282：タルーカス
とりあえず、蟹狩りのパーティ募集が大量に出てるから、参加してくるかな。

：：：：：：：：：：：：：：：

【白銀さん】白銀さんについて語るスレ part16【ファンの集い】

ここは噂のやらかしプレイヤー白銀さんに興味があるプレイヤーたちが、彼と彼のモンスについてなんとなく情報を交換する場所です。

・白銀さんへの悪意ある中傷、暴言は厳禁
・個人情報の取り扱いは慎重に
・ご本人からクレームが入った場合、告知なくスレ削除になる可能性があります

：：：：：：：：：：：：：：：

900：ヤンヤン
白銀さん！　早すぎ！

901：遊星人
何をと言わずとも伝わるんだよなぁ。
連続やらかしだもんな。

902：ヤナギ
悪魔討伐すっぞー　→　なぜかプレデター狩りじゃーい！

903：ヤンヤン
もうさ、白銀さんが行動すると、絶対に何かが起きるじゃん？
なんで？

904：遊星人
何でと言われても……。
そういう人だからとしか言えない。

905：ヤナギ
白銀さんの場合、そういうスパイラルに入ってるなーとは思うね。
人とは違う行動をして、なんか発見　→　さらに人とは違うプレイになり、また発見　→　さらにさらに我ら凡夫とは違うことをして、超発見　→　もうあとはエンドレス。

906：遊星人
確かにそれはあるよな。
そのうち別ゲーやってるとか言われそう。
いや、もうそうなってるか？

907：ヤンヤン
まだ同じフィールドにいるから！
別ゲーではない！

908：遊星人
いやー、マジで違うフィールドというか、別大陸くらいは発見しちゃいそうな気はするが。
で、１人で延々攻略して、もたらされる情報に我らは阿鼻叫喚的な？

909：ヤナギ
あ、ありえる……。

910：ヤンヤン
あと、注目を浴びているっていうのも大きいだろ。
我々受け取り側が、やらかしに気づくのが早くなってる。

911：ヤナギ
なるほどね。
白銀さんの行動は大注目されてるし、何をしてもすぐ広まるし。

912：ヨロレイ
あと、人脈っていうの？
そこも大きいと思うよ？

913：遊星人
人脈？

914：ヤナギ
白銀さんの周りにはトップ層がたくさんいるし、凄い人脈だよな。
やらかしに即対応できるように、常に白銀さんの行動を気にかけてる。

915：ヨロレイ
まあ、それもあるんだが、それだけじゃなくってさ。

916：ヤナギ
どういうこと？

917：ヨロレイ
回りを巻き込む力っていうか、その場にいるプレイヤーが力を貸したくなるっていうの？
色々な理由があるだろうけど、白銀さんを手助けしようってみんなが動くんだよな。

918：遊星人
人脈というか、人徳って感じだな。

919：ヨロレイ
あー！　それそれ！

920：ヤンヤン
人徳ねぇ……俺には縁遠い言葉の一つだな！

921：ヤナギ
普通に生きてて、人徳があるなんて言われること滅多にないもんな。

922：遊星人
奴には人徳があるからのう。

言われてみたい！

923：ヤンヤン
実際は、色々な理由があるだろうけどな。
フレンド、見守り隊、漁夫の利狙い、その場に居合わせて何となく参加した者。

924：ヤナギ
そうやって、白銀さんに人が集まってくるわけか。

925：ヨロレイ
その場に居合わせて何となくプレデター狩りに参加した者ですが、何か？

926：ヤンヤン
え？　まじ？
あの中に交じってたの？

927：ヤナギ
釣りじゃなく？

928：遊星人
もしくは妄想じゃないか？

929：ヨロレイ
いたよ！　隅っこの方でちゃんと攻撃してたよ！
配信動画見たら、ちょっとだけ映ってるから！

930：ヤンヤン
あー、確かに！
目立つシャボン玉あるじゃん。
これ？

931：ヨロレイ
そうだよ！
お米集めしてたら、プレデター戦するから参加しませんかーって声かけられた。
最初は断ろうとしたけど、白銀さん主催じゃ参加するよね。

932：ヤナギ
最初断ろうとしたのはなぜに？

933：遊星人
あそこ、いつもプレデター狩りのために野良パーティ募集してるからな。
たいてい失敗してるから、今や参加者はほぼ集まらなくなってた。

934：ヤンヤン
それも変わるだろうな。
攻略方法まる裸だし。

935：ヨロレイ
いつもの無謀な、特攻パーティ野良野郎なのかと思ったら、違ったからさー。
白銀さんがいるなら、勝ちは決まったようなものじゃん？
むしろ頭下げて参加させてくださいって頼んだからね。

936：ヤンヤン
いいなー。
俺もその場にいたら、湿地で土下座してでも参加させてもらったわ。
白銀さんがいるんだもんなー。

937：ヤナギ
俺も！

938：遊星人
これが白銀さんの人徳か。
まあ、俺も多分土下座するけど。羨ましいぜ。

939：ヤナギ
それで、どうだった？
活躍した？

940：ヤンヤン
というか、白銀さんと知り合いなんじゃん？
何か話した？
お久しぶりです的な感じで。

941：ヨロレイ
たかが顔見知り程度のモブが、白銀さんに話し掛けられるわけがない！
あと、活躍もしてない。最初の 15 分くらいで死に戻ったからね！
多分、白銀さんは俺がいなくなったことも気づいてないと思う。
というか、いることさえ気づいてないと思う。

942：遊星人
ドンマイ。モブ。

943：ヤナギ
ほ、ほら、俺たちってモブだしな。

944：ヤンヤン
そうそう。むしろその影薄い感じがモブらしい！
よ！　モブの鑑！

945：ヨロレイ
だよな！

946：遊星人
まあ、理想は白銀さんと会話して、情報をゲットしてきてくれることだが。

947：ヤンヤン
ヘタレモブめ！

948：ヤナギ
うむ。

949：ヨロレイ
お前らだって同じ状況になったら、声かけられないくせに！

950：ヤンヤン
そ、そんなことないもんね！
グイグイ話しかけて、バンバン情報ゲットしちゃうもんね！
な？

951：ヤナギ
お、俺はちょっと……。
白銀さんって、見守られてるじゃん？

952：遊星人
俺も見守り隊は怖いな。

953：ヨロレイ
期待してるからな？

954：ヤンヤン
や、やってやんよ！　話しかけて、通報されてやんよ！

955：ヤナギ
よっ！　処されるヤンヤン見てみたい！

956：ヨロレイ
白銀さんに迷惑だけはかけるなよ？

957：遊星人
そこが一番重要だ。
勝手に処される分には笑い話で済むが。
むしろ俺も見てみたいが。

958：ヤンヤン
全然笑えんから！
でも、そうだよな。白銀さんに迷惑かけちゃいかんよな！
だから話し掛けるのは無し！

959：ヨロレイ
日和ったな。

960：ヤナギ
日和ったね。

961：遊星人
日和りパンダだな。

962：ヤンヤン
う、うるせー！
そのうちやってやっから見てろよ！
合法的に白銀さんとはなしてやるからな！

：：：：：：：：：：：：：：：

第二章　赤い町

イベント終了から四日。

レイドボスと連戦した最終日ほどではないが、忙しなく日々が過ぎて行った。

アイネの養蚕《ようさん》で採れた糸を布に加工してみたり、サクラの木工やヒムカの陶芸で新しい作品を作ったり、ホームの暗室で蛍光《けいこう》リンドウなどが栽培できたりと、色々と発見や進展があったのだ。

最も変化が大きかったのが、神聖樹だろう。悪魔であるリリスが分離したことで病気が癒えたらしく、今では葉っぱも艶々で元気一杯である。

そのおかげで、神聖樹の枝や、神聖樹の若葉という素材が手に入るようになっていた。

枝は普通に上質な木材ってだけなんだが、若葉が凄まじい。

なんと、蘇生薬の材料になったのだ。

早耳猫で購入したレシピによると、必要なものは一定品質以上の水、一定品質以上の薬草、一定品質以上の毒草。そして、神聖属性の強い植物であった。

この神聖属性の植物枠に、神聖樹の若葉がばっちり適合したらしい。俺の錬金レベルではまだ低品質だが、間違いなく蘇生薬を作ることができていた。さすが神聖な樹なんて名前が付いているだけあるのだ。

いやー、実験はやっぱり面白いよね。ただ、新しいホームで実験ばかりして、まったり過ごしただけじゃないぞ？

例えばギルド。俺は今まで、冒険者ギルド、農業ギルド、獣魔ギルドの三つにしか所属していなかった。

あと一つ枠が残っているんだが、それをどうするかずっと悩んでいたのだ。

俺自身の技能から考えれば、料理ギルドか錬金ギルド。錬金ギルドが合っているんだろうが、どのギルドを選ぶにしても決定打に欠けていた。

どこに所属しても悪くないけど、どれもいまいちって感じだったのだ。そこで俺が選択したのが、職人ギルドであった。

ここは、その名の通り全ての生産職を網羅する、幅の広いギルドだ。

例えば料理スキルで考えると、料理ギルドならより高位の調理器具や調理場を安く、低レベルのうちに手に入れられる。また、食材などもより多く安く買えるだろう。

ただ、職人ギルドなら、料理だけではなく、調合、錬金、鍛冶、木工、養蚕、養蜂など、ありとあらゆる生産技能に対応してくれる。その分、一つ一つの分野では専門ギルドには敵わないんだが、そこまで一つの生産職を究めるつもりもない。職人ギルドで広く浅くやるのが、俺のプレイスタイルにはあっているのだ。

それに、うちの場合はモンスたちの生産にも影響してくるからね。

納品をしまくったので、すでにランクは六まで上昇している。おかげで施設をグレードアップすることができ、生産がより捗《はかど》って仕方ないのだ。モンスたちも大喜びだ。

あとは、従魔の心でも、色々と進展があった。

この四日間で、俺は新たに二つの従魔の心をゲットしている。

一つはルフレの心。これは事前に聞いていた通り、泉で水遊びをしていたらゲットできた。

やはり一定サイズの水場を用意し、そこで遊ぶというのが条件なんだろう。

もう一つが、オリーブトレントであるオレアの従魔の心だった。タイミング的に、神聖樹の復活がトリガーなんじゃないかと思う。

畑に植える樹木のレベルとか、珍しさが鍵なのかね？

ともかく、これで俺の持っている召喚の宝珠は七つ。モンスを積極的に入れ替えることができるだろう。

次に狙うのは、ヒムカとアイネの心だな。

聞きかじった情報によると、精霊から従魔の心を貰う条件は、好感度以外に二つあるという。

一つが、その精霊の初期スキルに入っている生産スキルに関する条件。

ノームであれば、一定以上のレア度の作物を育てる。ウンディーネであれば、一定以上のレア度の素材を使った料理を一定数生産してもらうというのが条件であるらしい。

もう一つの条件が、ホームの施設である。

ノームなら畑の広さ。ウンディーネなら一定以上の大きさの水辺。それらが必要になってくる。

そう考えると、ヒムカなら一定ランク以上の鉱石を生産に使い、火系統のホームオブジェクトの設置。アイネなら、特殊素材を使った養蚕に、風系統のオブジェクトが条件だろうか？

そして、俺たちは今、ヒムカ用の鉱石を採取しにやってきていた。場所は、東の第八エリアである、静電気山だ。

ここのボスからは静電石と、毒電石という鉱石がドロップする。これなら、サラマンダーの従魔の心の条件を満たすらしいのだ。

それに、ここのモンスターがあまり強くないということも重要だ。

静電気のギミックが厄介なぶん、モンスターの難易度はあまり高くないタイプのフィールドらしい。

そう、あまり強くないはずだったんだが――。

「クックマーー！」

「ああ！　クママー！」

クママの巨体がぶっ飛んだー！

「くっそ、みんな集中攻撃だ！　やつを倒せ！」

「――！」

「デビーー！」

現在のパーティは、オルト、クママ、サクラ、ファウ、リリス、ペルカである。フィールドギミックである、静電気の影響が低そうなメンバーで組んだパーティだ。

事前に仕入れた攻略情報も仕事をしてくれたので、ここまでは順調だったんだが……。

突如出現した強力なモンスターを前にして、俺たちはピンチを迎えていた。

「まさか、ここでエンカウントしちまうとは！」

こいつは、このフィールドで最も手ごわい敵、トルマリンゴーレムのユニーク個体である。

さすがにユニークなだけあって、その強さは通常個体よりも一段も二段も上だ。特に、フィールドギミックである電撃を溜め込んで、周囲にばら撒く範囲攻撃が凶悪だった。

威力もさることながら、高確率で麻痺させられるのだ。しかも、その電撃によって、さらにフィールドギミックが作動する。

今回作動したのが、電撃で一瞬のスタンを与えてくるトラップと、閃光で目をくらませるトラップだった。俺もオルトも、完全に目を潰されてしまった。

そのせいで、麻痺をしたクママを庇うことができなかったのである。

麻痺し、仲間の援護もない。そんな状態のところを、ゴーレムの高い物理攻撃力で殴られれば、タンク職でもかなり痛い。

つまり、先程のクママのようなことになるわけである。

それでも、俺たちは何とか攻撃を集中させて、トルマリンゴーレムを破壊していた。

精神の低いゴーレムに対しては、リリスの幻術が大活躍だ。格上でも、バンバン混乱状態にすることができる。

「リリス、よくやってくれた！」

「デビー！」

「クマー……」

「クママ！　無事だったか？」

「クマ！」

ここのボスは、クママが頼りだからな。

レベルが40に達したクママは、二つのスキルを覚えていた。一つが毒無効。まあ、これは名前の通りの効果だ。毒を無効化するスキルである。

もう一つが、食溜め。これは、満腹度を消費してＨＰを回復できるスキルで、なんと２００％まで満腹ゲージを溜めることが可能であるらしい。

この二つがあれば、毒ゴーレムが出現するこのフィールドボス戦において、優秀なタンク役となるはずだった。

それが、辿り着く前に死に戻りなんて笑い話にもならんのだ。

ボスはかなり強いと聞いているが、攻略方法はバッチリだ。なんとかなるだろう。

ただ、強化されたクママがいても、静電気山は想像以上に難所の連続だった。

やはり、第八エリアともなると一筋縄ではいかない。後半に行くにつれてフィールドは険しくなり、出現する敵も強くなっていく。

第七エリアはもっとスイスイと進めていけたんだけどね。一つエリアが変わるだけで、全然難易度が違っていた。

そう、俺はイベント後の四日間、リリスのレベル上げも兼ねて新エリアを開拓しまくっていた。そりゃあもう、自分でも驚く進みっぷりである。イベントでモンスたちのレベルが上がっていたし、思った以上にフィールド突破が進んでいた。

今は、東西南北にある第七エリア全てで、町まで到達できているのだ。

東の第七エリアにあるのは、鉱山の町。ドワーフがたくさん住んでいる、谷間に築かれた石と鉄の町である。周辺の岩山には、ガーゴイルなどが出現するが、鉱石をゲットするには最適の環境と言えるだろう。

この先の第八エリアは二つに分かれており、片方が火炎樹の山。全身から炎を噴き上げる不思議な木が生える山である。火炎系のモンスターが大量に出現するらしい。しかも、フィールドギミックで様々な場所から炎が噴き出し、モンスが炎上する画像が度々出回っている。うちの場合、クママが火に弱いんだよな……。

もう片方が、俺たちが今いる静電気山。磁力や電撃による罠が多く、金属製の武器だと苦労するそうだ。静電気を防ぐ薬もあるが、それを全員に使っているとかなりお高くなってしまう。それゆえ、軽装の戦士などが重宝されているフィールドだった。

どちらも一筋縄ではいかないが、この辺りまで来るとどこに行っても簡単なフィールドはない。

西にある第七エリアの町は、オアシスの町。周辺は砂漠である。

その先は、岩石が行く手を塞ぐ岩石砂漠と、蟻地獄のような罠が大量に存在する流砂の回廊に分かれている。流砂の回廊は、タゴサックに教えてもらった海苔が採取できるフィールドだ。そのうち行ってみたい。

北は森林の町。その名の通り、森林に埋もれるように存在する、エルフの町だ。高品質な弓などが売っていることで有名である。

第八エリアは、アンデッドの徘徊する闇の森と、擬態植物に注意が必要な捕食の森であるらしい。完全にホラーテイストに振り切っている。ここは、正直どっちも行きたくないね。

南は水路の町。まるでベネチアのような、ゴンドラで町中を行き来する水上都市である。最も新しく解放されたことで、観光と探索に訪れるプレイヤーの数が多いらしい。

先は、泥炭地帯と巨大川というフィールドに分かれているそうだ。まだ攻略が進んでいないものの、溺死や窒息死が多発しており、見た目の美しさほど簡単な場所ではなかった。

ここまでくると、どこも攻略が大変そうだな。俺たちがいる静電気山も、事前の予想よりも数段厳しかった。電撃に慣れないんだよね。毎回体がビクンとして、プチパニックになってしまうのだ。

それでも、少しずつ山を進み続け、もう直ぐでボスエリアというところまでやってくる。

一番ヤバかったのは、ロッククライミング中に鳥型のモンスターに襲われた時だろう。フィールドギミックの閃光のせいで敵が見えず、危うく落下しそうになったのだ。いやー、マジで大変だった。

「もうちょっとで頂上だ！　みんな、頑張るぞ！」

「クマー！」

「待ってろよボス！　攻略情報がある限り、俺たちは負けない！」

「クーマー！」

なんて言いながら、意気揚々と頂上へと足を踏み入れたんだが——。

「ゴッゴゴゴゴォォォォォォ！」

「ギャー！」

「ムー！」

学習しないよね！　俺って！

想定以上のボスの強さに、作戦は完全に破綻していた。誰だ！　攻略情報があれば負けないとか言ったやつ！

静電気を帯びたボスの攻撃が、微妙にオルトのクワに影響を与えるらしい。受け止めると一瞬腕が痺れるせいで、動き出しが鈍いのだ。そのせいで、いつもほどの活躍ができていない。

それに、聞いていた遠距離攻撃の投石が、想像よりも速かった。事前に速いとは聞いていたけど、慣れれば避けられるとも言われたんだけどね。

「俺には無理だったー！」

戦闘職の「慣れれば簡単」は、俺にとっては激ムズと同義だったのだ。三発に一発は、ダメージを受けてしまう。

なんだあの超高速で迫ってくる岩は！　もっと、動きの鈍い俺みたいなやつのことも考えて、攻略法を練ってくれなきゃ！　気合で避けるは、攻略方法じゃねぇー！

「クママ！　頼むー！」

「クマー！」

それでも何とか全滅せずにいるのは、やはりクママのおかげであった。ポイズンゴーレムがまき散らす毒は効かず、攻撃もガッシリと受け止めてくれる。ノーダメージとはいかないが、これも想定の内だ。

しかも、食溜めスキルの効果によってクママのＨＰがあっという間に回復していく。

食溜めを消費する度にクママのお腹が「グ～ッ！」という咆哮を上げるが、今は我慢してくれ！

あとで大好物のハチミツをくわせてやるから！

「その調子だ！」

「クックマ！」

巨大な岩石のゴーレムに対し、小柄に見えるクママが奮戦を続ける。スキルの相性があるとはいえ、素晴らしい動きだ。

時にはゴーレムの攻撃をヒラリと躱しつつ、その爪でボスのＨＰを削っていく。

「ゴゴ！」

「クマ！」

その間に、俺たちの遠距離攻撃がゴーレムを削っていった。戦っている内に分かったが、食溜めスキルは体力回復以外にもう一つ効果があるらしい。

それが、敵のヘイトを集める効果だ。自身を回復することで、ヒーラー並みのヘイトを獲得するらしい。

壁役にとっては、非常に有用だろう。後衛の場合は死ぬけど。

「ゴッゴッゴー！」

ボスが両腕を天に向かって突き出し、咆哮を上げる。明らかに、何か特別なことが起きる前兆だろう。

「げっ！　もうか！」

これは、ポイズンゴーレムの特殊行動だ。

一定ダメージを食らうか、自身の攻撃を受け止められた回数によって発動するらしい。

毒と麻痺を伴う電撃を、フィールド全体に放つという非常に厭らしい攻撃である。麻痺と毒を両方食らったら、かなりのピンチなのだ。

俺の予想ではもう少し後のはずだったんだが、クママが頑張り過ぎたらしい。

「キャンセルが間に合わん！」

「ヤー！」

「デビー！」

本来は、奴の動きを見ながらファウとリリスに爆撃を行ってもらい、特殊行動をキャンセルさせる計画だったんだがな……。

パーティ全員が一気にダメージを食らってしまったが、なんとか死に戻りはいない。召喚の宝珠でメンバーを入れ替えつつ、俺たちはゴーレムと我慢強く戦った。


そして、戦闘開始から二五分後。

「クックマー！」

クママが被弾をものともせずに突っ込むと、渾身の右ストレートをゴーレムのどてっぱらに叩き込んだ。まるでボクシング漫画の主人公のような、肩の入ったいいパンチである。まあ、爪の判定なんだけどさ！

「ゴゴ……ゴォ……！」

「やった！　俺たちの勝利だ！」

クママの放った一撃が止めとなり、俺たちは勝利をもぎ取っていた。やっぱり、第八エリアのボスともなるとメチャクチャ強かったな。

「でも、これだけ強かったんだ……報酬も良いに違いない」

ウィンドウからドロップを確認してみる。すると、狙っていた鉱石類が大量にゲットできていた。

いやー、苦戦しながら頑張ったかいがあったぜ。

「クママ、今回のＭＶＰはお前だ！　よくやってくれた！」

「クマー！」

俺が頭を撫でると、他のモンスたちがクママを囲んでパチパチと拍手をする。皆も同意見ということなんだろう。

照れたように頭をかくクママ。

「クマクマ」

「あとでご褒美を――」

「キキュー！」

「フマー！」

ＭＶＰであることは認めても、ご褒美独り占めは許さんってことかな？　リックとアイネが俺の頭にしがみ付いて、アピールし始めた。

「分かった分かった！　みんなにもちゃんとご褒美あるから！　悪い子にはご褒美やらんぞ！」

「キュ？」

「フマ？」

こいつら……。急にあざといポーズしやがって。二人揃って同じ方向に小首傾げて、俺を見上げるんじゃない！　スクショしなくちゃいけないじゃないか！

「ったく」

「キュ？」

「フマ？」

「ヒム？」

「フム？」

ヒムカにルフレまで！　誰に教わった？　可愛いけどさ。

「ああ、ドリモ。可愛いポーズせんでもご褒美はやるからな」

「モグー」

そんな胸を撫で下ろさんでも……。

いや、あざと可愛いドリモ、ちょっとは見たかったけども！

「とりあえず、戦利品の確認だ」

ボスから入手したドロップ品には、しっかりと狙いのアイテムが含まれていた。

「さて、静電石も毒電石も手に入ったし、他の鉱石も大漁だな」

「ヒム！」

これで、ヒムカの仕事が捗りそうだ。

それに、みんなのレベルも上がっている。

「うーん。ペルカは進化しないな」

今は送還してしまったのでパーティにはいないが、ペルカもレベルアップしていた。現在は27レベルである。

25レベルで進化するかと期待していたんだが、変化がなかった。

その後、26でも27でも反応無しだ。まあ、25で進化しなかった時点で、だろうとは思っていたけどさ。きりのいい30で進化するかもしれないが、望みは薄い気がする。

25レベルで進化しなかった時点で少し調べてみたんだが、大抵のモンスは20レベルか25レベルで進化するらしい。

進化しない場合、それはすでに進化後の種族であることが多いそうだ。

特殊な卵から生まれたり、報酬でゲットした個体は、進化種族でありながらレベル1という場合があるとのこと。

ペルカもそのタイプの可能性が高かった。最初から二次種族だったのだ。

となると、進化は50レベルかね？　まあ、先は長そうだ。

うちのモンスたちの中で次に進化するとしたら、今21レベルのリリスかな？　まあ、リリスも生まれが特殊だから、普通の進化をするかは分からんけど。

「よし、確認終了。セーフティーゾーンに向かおう」

「キキュ」

「クマー」

そうして歩き出すと、メールの着信音があった。

「運営メールだ。なになに？」

アップデートのお知らせ？　修正と追加か。まあ、いつも通りなんだが、今回は俺にも関係ありそうだな。

各職業に色々な修正が入るのと、一部スキルにも修正があるようだ。

「テイマーの場合は……うーん？　下方修正が入ったか」

従魔の宝珠の弱体化――というか、使用制限と言った方がいいかな？

装備可能な従魔の宝珠は最大で12個までとなるらしい。

モンス自身の戦闘力はプレイヤーに劣るとはいえ、入れ替えれば瞬時にＨＰ、ＭＰを回復できるようなものだったからね。

ただ、最近はプレイヤーの回復アイテムも充実してきて、従魔の宝珠優遇と言われるほど有利ではなくなってきたと思うんだけどな……。

プレイヤーが死ねば即全滅っていうデメリットもあるしさ。

「ま、俺には今のところ影響薄いし、いいか」

オンラインゲームで、職業関係に修正が入るのは当たり前なのだ。いちいち文句言ってたらキリがない。

時には強ジョブと言われていた職業にあり得ない修正が入って、最弱ジョブに転落なんてことも珍しくはない。それに比べたらこの程度の修正、可愛いもんだろう。

そりゃあ、ある日突然最弱職業になってしまったら文句も言いたくなるが、もともとテイマーって微妙な評価だったしね。

見てみれば、他の職業にも色々な修正が入っているし。たぶん、下方修正で炎上している掲示板もあることだろう。

「で、スキルでチェックしておいたほうがよさそうなのは……察知系スキルの修正かな？」

敵の持つ察知系、隠密系スキルが弱体化されたっぽい。一方的に奇襲されるような状況が減るようだ。

あとは、一部スキルの吹き飛ばし効果の弱体化とか、火炎系のエフェクトの調整とか、俺には関係なさそうな修正ばかりだった。

「あとは町でゆっくりと確認しよう。みんな待たせたな、今度こそ本当に出発だー！」

「クックマー！」

「フマー！」

そうして、新エリアに足を踏み入れること一〇分。

「見えた！　町だ！　いやー、マジでビビったな」

「モグー」

「フムー」

第九エリアへと突入した俺たちなんだが、思ったよりも町までの道のりが長かった。そのせいで、何度か雑魚敵にエンカウントしてしまったのだ。

火炎獣という、物理攻撃のほとんど効かない敵が特に強く、せっかくボスを倒したのに死に戻りしてしまうところだった。

ドリモなんて二回も全身炎上して、マジでヤバい絵面だったね。

ボス戦で水魔術が50レベルに達したことで覚えた新魔術、アクアカノンがなければ俺たちも危なかっただろう。

単体への大ダメージ水魔術である。そりゃあもう、水が弱点である火炎獣に対し、気持ちがいいくらいの効果であった。マナポーションを使い切ったけどね。命に比べれば安いものである。

「ようやく到着したぞ！」

「ヒム！」

「フマ！」

初の第九エリアだ。きっと、色々と面白い物が売っているに違いない。

町はレッドタウンという名前の通り、門からして赤かった。

まるで扉の付いた巨大な鳥居のようにも見える。

ワクワクしながら皆で入り口の門をくぐると、そこには今まで見たことがない光景が広がっていた。

「ほほー、純和風の町は初めてだな！」

「ヒム！」

「転移陣を登録したら、町をぶらついてみるかな」

入り口が鳥居に似ているると思ったが、似ているというかそのものだったらしい。まるで江戸時代のような街並みが広がっていた。

違うのは色合いだろう。柱や窓枠、暖簾などに真紅の塗料が塗られ、それ以外の場所も赤系統の色を基調としている。壁が白い分、それ以外の部分の赤色が非常に映えていた。

街路樹の葉まで赤いのだ。赤く色付いた楓や紅葉が街を彩っている。

町中を歩いている人々も、和風の服を着ていた。ちゃんとした着物というよりは、甚平や作務衣《さむえ》、浴衣などである。振袖の人もいるかな？

その中に西洋風の鎧やローブを着込んだプレイヤーがいるせいで、違和感が凄い。いや、俺もその違和感の一員なんだけどさ。

ホームで着る用のも併せて、何着か和装を持っていてもいいかもしれない。甚平を着て、縁側で一杯……悪くないね！

「アイネの織った布もあるし、それで作ってもらうのもありか」

「フマー！」

「よし、それじゃあ、和服を売ってそうな店を探すぞ！」

「フマーー！」

「キキュ！」

そうしてモンスたちと一緒にレッドタウンを歩いて回ったのだが、欲しいものだらけで困ってしまった。まさか蕎麦が売っているとはな。

そうなのだ。この町では蕎麦が売られていた。もうね、大量に買ってしまったよ。その後、当然農業ギルドに向かい、種もゲットしておいた。

いずれ、自作の蕎麦を楽しめるようになるだろう。今から楽しみで仕方がない。ホームの畑は最大限まで大きくしたし、あそこで育てようかな。

天ぷらそばとかいいねぇ。最近はレア度の低いコッコの卵ならかなり安くなってきたので、月見そばも食べ放題だ。

あとは、ガレットなども作れるだろう。純和風のこの町では売っていないようだが、俺は結構好きなのだ。

ホームオブジェクトなんかも和風の物も売っているので、うちのインテリアはここで買うといいかもしれない。

行燈《あんどん》風の照明とか、畳の部屋にちょうどいいだろう。紅葉柄の透かし模様が入った障子とかも、お洒落さんだ。狛犬風のお稲荷様とか、高さ一〇メートルくらいある巨大石灯籠とか、どこに飾るんだっていうオブジェクトも売ってるけどね。

ここで色々買って、ホームをグレードアップしたいね。

甚平などの和服に関しては、町中で売っていた。呉服屋だけではなく、雑貨屋などでも販売しているのだ。高いものだと、そのまま戦闘に出られるほど性能がよい。第九エリアで売っているだけあった。

まあ、俺は防御力を求めていないので、柄で選ぶ感じだけどさ。

とりあえず、大きめの呉服屋に入ってみることにした。なんと、袴や浴衣も売っている。

「これとか、凄いな」

黒地に桜吹雪の模様が入った、かなり強い防具が一番目立つ場所に展示されていた。防御力も強いが、火炎耐性が付いているのだ。しかも、時代劇だったら確実に主人公が着てなきゃおかしい、ド派手なデザイン。

ちょっといいなーと思ってしまった。重すぎて、俺には装備できなかったけどね。剣士装備ってことは、侍ルートの人が身に着けるんだろう。斬撃強化などのスキルも付いている。

「甚平、作務衣コーナーはここか。お、安いのもあるじゃないか」

防御力1とか、逆にどう作るのか気になるんだけど。初期防具よりも弱いぞ。

最近追加された試着機能を使えば、自分がそれを着た画像をウィンドウに表示することができるらしい。

「結構色んな柄があるなー。色も選べるし。どれにするか……」

「キキュ！」

「どうしたリック？」

「キュー！」

肩に乗っていたリックが、俺の髪を引っ張って何かを訴え始めた。そして、棚の一角に走っていく。

「キュ！」

「あー、それがお勧めってことね」

リックが、緑地に団栗《どんぐり》柄の甚平を引っ張っている。まあ、リックが好きそうだが、ちょっと子供っぽ過ぎないか？

そりゃあ、俺のアバターはやや若いけど、さすがにそれは……。

「ヒム！」

「フム！」

「お、お前らもお勧めがあるってことか？」

「ヒムムー！」

「ヒムカが真っ赤な甚平か」

背中にはオレンジ色のファイアパターンがデカデカと刺繍され、ヤンチャ臭がすごい。コンビニの前でたむろってるヤンキーさんが、こんな甚平着てなかったかな？

「フムム！」

「ル、ルフレのも個性的だな……」

真っ青な作務衣なんだけど、肩の生地が淡いシースルーだ。これ、女性向けじゃない？　ユニセックス？　そうっすか。

「やばいな。この流れ、前もあったぞ――」

「フマー！」

「やっぱり！」

アイネが持ってきたのは、両袖の丈が違ううえに、胸元の合わせが妙に開いたデザインの甚平である。アシンメトリーっすね。

「左は手が隠れるくらい長いのに。右は二の腕くらいまでしかないいんだけど……」

「フママ！」

ちょいと中二病っぽくない？　もしくは、和風がテーマのビジュアルバンドの衣裳風？

普段着にするには大分着づらそうだ。しかし、アイネはキラキラした目で、俺の試着画像を見つめている。

「ア、アイネはこういう攻めたデザインが好きなのか？」

「フマ！」

もし被服作製系のスキルを手に入れても、アイネに作ってもらうのはヤバいかもしれん。ま、まあ、性能さえ良ければいいんだけどさ……。

「クックマ！」

「……真っ黄色で、しかも背中にハチミツ入りの壷のプリント……」

これまた子供っぽいね。クママめ、俺に似合うとかじゃなくて、完全に自分の趣味で選んでやがるな。ここまでクママの好みをピンポイントで突いたデザインが存在するとはな。いらんところで奇跡が起きているのだ。

「モグ」

「ドリモがいてくれてよかったよ」

前も、こうやってモンスたちがお勧めを選び始めてしまった時は、ドリモが無難なのを選んでくれたのだ。

今回もドリモは、青灰色の地味目な作務衣を選んでくれていた。リアルでも日常着にしたい、絶妙な落ち着き度合いである。俺の好みを完璧に突いていた。

文句なしにこれに決定だ。

ただ、却下するにしても「お前らの選んだやつはちょっとダサいから」なんて言ったら絶対に拗ねるからな。ちょっと気を遣わんと。

「さて。皆がそれぞれおすすめを選んでくれたわけだが……選ばれるのは――」

「キュ」

「ヒム」

「フム」

「フマ」

「クマ」

そ、そんな、自分のが選ばれるかもしれないって期待するような純粋な目で見られると、罪悪感が凄いんだけど。もう決まってるんだよ。君らのが選ばれることはないんだ。

「え、選ばれるのは……」

「キュー」「ヒムー」「フムー」「フマー」「クマー」

やめろ！　そんなイノセントな目で見るな！

く……だめだ！

「ぜ、全部です！」

ドリモのしか買わないなんて発表できるかーい！　俺にはそんな酷なことは無理だ！

リックたちが飛び上がりながら、全身で喜びを表現してくれる。ハイタッチまでしてくれるのを見ると、選んでよかったと思えた。

「ド、ドリモの気遣いを無駄にしてすまんな？」

「モグモ……」

ドリモが「ヤレヤレだぜ」って言いたげな感じで、肩をすくめながら首を振っている。

「し、仕方ないじゃんか」

「モグ」

すれ違いざまに俺の腰をパンパンって叩いてくれるドリモさん、まじカッケー！　毎回毎回ハードボイルド！　俺を惚れさせて何をさせるつもりなの！

「モグ……」

「そ、そんな呆れた目で見るなって。落ち着いたから」

とりあえず、甚平と作務衣は全部買ってこよう。どうせ着るのはホームでだけだし、誰にも見られないのだ。多少デザインが個性的でも問題ないさ。

「よし、次はプレイヤーズショップのある区画に行くか！」

レッドタウンの中心部に向かうと、大きな広場でバザーのようなことが行われていた。

プレイヤーの出店もかなり多い。様々な商品が並べられていて、面白かった。中には手に巻くバンテージの専門店とか、儲かっているのか怪しい店もあったけどね。格闘系の職業ならバンテージにも拘るのだろうか？

ヒムカは刀が気になるらしく、武器屋の前で足を止めては眺めている。他の子たちは、和風の雑貨などが気になっているようだ。

そうして広場を歩いていると、時々声を掛けられる。イベントでうちの子たちを見てファンになった人などが、手を振ったりしてくれるのだ。

ちょっとした芸能マネージャー気分である。まあ、「はいはい、アイドルには手を触れないでくださいね〜」って言わずとも、お行儀のよいプレイヤーさんばかりだけどね。

うちの子たちが手を振り返す姿を見て、嬉しそうに歓声を上げるだけなのだ。

「あれー、白銀さんじゃーん」

「シュエラ？　今日はこの町だったか」

声をかけてきたのは、あざとロリ裁縫士のシュエラだった。相変わらずフリフリのあざとコスチュームである。水色地に白の水玉模様のロリータドレスなんて、自分で作ったのか？　少し古めのアイドルみたいな色味である。

セキ曰くアラフォーだそうだが、本当かは分からん。アバタージャリアル年齢は分からんし。

ただ、あの時のシュエラの怒り様を見ていると、本当だったたっぽいんだよね。

「あれ？　今日はセキはいないのか？」

地味なあの顔がないと、むしろ目立つ。それに、ストッパー役のセキがいないと、誰がシュエラの暴走を止めるんだ？

「あいつは、昨日から小学校の林間学校行ってる。一泊二日だから、ゲーム内だとあと数日は戻ってこないね」

「……リアル情報言うなよ」

「あはは、ゴメンゴメン。忘れて」

「まあ、言いふらす気はないけどさ」

しかし、セキって小学生だったのか？　全然見えんぞ。話し方も落ち着いていて、二〇歳は超えてると思っていたのだ。

いよいよセキとシュエラの関係が分からんな。親子っぽくはないし、姉弟にしては年が離れている。親戚とか？

セキの予定を把握しているってことは、それなりに近しい関係だと思うが……。

というか小学校の修学旅行に行くのは、生徒だけじゃないよな？　あの落ち着き度合いなら、先生という線はあり得るだろう。

メッチャ気になるけど、リアルを聞くのはマナー違反だ。ここはスルーが吉だろう。

「それで、何かお探し？」

「何を探してるってわけじゃないんだが、掘り出し物がないかと思ってさ。あと、和装でいいのがあったら、買おうと思ってる。装備は更新予定だし」

「イベント素材使った防具、どっかに頼んだんだ？　ちぇー、うちに来てくれればよかったのに！」

「はは。イベント直後にルインに会ったから、そこで頼んじゃったんだよ。明日受け取り予定なんだ」

「だったら、せめて何か買ってってよ～。ね？　おねが～い」

うむ。本性がばれてるのに、しっかりとあざとい仕草でおねだりをするそのプロぶりっ子根性、嫌いじゃないぞ。

男っていうのはぶりっ子に騙されているんじゃない！　自ら騙されに行っているんだ！

「甚平とか作務衣あるか？」

「えー？　甚平もいいけどさ、やっぱこれじゃない？」

「浴衣か？」

シュエラが取り出したのは、一着の浴衣であった。

基本は黒だが、全体的に白の縦縞の模様が入っている。帯は白だ。

「いやー、結構派手だな。それに、俺に浴衣なんて似合わんだろ？　甚平はないか？」

「そりゃあ、現実の白銀さんはそうかもしれないけど、今のあなたは美形のアバター！　身長低めの合法ショタ属性！」

「え？　嘘。俺ってショタ枠？」

衝撃の事実を知ってしまった！　そりゃあ、身長低いけどさ！

「まあ、大まかに分けるとって感じだけどね。中身はアレだし。イケメンというよりは、可愛い系だし。そんなあなたに、これが似合わないなんてことがあるかしら！」

ま、まあ、アバターが美形なのは確かなんだ。ちょっと派手目の浴衣を着ても、似合うかもしれない。あと、中身がアレってどういうことだ？　こんなジェントルメンを捕まえて！

「ね？　ね？　ぜひ着てみてよ！」

「わ、分かったよ。試着モードで……こんな感じか？」

「いいじゃないいいいじゃない！　ぐふふふ、眼福眼福」

「拝むな！　まあ、結構いい感じだけど。髪の色にも合ってるし、カッコイイじゃん俺」

リアルでこんなこと言ったらとんだナルシー野郎だが、今は美形アバターだからね。シュエラが言う通り、似合っている。

「でしょー？　これくらいでどう？」

「え？　安すぎないか？　これじゃ、材料費くらいだろ」

「もし私のお願いをきいてくれるなら、タダでもいいわ。それだけじゃないわよ？　これ見て」

「ほー、従魔用の和装か！」

シュエラが見せてきたウィンドウには、従魔に着せるための着物や浴衣、甚平が表示されていた。

防御力がない代わりに、装備制限などを無視して装備可能であるらしい。実質、アバターに被せるアクセサリー枠ってことだろう。

男性用に女性用、動物用に不定形用など、様々なタイプが取り揃えられている。さらに、マスコットや妖怪でも装備可能であるらしい。

「これいいな！」

「でしょう？　なんなら、白銀さんちの従魔ちゃん、マスコットちゃん、妖怪ちゃん用に、全部タダで用意してもいいわよ？　しかも、一人につき三着！」

「……ぜ、全部タダ？　三着？　まじで？」

「まじまじ」

話が美味し過ぎないか？　絶対にうちの子の数を把握してないだろ？

「うち、かなりの大所帯だけど？」

「もーまんたい！　気にしないで、ドーンと任せてよ！　ぜーんぶタダにしとくからさ！」

「ふ、太っ腹過ぎてお願いっていうのがなんなのか、超怖いんだけど」

合法的なお願いだよな？　犯罪じゃないよな？

「あの白銀さんたちも着てる浴衣って、宣伝したいのよ！」

「……それだけ？」

「白銀さん、自分の影響力を考えて！　白銀さんのモンスちゃんのファンが、どれだけいると思ってるのよ！　白銀さん愛用ってだけで、バカ売れ間違いなしなんだから！」

「あー、まあ、そういう需要か」

好きな芸能人と同じ服を着たいと考えるファンは少なからずいるだろう。それと同じで、うちのモンスと同じ浴衣を着たい。もしくは、自分のモンスに着せたいっていう人はいるだろう。

俺だってね、学習したのだ。うちの子たちは超可愛い。即ち、ファンがいてもおかしくはない！

「宣伝のためなら服をタダで提供するくらい安い安い！　いくらでも持っていってよ！」

ほほう？　これは、俺に対する挑戦だな？　多分、せいぜい二〇体くらいだと思っているんだろう。

よかろう！　その挑戦受けて立つ！

「それで構わん！」

「やた！　じゃあ、好きなの選んで！」

「本当に、全員分×三着選んじゃうからな？」

「あはは、遠慮なしでいいから！　いい女は約束を守るものなんだよ！」

「わかった」

なんか、シュエラの店にチラホラお客さんが集まり始めたから、邪魔にならないようにパパッと選んじゃおう。

まずは、今一緒にいるクママ、ルフレ、ヒムカ、アイネ、リック、ドリモの分だろ？

それに、オルト、サクラ、ファウ、リリス、ペルカ、オレアの分。妖怪のスネコスリ、チャガマ。

ああ、ハナミアラシの分も一応貰っておくか。

マスコットは、ナッツ、ダンゴ、マモリ、リンネ、タロウ、ホワン、オチヨ。

最近加入した子たちの分も必要だ。

ミニ恐竜に、ラッコさん親子。

「……あれ？　思ったよりも多い？」

ふふん、ようやく異常に気付いたらしい。だが、もう遅いのだ！

「なあ、大きなマスコットも、浴衣とか着れると思うか？」

「そ、それなら巨大モンスター用ってのがあるから、大丈夫だよ」

「なら、恐竜たちもいけるな！」

恐竜に浴衣を着せて可愛いかという問題はあるが、貰えるもんは貰っておこう。いつか着せる機会があるかもしれん。ティラノさんにスピノさんなどの大型恐竜はコンプしているし、ラプトルやパキケファロの群れもいる。

子グマ、子ウシ、子ブタ、子ヒツジの分も必要だ。ホオジロさんやシーラカンスさん、ダンクレオステウスさんの分も一応貰っておくかな。

魚が着られるかどうかさすがに分からんけどね。何事もチャレンジだ。

「うーん、これで全員分かな？　二〇〇着超えたんだけど」

「……い、いつの間にそんな大所帯に？」

「え？　こないだのイベントだけど。やっぱ多すぎるよな。ちょっと減らすよ」

シュエラの驚いた顔が見られて満足だし、一人一着に減らそう。もともとそのつもりだったし。しかし、シュエラはそんな俺に待ったをかけた。

「ううん！　問題ないから！　一度約束したんだから、本当に遠慮しないで！」

「え？　でも――」

「いいの！　それに、白銀さんを騙そうとしたとか思われても困るし！　だから、貰っていって！　お願い！」

「じゃあ、本当に貰っていくよ？」

「どーぞどーぞ！　その代わり、宣伝に使わせてもらうから！　早速ね！」

まあ、シュエラが納得してるならそれでいいや。いつの間にかメチャクチャ人だかりができてるし、邪魔にならないように帰ろう。

ホームに戻って、早速和服パーティーしたいしね！

「さあさあ！　白銀さんの従魔ちゃんたちも着てる、シュエラ印の和服だよ～！　今なら、好きなあの子と同じ浴衣でお揃いも夢じゃない！」

「「「うおおおぉぉぉ！」」」

な、なんだ？　シュエラの店の方から、凄い叫び声が……。思わずみんなでビクッとしてしまったぞ。

ま、まあ、トラブルってわけでもなさそうだから、気にしないで大丈夫かな？　きっと、シュエラのあざとポーズに、男どもが歓声を上げたんだろう。

その後、俺は転移でホームに戻り、うちの子たちに甚平や作務衣を着せて楽しむ。

庭で簡単なファッションショー状態である。とりあえず、一番似合っていそうなやつを選んでみた。

「――♪」

「いいいー、サクラ可愛いよー」

サクラは、桜の花びらがあしらわれた若葉色の浴衣だ。髪の毛を結い上げた姿が可愛すぎて、スクショが捗って仕方なかった。

いや、他の子たちも同じだけどね。

「フムー！」

「うんうん。清楚可愛いねー」

ルフレは白地に水色の水玉模様の浴衣で、清楚さが凄いことになっている。水の精霊の面目躍如《めんもくやくじょ》って感じだった。

「ヤー？」

「空飛ぶ花魁？　ミスマッチと思いきや、メッチャャいいぞー！」

ファウは翅《はね》があるため、背中が大きく空いた花魁風の着物だ。ちびのクセに、こういう大人っぽい衣装も着こなせるなんて――ファウ！　恐ろしい子！

「フマ！」

「アイネも可愛いねー。健康的だねー」

アイネは意表をついて深緑の甚平である。ザ・子供って感じだが、アイネには意外なほどに似合っていた。次は浴衣を着せてみよう。

「デビ！」

「ヌイグルミ体型でも、しっかりフィットしてるな」

リリスは、漆黒の浴衣が似合っている。デフォルメ系の姿なのに、色気みたいなものさえ漂っているから不思議だ。普段のレザー系の姿からは微塵も色気なんか感じないのにな。これぞ、浴衣マジックなんだろう。男にとって、女子の浴衣というのはいつまでもドキドキしちゃうものなのだ。

「男の子たちもいいよー」

「ヒムー」

「ムー」

ヒムカ、オルトにはそれぞれの髪の色と同じ浴衣だ。浴衣を着て黙って立っていると、美少年モデルのようである。ポーズなんか取っちゃって、本人たちも結構お気に入りであるらしい。オルトはクワを下ろせば完璧だな。

「モグ」

「クマー！」

「キキュ！」

「ペン」

「動物組も、似合ってるじゃないか」

ドリモ、クママ、リック、ペルカは、どれもカラフルで、背中にそれぞれの動物のマークがあしらわれている甚平だ。

クママの場合は、シャケを取る熊のシルエットが。リックは頬袋を膨らませたリスで、ドリモは地面の穴から顔を出すモグラだ。

ペルカだけ、空を飛ぶペンギンだった。他の三匹はともかく、これは明らかにハイウェイ・ペンギンがモチーフだろう。

背中合わせでポージングするドリモとクママの前で、ペルカとリックが飛びはねている。いやー、スクショが捗りますなー！

「トリ」

「オレア、めっちゃ渋くていいな！」

オレアには、灰色の作務衣だ。この渋い服が、オレアの木目調の肌に妙に似合っていてかっこよかった。

「あいあいー」

「なんだろう。親戚に女の子なんていないのに、妙に懐かしさを感じるな」

マモリは真っ赤な浴衣が非常に愛らしい。普段から和服だからそんなに変わらないかと思ったんだけど、やっぱり違うもんだね。なんだろう。リンゴ飴を買ってあげたいね。

妖怪たちやマスコットにも、和服を着せることができた。まあ、シーツお化けのリンネとか、デフォルメチョウチョのオチヨあたりは、浴衣が似合ってるとは言い難い感じだけどね。

コカッパのタロウは、青い祭り法被が異様に似合っている。こんなご当地キャラいなかったっけ？そう思ってしまうレベルである。

スネコスリやナッツなんかは、飼い主に無理やりペット用浴衣を着せられた、ちょっとかわいそうな小動物にしか見えなかった。本人たちは楽し気なんだけど、絵面がどうしてもそう見えてしまうのだ。

チャガマはねじり鉢巻きと青い法被を羽織っている。この状態で芸を披露すると、お祭り感が凄まじかった。

「それにしても、大型の恐竜やホオジロザメにも甚平を着せられるとは思わなかったぜ」

「ギャオ？」

俺の目の前には、黒い甚平を着込んだ巨大なティラノさんがいる。少し離れた場所にある泉では、ラッコの親子が仲良く水色の浴衣を着ているだろう。

ホオジロザメは背ビレが邪魔になりそうだと思っていたが、その部分が盛り上がって着込むことができた。脱がしても、背ビレの跡は付いていない。個体に合わせて変形するってことなんだろう。

唯一着せ替えできなかったのが、樹木だ。オレアの本体であるオリーブトレントと、サクラの本体である水臨樹。この二つには、流石に服を着せることはできないようだった。

和服はまだまだたくさんあるし、これからしばらくは着せ替えができそうだ。全員で法被とかにしたら、凄いことになるだろう。今から楽しみである。

すでに夜なんだが、灯りは十分だ。ホームの各所にヒカリ苔玉を配置することで、周囲が幻想的に照らされている。サクラが暇な時に、少しずつ量産してくれていたらしい。

「ムムー！」

「ヒムー！」

「クックマー！」

いつの間にやらうちの子たちが庭で踊り始めた。音楽もかかっていないし、櫓《やぐら》だってないのに、何故か盆踊り風だ。

「ラランラ～♪」

「トリリリー！」

いや、今ファウが歌い出したな。盆踊り風ではないが、輪になって踊り出したくなるような軽快な音楽である。

意外な踊りの上手さを発揮しているのが、オレアである。パペット系に見えなくもないし、ふしぎな○どりが得意なのだろうか？

「――♪」

「フムー！」

「え？　俺もか？」

「デビー！」

みんなに手を引かれて、輪の中に連れ込まれてしまった。

正直、あまり踊りは得意じゃないんだが……。

まあ、うちの子たちと適当にワチャワチャしてるだけで面白いからいいか。変な踊りだからって笑う奴もいないしね。

「あーいー！」

「スネー！」

「よっ！　ほっ！」

「ギャオン！」

「ガオ！」

ミニ恐竜マスコットたちも集まってきて、うちの庭は完全にダンスパーティー状態だ。皆で踊り狂う内に、だんだんテンションも上がってきたぞ！

「うはははは！　踊れ踊れー！」

「ポコー！」

チャガマもメッチャ踊りが上手いな！　どこからともなく取り出した日の丸扇子を両手に持ち、軽快にダンシングだ。

「ギャァオ！」

「ガオオォォン！」

「お？　おお！　恐竜たちも踊れるのか！　すげー！」

ミニ恐竜たちの声にしては野太いと思ったら、デカい恐竜たちが踊りに参加しようとしていた。その巨体を揺らしながら、大外でステップを踏んでいる。

意外に上手い。どうやら他のモンスやマスコットの踊りを見て、覚えたらしい。学習能力が高いようだ。マジで恐竜に玉乗りくらいは仕込めちゃうかもしれん。

空ではプテラノドンが楽しそうに飛び回り、水場では浴衣を着たプレシオやサメや怪魚が飛び跳ねる。

いよいよカオスな雰囲気だ。外から見たらヤバい光景だろうが、幸い庭は覗けないし、騒ぎにはならないはずだ。

「キキュー！」

「こら、リック！　俺の頭の上で踊るな！」

「フーマーフーマー！」

「ア、アイネ！　テンション上がったの分かるけど、肩車状態でそんなに暴れたら危ないってば！」

「ぺぺぺーン！」

「手ぇ引っ張るなって！　こける！　こけるからぁぁ！」

「モグ」

「ドリモ～！　一人で休んでないで、助けてくれ！」

楽しいけど、メッチャ疲れる！

アリッサの場合

「うみゃー！」

「ど、どうした！」

私が思わず上げた声に、隣に座っていたルインが驚いて体をビクリと震わせた。

手元が狂って、作業を失敗したらしい。恨みがましい目でこっちを見ている。

でも、仕方ないじゃない！　こんなの見せられて反応しないなんて不可能よ！

「これ、見て」

「あん？　配信動画か？　配信者の名前はマモリ……。ああ、ユートのとこの座敷童か」

「ホームとか畑で撮った動画を、定期的に上げてるのは知ってるでしょ？」

「うちのメンバーで知らんやつはおらんだろう？　で、それは新作か？」

「そうなのよ！」

「分かったから、ちょいと落ち着け」

「これが落ち着いていられますか！」

マスコットたちに和服を着せるところまではいいわ！　でも、魚や恐竜にまで着せられるなんて、知らなかった！

少なくとも、既存の和服では無理だったはず。プレイヤーが特殊な製法を発見したのだろう。それだけでも重大な情報なのに、このマスコットの数といったら……。

「恐竜がスゲーいるなぁ」

「そこよ！　恐竜の購入には頭数制限があったはずなの！　それがないっていう時点でおかしい！」

「ははぁ？　称号か順位辺りが鍵になってるのかね？」

「多分ね！　いえ、討伐数や、イベント内での行動に関係している可能性も……？」

マスコット枠の恐竜は最大で五種までしか選べなかったし、そもそもティラノとスピノを同時購入ができなかったはずなのよ。

なのに、ユート君の畑には、どちらもいる。

つまり、特殊な入手方法を見つけたのだろう。

くっ……。ホームに行った時に気付かなかった！　プレイヤーの対応が忙し過ぎたわ！　もっとよく見ておけば……！　あの時の配信にも、全部は映ってなかったし！

このゲーム、特定のプレイヤーだけしか手に入れられないアイテムなどは、ほとんど存在しない。

一部のユニーク称号くらいだろう。

マスコット枠の恐竜は熱烈なファンも多いし、イベント後にも手に入れる方法が必ず用意されているはずだ。

以前のイベントでもそうだった。村で売っている作物も後々買えるようになったし、武具も村でイベントをこなせばゲットできたのだ。

イベント中に手に入れた者よりは大分苦労することになるが、今回のイベント報酬も後々入手することはできるだろう。

「イベントの島には転移陣から行けるし、恐竜とも戦えるのよね」

「おう。儂も恐竜素材目当てで何度か足を運んどるぞ。バザールで素材も手に入るしな」

「やっぱ、そっちでイベントがありそうね……。あああ！　早く検証しないと！　この配信見て、同じことに気付いたプレイヤーが押し寄せる！」

「にしてもスゲーなぁ。あいつ、イベントポイント全部マスコットにつぎ込んだんじゃないか？」

「もうもう！　配信前にうちに情報を売りにきてくれればよかったのに！」

「ユートの奴、この動画がヤバいだなんて、気付いていないんじゃないか？」

「多分ね……」

どうせいつも通り、自分が何をやらかしたかなんて分かっていないんでしょうね！

ユート君の呑気な顔が目に浮かぶようだわ！

「はぁぁ。とりあえず、ハイウッドたちを呼び戻して、バザールに行かせましょ」

「そうだな」

「和服の販売元も早急に探さないとね」

「俺は和服を少し研究しよう」

「お願い」

どこの店の商人か分からないけど、凄い宣伝になったでしょうね……。

いえ、同じものを欲しがるファンが押し寄せたら、パンクしちゃうかしら？

悲鳴を上げているかもしれないわね。

シュエラの場合

「こっちのリス柄の甚平ちょうだい！」

「俺はこっちの浴衣だ！」

のに！

偶然、白銀さんに会ったから、協力してもらって新作和服の宣伝できないかなーって思っただけな

あああ！　何でこんなことに！

「まだー？」

「おい！　順番に並べよ！」

白銀さんが立ち去ったあとも凄かったけど、動画が配信されてからは接客地獄がぁぁぁ！

ヘロヘロになったあとに、ようやく露店のオート接客機能があったのを思い出して、自分で接客せずに済むようになったけどさ……。

大変なのは接客だけじゃなかった。むしろ、接客以外の方が大変なのだ。

一人一着制限付けたらブーイング起きるし、今すぐ欲しい柄のを作れとか文句言う客もいるし！

そりゃあ、簡易設定してあるから材料使ってすぐに作れるけどさ！

補充する端から売れていってしまうのだ。

もう、素材が……。セキの分まで使っちゃったから、あとで何を言われるか……！

あと、白銀さんがどんな柄のを買って行ったかって聞かれても知らないわよ！　二〇〇着以上もあったんだから、全部覚えてられるわけないじゃん！

「ちょっとぉ！　サクラたんモデルが売り切れなんですけどぉ！」

「モグラ先輩と同じやつが欲しいんです！」

「私の番まだぁ？」

セキが帰ってきたら確実に怒られる！　自分がいない間に勝手な真似するなって言われていたのにぃぃぃぃ！　セキが戻ってくるまでに、騒動を収めておかないとヤバい！

ピッポーン。

え？　ゲーム外からメール？　ああ、ＩＤがあればスマホからゲーム内にメール送れるんだっけ。

送り主は——セキ⁉

げぇぇ！　マモリたん動画を見た？　帰ったら話がある？

絶対怒ってるぅ！

「あのー、白銀さんは——」

「これの柄違い——」

「まだ——」

ああああああ！　大人しくしておけばよかったぁぁぁ！

運営の場合

「ふはははは！　またやらかしたなぁ！」

「やらかしましたねぇ」

「だが、今回は良いやらかしだ！」

「やらかしに良いとか悪いがあるんですか？　まあ、こっちに被害のないやらかしではありましたが」

「娘がな、動画を見るのが趣味なんだ。それで、今回の白銀さんの動画を見たらしいんだ」

「はあ、それで？」

「娘が電話で『これ、お父さんが作ってるゲームなんでしょ？　ちょーかわいい！　すごいね！　やりたーい！』って！　その後に3年ぶりにメールも来た！」

「あー、それってもしかしてあれですか？『お父さん臭いから帰ってくる前に銭湯入ってきて』っていうメール。あの時、やけ酒につき合わされましたけど」

「そうなんだよ！　それが、今回は褒めてくれてるんだよぉぉぉぉ！」

「……良かったですね」

「本当だ！　うおおぉぉぉん！」

「泣かないでくださいよ。仮眠室の奴らが起きちゃいますって」

「白銀さーん！　ありがとぉぉぉ！」

マモリの日記帳連続一位記録に貢献中の見守り隊員たちの場合

「きゃわいいい」

「うむ。何度でも見れるな」

「俺なんかもう一〇周目」

「新マスコットの中では、やはりラッコさんの親子が頭一つ抜けて可愛いな」

「なに？　子熊ちゃんの方が可愛いだろ！」

「待て、浴衣を着たシーラカンスが意外に……」

「私はミニ恐竜ちゃんを推すわ！　新しい扉が開きそうなのよ！」

「はぁぁぁ……ずっと見てられるわー」

「なんとか紛れ込む方法はないものか！」

「恐竜いいいなー！」

「妖怪！　妖怪がほしいぃ！」

「くくく……花火持参で加わりたい」

「うむ！　さすがユート君だね！」

◇◇◆◇◇

和服パーティーで楽しんだ後、俺はサクラたちを連れてある場所へと向かっていた。

毎週木の日の恒例となっている、地下の祭壇訪問だ。

和服姿のモンスたちと一緒に橋の下へと潜り込み扉を開けて地下へと下りて行く。いやー、道中も注目の的だったぜ。始まりの町だと和服はかなり珍しいし、モンスが着ているのもレアだからな。うちのモンスたちはいつも注目されるけど、今日はいつも以上の熱視線だ。

「なんじゃありゃぁっ！」

「きゃわゆい……」

「サクラたん……はぁはぁ」

ふははは、もっと見るがよい！　うちの可愛い子ちゃんたちを！

モンスたちも手を振り返したりして、アイドル気分なのだろうか？

そんな風に歩いていたら、五分とかからず祭壇に続く扉へと到着する。

他のプレイヤーたちがゾロゾロと付いてきてしまっていたんだが、ここからは各パーティごとに分かれるから問題ないだろう。

「よく参りましたね。冒険者よ。そして、我が娘よ」

「――♪」

いつも通り、精霊様とサクラが仲良さげに話している。

精霊様に頭をナデナデされて、サクラは照れながらも嬉しそうだ。

そして、いつも通りそれだけで終わる。イベントが起きたりしない。

予想はしてたけどね。ただ、サクラの従魔の心を貰えたのは、精霊様に頭を撫でてもらった直後だった。多分、水臨大樹の精霊様と触れ合うことで、好感度が上昇するのだろう。

従魔の心はすでに貰ったから、好感度を上げることに意味があるかどうかは分からない。

でも、好感度が上がるってことは、サクラが喜んでいるってことなのだ。だったら、できるだけ連れてきてやらないとね。

「可愛いですねぇ」

「――♪」

うむ。サクラのあの笑顔を見られただけで、くる価値がある！

精霊様と触れ合いを終えて上に戻ってくると、すでにプレイヤーたちは解散していた。待ち伏せするのは、さすがにマナー違反だと分かっているんだろう。

ただ、一人だけ、扉の前で仁王立ちをしているプレイヤーがいた。

薄暗い橋の下に、大柄な戦士風の人間がズドーンと立っている姿は、メチャクチャ迫力があるね。

思わず「ひぇっ」って感じの声が出てしまったぜ。

しかし、よく見てみると、知っている相手であった。

「つがるん？」

「おう。久しぶりだな白銀さん！」

立っていたのは、林檎大好きファーマーのつがるんだ。

前見た時とは鎧が違っているから、すぐには気付かなかった。イベントの素材で強化したのだろう。以前着ていた岩石のような鎧ではなく、茶色の鱗と金属を組み合わせた巨大な鎧に変わっていた。

基本は、鈍く光る灰色の全身鎧で、籠手や胸当て、肩当てなどに恐竜の鱗が張りつけられている。

これで背中に大剣でも背負っていれば、超強そうな重戦士なのに。クワのせいで台無しだ。ちょっとギャグっぽくさえ見える。

「つがるんも祭壇に行くのか？」

「いや、実は白銀さんを待ってたんだ。ここに入っていくのが見えたからな。精霊様参りはそんなに時間がかかるもんじゃないし、待ってればすぐに戻ってくると思ってさ」

フレンドコールすればいいのにと思ったが、俺の邪魔をしないように気を遣ってくれたらしい。

「わざわざ待ってたって、俺に何か用か？」

「ああ。実は、ファーマー仲間で土霊の試練を攻略しようって話になってな。それで、白銀さんにも協力してもらえないかと思って」

「土霊の試練か。そういえば攻略方法が公開されてたな」

早耳猫のホームページに、完全攻略方法と銘打って地図などが公開されていたのだ。あれがあれば、一定以上の力があるプレイヤーならダンジョンをクリアできるだろう。

「攻略にはノームが必要だからさ、テイマーを誰か誘えないかって相談してたところなんだよ」

そこで偶然俺を目撃したため、誘ってみようと考えたらしい。

いい話なのは分かる。つがるんたちはファーマーでも武闘派だし。それに、攻略できるのは一定のプレイヤーだって言ったよな？　俺がその一定に達しているとでも？

「あそこって確か、エリア八、九くらいの難易度なんだろ？」

「ああ、ボスもそんくらいの強さらしい」

「うーん、誘ってもらえて有り難いけど、うちのパーティだと結構ギリギリなんだよな」

少し見栄張りました！　ギリギリというか、無理です！

「いやー、白銀さんのとこは盾役もいるし、回復役もいるじゃん？　攻撃は揃ってるから、補助役がいてくれればそれで構わないぜ？　それに、ノームのレベルが高いじゃんか？」

攻略にはノーム、もしくは土魔術が必要になってくるらしい。ただ、できればそれなりに育ったノームがいいっていう話だった。

戦闘力というよりは、ダンジョンのギミックを攻略するためにオルトが必要なのだろう。まあ、あまり戦闘に参加しなくてもいいっていうし、それなら俺たちでも何とか協力できるかな？

「うーん、まあ、時間はあるし、そっちが問題ないなら俺も構わないんだけどさ」

「お！　じゃあ決まりでいいか？」

「ああ、よろしく頼むよ」

メンバーは、つがるん、タゴサックに加え、チャーム、イカルというファーマーさん二人に、俺の知人でもあるアカリも一緒だという。

なんと、アカリは最近になって畑を購入して、農業ギルドにも加入したらしい。

「料理に使う野菜を、自分で育てるんだって言ってたぜ」

「へー、前に料理を始めるとは言ってたが、そこまでのめり込んだのか」

「タゴサックの弟子みたいな感じで、色々と畑について教えてもらってるらしい」

ファーマーとしては駆け出しってことか。だが、戦闘面では頼りになるから、彼女が攻略メンバーにいるのは心強いのだ。

「あと、そっちは五人しかいないけど、あと一人はどうするんだ？」

「ああ、イカルがテイマーで、ノームを連れているんだよ。だから、その枠だな」

「その人がいるなら、俺は必要ないんじゃ？」

「イカルは第二陣だから、まだ弱いんだよ。テイマーだけど、半分ファーマーだからレベルもまだ低いし」

「あー、そういうことか」

俺みたいな、戦闘以外をメインで遊んでいるタイプのようだ。モンスたちの力があれば、生産も色々できるからな。会ってもいないのに親近感がわくね。

その後、明日のことをいくつか打ち合わせして、つがるんと分かれた。

「明日は土霊の試練か……。ワクワクするな！」

「――♪」

以前は、アミミンさんとマッツンさんに寄生スレスレの状態で、なんとか中ボスを倒すところまではいけた。あれからかなり強くなったし、今回はもう少し貢献できるといいんだがな。

ログインしました。

畑仕事や他の用事を済ませた俺は、モンスたちを連れてタゴサックの畑にお邪魔していた。

まあ、お隣さんだから、徒歩数十秒だけど。それに、互いの畑には頻繁に出入りして意見交換もしているので、物珍しさもない。

いや、今日は一つ見慣れない物があった。

今まではハーブを育てていたはずの畑に、未見の苗木が植えてあったのだ。ハーブ畑はこの苗専用に変更したのだろうか。幹から葉から全身が黒い、ちょっと不気味な感じの苗である。

「お、そいつに目を付けたか？」

目を付けたっていうか、見ずにはいられない存在感？

こんな樹が植わっていて、無視することなんてできないだろう。

「タゴサック、これって何の樹だ？」

「邪悪樹だよ」

「はあ？　え？　邪悪樹って、あの邪悪樹か？」

「おう！　鑑定してみろよ」

言われるままに鑑定すると、本当に邪悪樹と表記されていた。

神聖樹が悪魔によって穢されることで誕生した、レイドボスの邪悪樹。イベントでは大勢のプレイヤーが苦戦したという。

幸い、俺たちのサーバーでは誕生しなかったが、噂や画像はしっかりチェックしているのだ。

うちの畑の神聖樹も、リックの樹呪術がなければ邪悪樹化していたかもしれない。ただ、苗の状態のものは初めて見たのである。

「へっへっへ。こないだのオークションで手に入れたんだ。ようやく肥料なんかの準備が整ったから、植えたんだ」

「え？　こんな出品、あったか？」

先週から始まった月曜日のオークションは、当然ながら今週も開催された。俺も、掘り出し物がないか、色々とチェックしたのだ。

当然、苗や種、生産に使えそうな素材などは全部目を通したのである。だが、邪悪樹なんて出品リストになかったはずだ。

「それがさ、俺も驚きなんだがランダムボックスから出てきたんだよ」

「まじかよ？　このレベルのアイテムが出るのか」

「驚きだよな」

ランダムボックスとは、中から何が出てくるか分からない福袋みたいなアイテムだ。

そんなアイテムが、各ギルドから出品されていた。獣魔ギルドなら、テイマーやサモナーに必要、もしくは関係するアイテムや素材が出現するのである。

俺も、そのアイテムには入札していた。ただ、ランダムボックスがそれなりに値上がりしてしまい、どのギルドのボックスも落札できなかったのである。

第二回目ってことで、オークションの参加者が増えてしまったようだった。

時間経過塗料も高騰してしまい手に入らなかったし、神聖樹の苗木なども今回は諦めた。

無理して入札すれば手に入ったかもしれないけど、いくらまで値上がりするか分からなかったしね。

ただ、幾つかゲットしたものもあるぞ。妖怪の掛け軸などである。

マヨヒガでは、座敷童の掛け軸をゲットするために他の掛け軸を諦めるしかなかった。それが、全て売りに出されていたのだ。

多少値上がりはしたものの、他のアイテムに比べればかなり安く、俺でもゲットすることができていた。まあ、座敷童の掛け軸以外は、まだどうやって使うのか分かっていないからな。そこまで人気も伸びなかったのだろう。河童、幽鬼、サトリ、魂繭《たままゆ》の四種類全て入手できた。

俺の場合、和室のインテリア代わりに欲しかったのだ。

相変わらずの不気味な日本画風の絵だが、和室に飾ると一気に雰囲気が出るよね。あれの前で怪談とかしてみたい。

「次のオークションで狙ってみようかな」

「俺も、もう一回くらい落札してもいいかな。ただ、次回からはさらに値上がりしちまうと思うぜ？」

「まあ、それは仕方ない」

邪悪樹の苗レベルのアイテムが当たることがあるなら、多少無理してでも欲しいと思うプレイヤーは多いだろう。俺だってそうだ。

だが、高騰すると予想される原因は、タゴサックの邪悪樹ではないらしい。そもそも彼女は、この苗を手に入れた経緯を数人の親しい友人にしか漏らしていないそうだ。

「え？　そんな凄い秘密、俺に教えてくれたのか？」

「ユートなら誰かにばらしたりしないだろ？」

「あ、当たり前だ」

親しい友人枠に入れてもらえて、ちょっと嬉しかった。信頼がちょっと重いが、裏切るような真似をするつもりもないのだ。

「原因はこの苗よりも、武器だよ。ランダムアイテムボックスから、スゲー強い武器が出たらしい。攻略組が騒ぐぐらいだから、かなりの性能なんだろうな」

「へー、そうなのか」

そりゃあ、多くのプレイヤーが注目するな。その武器と同格のアイテムなら、素材だろうが道具だろうが、良いアイテムに違いないのだ。

「邪悪樹がレイドボス化したら、助けてくれよな？」

「俺が役に立てるかどうかわからんが。最善は尽くすよ」

「なら勝ったも同然だな！」

「なんでだよ？　ちゃんと強いプレイヤー呼んでくれよ？」

邪悪樹のレイド戦に参加したいやつは多いみたいだし、今回の俺みたいにアリッサさんに頼めば問題ないと思うけどね。

そうしてタゴサックと邪悪樹について話をしていると、他のメンバーも揃ったらしい。

「今日はよろしく頼むぜ」

「よろしくお願いしますねー」

つがるん、アカリは顔見知りだし、気安い相手だ。

ただ、チャーム、イカルに関しては初めましてである。少なくとも、面と向かって挨拶したことはないはずだ。

「よろしくお願いします！　私はチャームって言います。武器は鎌なので、前衛は任せてくださいね！」

チャームは、背の高い蜥蜴人《とかげじん》の女性であった。ただ、蜥蜴っぽさは目元と腕の鱗と、尻尾くらいかな？　人に近い外見をしたタイプだ。

灰色ショートヘアーが活発な雰囲気に似合っている。ただ、触角っていうの？　こめかみ辺りの毛だけ長くて、三つ編みになっていた。

防具は白いドレスアーマーだ。上半身は少しダボッとしているのに、下はタイトな超ミニスカートである。歩く以外のことをしたら丸見えになりそうな長さだけど、ゲーム的なアレコレによって中は見えないので安心なのだ。ざ、残念だなんて思ってないんだからねっ！

蜥蜴人は魔力低めで、戦士向きのステータスの種族だったはずである。本人が言う通り、前衛が得意なのだろう。

「そして、こっちがイカルです。ほら、挨拶しなさい」

イカルは人見知りのようで、ずっとチャームの後ろに隠れていたが、つんのめる勢いで前に押し出されてきた。

身長は俺よりも低い、一四〇センチくらいだろう。膝裏ぐらいまである、超ロングのストレート金髪だ。種族は人間である。

装備は緑色の布鎧だ。ドレスアーマー風だけど、布製ならかなり軽くできるんだろう。ちょっとぶかぶかな感じで、彼女の幼さをより引きたてている。このゲームは、ある程度のサイズ調整がある。それなのにぶかぶかってことは、あえてそうなるように作られているということだった。多分、彼女の装備を作った裁縫士が、趣味に走ったんだと思う。だって、イカルにメチャクチャに似合っているのだ。

俺はこの子に見覚えがあった。第二陣がログインしてくるのを野次馬しにいった時、初期モンスでノームを連れていたのだ。あの時とは装備が違っているが、間違いない。

イカルがブンと勢いよくお辞儀し、挨拶してくれる。

「わ、わたひは、イカルっていいましゅ！　よ、よよ、よろひくおねがいしまっす！」

なんか、メッチャ噛んだー！　人見知りが仕事し過ぎてんな！　目も少し垂れ眼気味で、それだけでも気弱そうに見えた。

「……ぅぅ」

噛み噛み金髪少女イカルが、頭を下げたままプルプルと震えている。多分、噛んだことが恥ずかしいのだろう。

いや、俺も気まずいのよ？

どうやって声を掛けようか迷っていたら、イカルの後ろから緑色の髪をした少年が顔を覗かせた。

「ムー？」

「おお、ユニーク個体のノーム！」

プレイヤーが連れているのを見るのは珍しい。

「ムムー？」

「ムー！」

こちらを窺うように可愛く首を傾げるノームに、オルトがトテトテと駆け寄って声をかけた。シュタッと手を挙げるオルトに、同じ動作で挨拶し返している。

「ムー！」

「ムムー！」

「ムー？」

「ム！」

なんか共鳴しているな！　まあ、楽し気でよかった。

イカルのノームは、うちのオルトに比べると、ちょっと垂れ目かな？　髪の毛も、少しだけパーマがかかったようなフワフワヘアだ。オルトよりおっとりした感じの、ゆるふわ系ノームである。

イカルのノームはまだ進化していないので、装備などで見分けられるし、混乱はしないだろう。

オルトたちをホッコリとした顔で見守っていたら、イカルがいつの間にか隣に立っていた。ニッコニコの笑顔で、オルトたちを見ている。本当に自分のノームが好きなのだろう。

すると、俺の視線に気づいたらしい。一瞬俯いたが、意を決した表情で顔を上げると、再び挨拶してくれた。

「あ、あの、イカルです」

「俺はユートだ、よろしく」

「は、はい！」

ノーム同士の可愛い触れ合いを見て、緊張も少しは解けてきたようだ。まだ少し声が震えているが、今度は言葉を噛まなかった。

「で、あそこで君のノームと遊んでいるのが、オルトだ」

「うちの子の名前は、エスクです」

「そうか。エスクも可愛いな」

「そうでしょう？　でも、オルト君も可愛いですよ」

「だろ？」

「はい！」

それから数分ほど、うちの子可愛い談議で盛り上がってしまった。

実家にいる頃、飼い犬のフランを散歩させている時に、同じような状態に陥ったことを思い出したぜ。

犬の散歩中に、同じように犬を散歩させてるご近所さんと話が盛り上がってしまうのは、犬飼いあるあるだよね。

「あー、二人とも、そろそろ出発したいんだがいいか？」

「おっと、済まんタゴサック」

「す、すいません！」

「はっはっは！　イカルが初対面の男とここまで普通に会話できるなんてな！　やっぱり、同じノームテイマー同士、話が合うんだな」

やっぱり人見知りなのか。俺がイカルとすぐに会話できたのは、タゴサックが言う通り一緒に盛り上がれる話題があったからだろう。

実際、道中ではノームの情報を交換し合って、話が非常に盛り上がった。

「じゃあ、エスクもｅｘスキルを持ってたのか」

「はい！　散水ｅｘです」

「へー。便利？」

「それはもう！」

イカルのエスクはうちのオルトと同じように、最初からｅｘスキルを所持していたらしい。

エスクの散水ｅｘを使うと、植物の育ちが僅かに良くなり、作物の育成条件が緩和されるそうだ。

育成条件の緩和というのは一見地味で分かりづらいが、上手く使えばかなり役立つだろう。

例えば、特定の品質以上の水が必要な場合や、畑の土の栄養状態などが関係する場合も、散水ｅｘがあれば育てることができる。全部の条件を無視できるわけではないが、一部でも緩和されれば育てることが可能な作物は数倍に増えるかもしれない。

畑の状態はマスクデータなので詳しくは分からないが、肥料などを撒かなくては育たない作物も、問題なく成長したらしい。

うちの場合はオルトが頑張ってくれてるから、今まで枯らしてしまったことはない。ただ、もっとレア度の高い作物が手に入るようになったら、さらに活きてくるスキルだろう。

そこにアカリも加わり、今度はハーブティーの話題で盛り上がる。

「アカリは、ハーブティーを自作してるんだな。ブレンドはしてるのか？」

「私の場合は、美味しかったハーブティーの真似をしているだけで、オリジナルはないかなー」

「私もです。でも、きっといつか美味しいハーブティーを自作してみせます！」

「私も！」

二人とも、ハーブティーに中々のこだわりがあるようだ。アカリの場合、俺のハーブティーを飲んだことが理由だっていうんだから、ちょっと嬉しくなってしまう。

「あの時食べさせてもらった料理も、飲ませてもらったハーブティーも、本当に美味しかったので！」

「確かに、絶対に料理スキル取るって言ってたもんな」

「お陰で快適なソロ冒険ライフを送らせてもらってます！」

他のプレイヤーに影響を与えるだなんて、トッププレイヤーみたいじゃないか？　そんなことを言ったら、イカルが自分もだと言い始めた。

「私も、ユートさんの影響受けてますよ」

「え？　でも、イカルは第二陣だよな」

「はい。第一陣に落選して、それでも諦めきれずにネットの動画をいっぱい見て……。それで、オルトちゃんに心を奪われたんです！」

なんと、ゲーム開始前からオルトの動画を見ていたらしく、ノームを狙っていたそうだ。オルトのようなノームを手に入れて、半テイマー半ファーマープレイをしたかったのだという。

うむうむ、オルトは可愛いからね！　その気持ちは分かるよ！

「だから、私もなんですよっ！」

「そ、そうか。う、嬉しいよ」

それって、俺の影響っていうよりはオルトの影響なんじゃね？　そう思わなくもないが、オルトは俺の従魔だからな。

オルトの功績は俺の功績。オルトの可愛さも俺の手柄なのだ。いや、運営とデザイナーさんの手柄か。まあ、俺がオルトの可愛さをより引き出したおかげってことで。

そうこうしている内に、あっと言う間に土霊の街だ。

俺たちにはもう見慣れた光景でも、イカルにはまだまだ新鮮な場所であるらしい。眼をキラキラさせながら、エスクと一緒に町を見ている。聞いてみると、まだ三回目だそうだ。

そりゃあ、こうなるよな。俺も初期の頃はくるたびにワクワクしたものなのだ。

「はぁー、凄いですよねぇ」

「ムー」

その姿を見ていると、俺もなんかワクワクしてきた。いやー、初心を取り戻した気がするね。

「ムムー」

「ム？」

「ムームム」

「ムー！」

オルトがエスクに町の説明をしてやっているらしい。尊敬するように目をキラキラさせるエスクに、オルトがドヤ顔だ。

「はうー。オルトちゃん、可愛いですねぇ」

「だろー？　素直に驚くエスクも可愛いけどなー」

「ですよねー」

「二人って、放っておくといつまでもお互いのノーム褒め合ってそうですね」

チャームが、なぜか呆れたような目で見ている。

「おっと、済まん」

「ごめんなさい」

オルトだけでも可愛いのにエスクが加わって超可愛くなっているから、ついつい褒めちゃうんだよね。つがるんたちを追って、土霊の試練へと向かう。その最中、隊列などを話し合った。

「ユートは、それ新しい装備か？」

「そうだ。メッチャ強いぞ。土霊の試練の序盤なら俺たちだけでも問題ないくらいだ」

「恐竜の素材使ってるんだろ？」

「ああ。ルインの自信作だ」

実は、タゴサックたちに合流する前に、ルインの店で受け取ってきたのである。

◇◇◆◇◇

ログイン直後。俺は皆と合流する前にルインの店にやってきていた。

「どもー。装備できてる？」

「キキュー？」

俺がルインに声をかけると、肩の上のリックが真似してヨッて感じで手を挙げる。

「うむ、できておるぞ」

ルインが顔をピクピクさせながら対応してくれる。多分、リックの可愛さにニヤケそうになるのを堪えているのだろう。

ふふ、ルインはリックがお気に入りだってことは分かっているんだぜ？　まあ、だからといって、何かあるわけじゃないけどね。

「どれどれ」

「キキュ」

リックと一緒に、ルインが表示させたウィンドウを覗き込む。そこには、依頼していた杖、布防具、インナーの情報が映し出されていた。

まずは杖からだ。

「レア度6か！　すごいな！」

「お前の持ち込んだ素材が良かったからな。上手く要望されていた能力も付与できたし、かなりの自信作だぞ」

映し出されているのは白地に、幾何学模様の青い線が幾つも走る神秘的な外見の杖だった。長さは俺の背より少し短いくらいで、先端はリング状になっている。

古代文明の遺跡の出土品的な雰囲気というのだろうか？　メッチャかっこいい！

名称：ホーリーウッド・ロッド
レア度：6　品質：★7　耐久：580
効果：攻撃力＋39、魔法力＋99、水系魔術威力上昇（中）、水系魔術消費軽減（小）、樹系魔術威力上昇（中）、樹系魔術消費軽減（小）
装備条件：知力20、2次職以上
重量：4

魔法力が１００近く上昇するぞ。それだけでも強いが、魔術の強化効果もある。

「水魔術と樹魔術の威力上昇と消費軽減、どっちも付いてるのか！」

「そこは一番苦労したからな！」

魔法攻撃力が倍以上になったと言ってもいいだろう。驚きの性能だ。

恐竜素材や神聖樹の枝、それ以外にも俺の持つ素材を大量に渡していたのだが、その甲斐があったな。重量は多少重くなったが、レベルが上がって腕力も少し増えている。問題ないだろう。

「いやー、これは他のも楽しみだな。次はローブだ」

「こっちもいいできだぞ。かなり素材を使っちまったがな」

「ほう？　期待しちゃうぞ」

「ふははは！　しろしろ！」

名称：ダイナソウルの軽衣
レア度：６　品質：★９　耐久：５９０
効果：防御力＋１２８、魔法耐性（小）、状態異常耐性（小）、吹き飛ばし耐性（小）、統率能力上昇（大）、スキル（ダイナソウル）付与
装備条件：腕力１０以上、精神、知力２０以上
重量：７

「うおー！　これはスゲー！」

防御力＋１２８？　前のローブの三倍近い数値なんですけど！　しかも、効果もかなり高い。装備条件が厳しいけど、それもギリギリクリアできている。

統率能力上昇は、指揮系スキルや、味方への支援能力がアップするという効果だったはずだ。テイマーにとってはかなり有用な効果である。しかも大。これは有り難い。

ただ、初見の効果もあった。

「この、ダイナソウルってスキルは？」

スキル付与というのは、装備するだけでそのスキルが使用可能になるという意味だ。

有用なスキルが使用可能な装備は、それだけでも価値が跳ね上がるらしい。

ダイナソウル。恐竜の魂って意味だろうか？

「儂も初めて見た。恐竜素材を色々と使用したからだろう。恐竜全種類を使った防具など、そうそうないからなぁ。ああ、効果は分かっておるぞ？」

なんと、恐竜と戦う際に、ステータスと様々な耐性が上昇するというスキルであるらしい。今後、恐竜と戦うかどうかは分からないが、その際には大分有利になるだろう。

白と青を基調にし、僅かな黄色が主張するややゆったりめのシルエットの服だ。そう、ローブではない。

上半身は顎先が隠れるボリュームネックタイプのパーカーで、下半身は足首でキュッと窄まったニッカボッカのようなズボンである。

所々に銀色のアクセントが付いていて、それがお洒落だ。

今まで以上にカジュアルだが、非常に動きやすくなったと言えよう。むしろ、俺にはこっちの方が着易い。

「ああ、それとスキンを変更できるが、どうする？」

「スキン？」

「おう。お気に入りの装備があれば、装備の外見をそれに変更できるんだ。各装備品につき、一度までは無料で行える」

「その後、スキンを変更したくなったら？」

「課金案件だな。一つ五〇〇円だったかな？」

「あー、そういう感じか」

運営め、やりよるな。ただ、スキンの変更は喜ぶ人もいるだろう。

性能優先で、ちぐはぐな外見のプレイヤーも結構いるのだ。

最初から生産職に頼んで作ってもらった装備なら、外見を色々といじることが可能だ。ただ、ドロップ品やダンジョンの宝箱からゲットしたアイテムではそうもいかなかったのである。

それが、スキンを被せるだけで能力を下げずに外見変更できるなら、使いたい人は多いだろう。

「まあ、今はいいや。そのうち頼むかもしれないけど」

「おう。ああ、ただ最初からスキンとして作られたものは、変更できんから気を付けろ」

「どういうことだ？」

「お前さんのとこのマスコットたちが着てた浴衣とかだよ。あれは装備品扱いじゃないから、スキンの変更はできん」

「そういうことか」

そもそもスキン扱いだから、そこにさらにスキンを被せることはできないってことなんだろう。

「さて、お次はインナーだな。上下一体化タイプか」

「セット装備みたいなもんだ」

シャツと短パンのセットで、装備時は両方身に着けなくてはならないらしい。

名称：恐竜インナー＋
レア度：５　品質：★８　耐久：４７０
効果：防御力＋４９、移動阻害耐性（中）、咆哮耐性（中）
装備条件：体力１０以上
重量：１

性能は申し分ない。外見は、緑を基調としたややゆったりめのシルエットである。刺繍なんかも入っていて、ちょっとお貴族様感があるような気もするね。

性能も数倍に上がった。今までは、初期の頃に買ったインナーを装備していたから、能力が上昇するのは当然だけど。

恐竜素材様様である。

「それに加えて、こいつはサービスだ。大した性能じゃないが、今よりはマシだろ？」

名称：ダイナブーツ
レア度：５　品質：★６　耐久：４２０
効果：防御力＋１１０、歩行補助（小）、水耐性（小）、熱耐性（小）
装備条件：体力１０以上
重量：１

「いいのか？　凄い強いけど！」

サービスでもらえるようなものじゃないと思うけど……。いいの？

「端材で作った間に合わせだ。持ってけ」

「サンキュー！」

ルインが渡してくれたのは、黒いブーツだ。一級品とは言えないかもしれないが、確かに俺にはこれくらいでちょうどいい。

「うんうん。俺の装備は文句なしだ。他のはどうなってる？」

「リックのとクママの装備ももちろん仕上がっているぞ。ほれ」

「ほほう」

「キキュー」

名称：牙鱗のスカーフ
レア度：５　品質：★７　耐久：４７０
効果：防御力＋４１、麻痺耐性（大）、恐怖耐性（大）、振動耐性（中）
重量：２

名称：投擲強化の腕輪＋
レア度：５　品質：★６　耐久：４３０
効果：防御力＋３９、投擲強化（中）
重量：２

「リックの装備……外見は今まで通りだけど、性能だけ爆上がりだな！」

「キュー！　キュッキュー！」

「お、嬉しいか？」

「キキュー！」

「うおおぉぁぁぁぉ？　なんじゃやリック！　ふははっは！　くすぐったいぞ！　ちょ、髭が乱れるぅ！」

「キュキュキュー！」

今までの装備から大幅に強化されたことで、リックの喜びが爆発したらしい。

ルインに突進して、顔に自分の顔を擦りつけまくっている。

リックめ、どさくさに紛れて髭をモフモフしているな。まあ、ルインも困っているようで喜んでいるはずだから、Ｗｉｎ－Ｗｉｎの関係だ。放置でいいだろう。

「で、こっちがクママね」

名称：逆鱗のポンチョ
レア度：５　品質：★５　耐久：４１０
効果：防御力＋６８、状態異常耐性（小）、吹き飛ばし耐性（中）
装備条件：腕力、体力２０以上
重量：８

名称：魔耐性のベスト
レア度：６　品質：★５　耐久：５３０
効果：防御力＋４７、魔法耐性（中）
装備条件：知力７以上

重量：4

名称：琥珀のペンダント
レア度：6　品質：★5　耐久：540
効果：防御力＋28、スキル威力上昇（小）
装備条件：精神10以上
重量：3

緑色のレインコート風ポンチョに、青のベスト。琥珀の埋め込まれたペンダントの3点セットだ。以前のポンチョは可愛かったから、そのまま引き継ぎでうれしいね。多分、ルインも同じ気持ちだったのだろう。

「改めて、ペルカのスカーフと肩掛け鞄も頼めるか？」

「お、おう？」

「リック、いい加減離れろ。話ができん」

「キュー」

リックの襟首を持ち上げて、ルインから引き離す。途中から完全にルインで遊んでやがったな。

「で、ペルカの装備なんだが」

「任せておけ。支払い的にはまだ俺の方が得してるから、ペンギンの装備作ってトントンくらいだろうよ」

ペルカの分の装備はまだ頼んでいなかった。進化するかもしれなかったからね。サイズが変わったら、装備できなくなる可能性もあったのだ。

まあ、進化しなかったけど。

ルインへの支払いは、渡した素材で余った分をそのまま譲渡する形になっている。かなりのどんぶり勘定だが、そこはルインを信頼しているし、文句はない。

それに、これだけの装備を作ってもらったのだ。さらに金を請求されたとしても、文句を言わずに払っていただろう。

「じゃあ、いくよ。ありがとな」

「キキュー!」

「またこいよ!」

ルインの目が完全にリックしか見ていない気がするけど……。まあ、いいか。

◇◇◆◇◇

「という感じで、ルイン特製の装備にバージョンアップしたからな! 今までの貧弱な俺たちじゃないんだぜ?」

「キキュ！」

「クマー！」

「それは有り難い。ボス戦の戦力に少し不安があったから、頼りにさせてもらうぜ？」

「お、おう」

さすがにそれは荷が重い気がするけど、啖呵切っちまったからなぁ。足を引っ張らない程度に、気合を入れねば。

その後、俺たちは街での買い物を終了し、土霊の試練へと足を踏み入れた。

初めてじゃないんだけど、ダンジョンは毎回緊張するね。でも、今回は雑魚の俺よりも戦闘経験が少ないであろう、イカルもいる。先輩として、みっともないところは見せられん。というか、守ってやらないとね。

「敵だ！　オルト前に――」

「エスク！　みんなを守って！」

「ム！」

「えぇい！」

え？　イカルさん？　弓の腕前、結構上手くていらっしゃる？

それに、あまり緊張とかもしていなそうだ。

イカルも一度は挑戦したことがあるらしく、序盤にはもう慣れているらしかった。

俺はつがるんやタゴサックに付いていくだけなので、楽なものだ。序盤は敵も弱いから、タゴサックたちが一瞬で蹴散らしちゃうしな。イカルを守るどころか、俺が守られてない？　が、頑張ろう！

突入から一五分。

そこで、ようやく一行の足が止まった。

「えーっと、ここの部屋だったよな？」

「おう。そうだったはずだが」

タゴサックとつがるんが地図を確認しながら、相談をしている。ここって確か、隠し通路がある部屋だったっけ？

すると、タゴサックが俺たちを呼んだ。

「おーい、ユート、イカル！　ちょっときてくれ！」

「はい！　なんでしょう！」

「ここで何かあるのか？」

「ユートなら知ってると思うが、この部屋には隠し通路があるんだよ。で、オルトとエスクの力を借りたい」

俺も、ここの攻略情報を軽く調べてはいる。道中でいくつかのギミックが存在し、それを全て起動しないと最後の門が開かないそうだ。

そのギミックが、隠し通路の奥にあるってことらしい。幾つかの隠し通路はダミーらしいので、自力で探したプレイヤーたちは相当苦労しただろう。

そうやって先陣を切って開拓を進めて下さった方々の情報を得ることで、俺たちは楽に攻略を進めることができるのだ。ありがてぇありがてぇ。

「ここは隠しボタンを探して押すだけだから、簡単だ。ただ、隠し通路のどこにボタンが隠れているか分からないんだよ」

プレイヤーでは腰をかがめて入らなくてはいけない狭い隠し通路。その壁のどこかに、ボタンが埋まっているそうだ。通路のどこに出現するかは、毎回ランダムであるらしい。

「探すのに時間かかるから、オルトたち二人で行ってほしいんだよ。いいか？」

「ムムー！」

「ムー！」

「あ、ちょ！　オルト！」

「ムムー！」

どうやら仕事を任されてテンションが上がってしまったらしい。オルトが隠し通路に向かって突撃していってしまった。エスクもそれにつられたのだろう、後を追って駆け出して行ってしまう。

「気を付けろよー！」

「ムー！」

あいつらだけで大丈夫か？

「隠し通路には敵も出現しないし、大丈夫だろう」

「ならいいけど……」

「あっちは任せて、俺たちは採取でもして待とうぜ」

ここらのアイテムはあまり必要ではないけど、ただ待つのも暇だしな。

「鉱石がたくさんですね、つがるんさん！」

「おう、そうか？」

「はい！　これでカトラリーが作れそうですよ！」

それに、イカルは喜んでいる。彼女にとってはまだまだ貴重なのだろう。

背の低いイカルがチョコマカと動き回りながら、ツルハシで採掘をする姿は妙に可愛らしい。オルトたちノームに通じるものがあるのだ。

俺以外の奴らも、俺と同じようなホッコリとした表情でイカルを見守っていた。

別に第一陣だからって先輩ぶるつもりはないけど、手助けをしてやりたくなっちゃうね。

タゴサックたちがイカルに手を貸してやっているのも、俺と同じ気持ちだからなのかもしれない。

そうこうしている内に、金属がぶつかり合うようなゴガゴンという重低音が響いた。

巨大歯車同士が噛み合う音って感じ？

「どうやらオルトたちがやってくれたらしいな」

「あ、やっぱその音か」

こんな感じで、ギミックを五つ起動せねばならないということだった。

その次の部屋でも、壁のどこかに隠されているという隠しボタンを探し、発見することに成功する。

壁の隠しボタンなら俺でも行けるかと思ったんだけど、全然無理だった。

オルトが土魔術を使って発見してくれた場所を自分でも叩いてみたけど、音の違いとか全く理解できん。

聴覚強化などのスキルがあれば違うらしいんだが、普通のプレイヤーには難しいようだ。だから、ノームのレンタルシステムなどがあるんだろう。

「さて、次は中ボス戦だな」

「いよいよですねぇ！」

「腕が鳴るな！」

タゴサックの言葉に、チャームとつがるんが楽しげに笑った。ファーマーだが、戦闘も楽しんでいるタイプなんだろう。

逆に、イカルの顔には緊張の色があった。戦闘が得意ではないらしい。いや、俺よりも十分戦えてたと思うけどね。さすがにボス戦の経験は少ないようだ。

「ユートは、オルトたちと一緒にイカルの護衛を頼めるか？」

「わかった。サクラたちも護衛でいいのか？」

「ああ、中ボスは俺たちだけで楽勝だからな。無理しなくていい」

「了解」

「ユ、ユートさん。よろしくお願いします！」

「頑張るよ」

絶対任せておけと言えないところが情けないが、出来る限りのことはしよう。

「俺――じゃなくて、オルトとサクラの後ろから出ないように頼むな？」

「はい！　エスクも前に出ちゃだめだよ？」

「ムー」

「マジで頼むから」

イカルは農作業ばかりやっているらしく、彼女もエスクもまだレベルが低い。中ボスの攻撃を無防備に食らったら、それだけで死に戻る可能性もあった。

「それじゃあ、中ボス部屋に入るぞ。アカリとチャームはガンガンいけ」

「うん」

「了解です！」

アカリが大剣。タゴサックが先端が異常に尖った巨大なシャベル。つがるんがクワ。チャームが巨大な鎌を構える。

タゴサックたちの武器は農具のはずなんだけど、こいつらが持つと凶悪さが増す気がするのは俺だけか？

特にチャームが肩に担ぐ鎌。完全にデスサイズだろ。どこが草刈り鎌だよ。でも名前がツリーリッパーってことは、草刈り鎌の延長なんだろうな。

「いくぞ！」

全員でボス部屋に駆け込むと、そこには巨大な獣が待ち受けていた。

土霊の試練の中ボスは、以前も戦った土霊のガーディアンだ。甲殻を纏ったアリクイに似た姿で、土魔術などを連発してくる。

前回はアミミンさんとマッツンさんと一緒でも、メチャクチャ苦戦したのだが……。

「うおらぁぁ！　ぶっとべぇ！」

「農家舐めんなぁぁ！」

「とりゃあ！　その首よこせぇ！」

タゴサックがアッパースイング気味に繰り出したシャベルが、土霊のガーディアンの体を浮かせた。そこを、つがるんのクワとチャームの草刈り鎌が襲う。

農家？　どこがだ？

むしろ、狩人というか、狩猟民族的な？　思わず「ガーディアンさん逃げてぇ！」って言いたくなる光景だ。

クワも鎌も、農具には全く見えなかった。アカリの大剣の方が、何故かマシに見えるから不思議である。ただ、ダメージは圧倒的にアカリが勝っているけどな。

やはり、本職は凄まじいのだ。

「たぁぁ！　ブレイド・ストーム！」

アカリが大剣を連続で振り回すと、二〇発近い剣の形のオーラが飛んで行く。多分、一発で俺の魔術並みの攻撃力があるだろう。

ボスに着弾する度に、爆発するように大量の光を撒き散らす。まるで花火のような、ド派手なエフェクトだ。

その連撃は防御態勢に入って硬くなったガーディアンを吹き飛ばし、仰向け状態にするほどの威力であった。

だが、アカリは止まらず、追撃を仕掛ける。

「てやあぁぁぁ!」

兜が恐竜を模しているので、身を低くして駆ける姿には結構な迫力があった。

今のアカリは、以前装備していた狂戦士風の黒い鎧じゃなかったのだ。

色は同じように黒いんだが、金属鎧ではない。恐竜の鱗で作った、全身を覆う鱗鎧だった。黒い鱗は、染色したそうだ。

頭部はスピノサウルスを模しているのだろう。結構厳つい。まあ、両サイドから飛び出たツインテールが、迫力を大分緩和してくれているけどね。わざわざツインテール穴を開けたらしい。

それ以外の部分は、某大作RPGの第四作目に登場する、裏切り竜騎士風の装備と言えばわかりやすいかな? 今にも「しょうきにもどった」とか言い出しそうだ。

以前身につけていた復讐狂戦士といい、今回の裏切り竜騎士といい、アカリは陰や闇のあるキャラのテイストが好きなのかもしれない。

まあ、こっちは槍じゃなくて大剣だが。

「止め!」

結局、中ボス相手にピンチに陥る場面もなく、一〇分ほどで勝利できてしまっていた。レベルも装備も今の方が上なのだから、無理もないだろう。

「楽勝だったな。俺たちも強くなったもんだ」

「キキュー！」

「クックマ！」

俺たちは何もしてないけど。

いや、一応、イカルの護衛はしてたよ？　たまに飛んでくる範囲攻撃をオルトやサクラが防いでくれていたのだ。

「キキュ」

「クマ」

「ドヤ顔してるとこ悪いが、お前ら何もしてないからな？」

まじでクママとリックは俺と一緒に見てただけである。まあ、待機しろって命令したのは俺だけどさ。

「そ、そんなことありません。ずっと横にいてくれて、頼もしかったです！」

「キュー」

「クマー」

「照れるな！　ともかく、お前らはイカルの護衛を最優先だからな？」

すぐに調子に乗るんだから。この先は敵も強くなるだろうし、油断して足を掬われないといいけど。

ただ、その心配は杞憂であった。

中ボス以降、確かに難易度は上昇したが、大苦戦するほどではなかったのである。

少なくとも戦闘で死に戻る程ではなかった。アカリたちがいれば問題ないだろう。

雑魚戦では、アカリとチャームが積極的に前に出て戦っていた。どうやら役割分担をしているらしく、タゴサックとつがるんを温存しているようだ。

まあ、二人だけでもメッチャ強いから問題ないだろう。

俺たちだけだったらどうなのかって？

Ｈａｈａｈａ！　そりゃあ、無理に決まっているだろう！　俺たちだぜ？

真面目な話、準備をしっかりすれば、ある程度のところまではどうにかなるとは思う。ただ、かなりギリギリのチャレンジになるだろう。

少なくとも、今回のように余裕を持った攻略にはならないはずだった。

特に雑魚敵戦だ。出現する敵の種類は変わらないが、大幅にレベルアップしている。しかも、進化した個体まで時折現れるのだ。今も、これまで出現していたストーン・スネークとは明らかに種類が違う、巨大な蛇が姿を現していた。

「ロック・スネークだ！」

「イカル、エスク、オルトの後ろに！」

「は、はい！」

タゴサックが叫んだ通り、部屋の中には体長六メートル近い、巨大な岩石の蛇が鎮座していた。

こいつがストーン・スネークの進化先の一つ、ロック・スネークである。

基本はストーン・スネークと変わらないんだが、１・５倍ほどに長くなり、体を形作る石がよりゴツイ岩に変わっていた。

土魔術に毒の牙、高い防御力と岩への擬態能力を持ち、接近戦から遠距離戦まで満遍なくこなすことが可能である。

まあ、一体だけなら、このパーティにとっては全く強敵ではなかったけどね。

「よっしゃ！　まかせろ！」

つがるんのクワが大地系特攻能力をもっているので意外と楽に勝利できているが、俺たちだけならこうはいかないだろう。

さらにギミックの攻略も、後半になると一筋縄ではいかなくなっていた。

ダミーの隠し通路が二〇個もある部屋や、ボタンを守るガーディアンを倒さねばならない部屋。特に酷いのが、迷路のようになった隠し通路のどこかにある隠しボタンを押すまで、部屋に敵が出現し続ける部屋だろう。

上級者はそれを利用して素材集めをすると言うが、俺たちには無理だ。ロック・スネークが同時に出現した時は、まじでヤバかったからね。

あいつら、イカルの真後ろに出現するんだもんな。リックとクママは敵を倒すために前に出過ぎていたため、完全に間に合わなかったし。サクラがイカルを庇わなければ、危険であっただろう。

思い出すだけで冷や汗が出る。

ファウとルフレじゃ、重い攻撃は受けきれないしね。リックも軽いが、木実弾を使えば敵の攻撃を相殺可能なのだ。

「さて、リック被告、クママ被告。言いたいことはあるかね？」

「キュ……」

「クマ……」

反省はしているようだな。いや、このいかにも反省してますっていう顔とポーズ、ヤッてないか？

むしろ反省してないっぽい？

「……あの、私は無事だったんですし、あまり怒らないであげてください」

「キュー！」

「クマー！」

こいつら、やっぱり反省してないんじゃないか？　コロッと態度変えやがって。イカルの後ろに隠れても、クママは隠れきれていないぞ？　ええい！　イカルの後ろからこっち覗くなし！

「……イカルに免じて今回は許してやるが、もう同じ失敗するなよ？」

「キッキュー！」

「クックマー！」

今までで一番綺麗な敬礼だな！　スクショしておくけど！

途中で少しピンチもあったけど、俺たちは誰一人欠けることなくダンジョン最奥へと辿り着いていた。

「この先がボスなのか？」

「ああ、そうだぜ」

超巨大な、黄金に輝く両開きの扉がドーンと鎮座している。

高さは一〇メートル近く、扉も一枚の横幅が三メートルはあるだろう。枠や金具、柱も全てが金でできている。　現実世界にあったら、天文学的な値段になるだろう。

表面には象形文字じみた模様がびっしりと彫られ、見るものを圧倒する威圧感を放っていた。これだけ特別感があるのだ。この先にボスがいない方が、むしろ驚きである。

「それじゃあ、開けるか。手伝え」

「え？　こんなデカい扉、押すだけで開けられんの？」

タゴサックが腕まくりして扉に近づいていくが、人力で開けるってことなのか？　どう考えても、人力で動きそうもないんだが？　開けるためのスイッチとかあるんじゃない？

「大丈夫だ。ゲームだからな」

「ああ、そういう」

普通に力押しで問題ないらしい。

タゴサックが言う通り、皆で扉に取り付いて押すと、拍子抜けするほどあっさりと開いた。最初は確かに重かったが、少し力を入れたらあとは自動だ。ズゴゴゴゴという重低音を立てながら奥へと向かって開いていく。

この展開、前もあったよな？　まあ、ゲームだもんな。

黄金の巨大な扉を押し開けた先には、小さな人影が一つ。

「ムッムッムー」

そこにいたのは、一人のノームだった。

腕を組んで仁王立ちしながら、不敵に笑っている。うむ、可愛い。

だが、そうとも言っていられない事情があった。

「あ、あれが土霊の試練の大ボスなのか？」

「そうよ。ノーム・グランドファイター。最強――いえ、最凶の敵よ」

そうなのだ。あの生意気かわいい感じのノームこそ、この試練のボスなのである。

基本はオルトたちと同じ、緑髪のノームだ。しかし、装備品が全く違っていた。茶色と緑色を基調とした全身を覆う金属鎧に、巨大なピッケルを背負っている。

農夫感はなく、どう見ても戦士だ。

ノーム・グランドファイターは、ノームの一次進化であるノーム・ファイターの先にあるルートなのだろう。鎧の雰囲気などが、ファイターによく似ている。

「つ、強そうだな」

あんなツルハシみたいなピッケルで攻撃されるなんて、考えるだけでも恐怖だ。

アカリからはここのボスが最凶最悪と言われていると聞いたが、きっとその能力もかなりとんでもないんだろう。

そうじゃなきゃ、恐竜や悪魔を差し置いて、そんな風には言われないはずだ。

「奴は足がさほど速くない代わりに、遠近どちらの攻撃も得意としている。ユートたちは守備重視で立ちまわってくれ」

「ただ、ユート、リック、サクラは樹魔術での攻撃をお願いしたい。弱点属性で怯みも狙えるしな」

「了解」

「分かった。イカルはオルトたちの後ろでポーション準備しててくれ」

「はい！」

本来はこのまま近づけば戦闘開始のはずなんだが――。

「ム！」

「ム？」

ノーム・グランドファイターがまるでこちらを挑発するように、手に持っているピッケルをビシッと突き出した。その先にいるのは、うちのオルトだ。

それに対し、オルトが珍しく真剣な顔で言い返す。

「ムム！」

「ムーム！」

「ムー」

「ム！」

まあ、何言ってるか分からんけどね。

ただ、真剣なノームたちの言い合いも可愛い。

いや、こんなイベントがあるなんて聞いてなかったぞ？

「タゴサック？」

「いや、俺も知らん。他にもノーム連れてるやつらばかりだったはずだしな……」

言われてみれば、ここに辿り着くにはノームを連れている必要がある。他に方法があるのかもしれないが、現在判明している方法にはノームを連れてくるのが最適だし、他の攻略者たちもノーム連れである確率が非常に高いはずだ。その中には、ユニーク個体もいただろう。

「つまり、ユニーク・ノームがトリガーではないと」

「多分な」

じゃあ、どういうことなんだ？

「こ、これが白銀現象……」

「さすが白銀さんです」

「目の前で見ちゃった」

背後でつがるんたちが何やら話している。未見のイベントのせいで、驚いているんだろう。

「ム！」

「ム！」

おっと、ノーム同士の会話が終わったらしい。エスクは参加することなく終わったな。やはり、オルトが何らかのトリガーを引いたらしい。

どちらも可愛い外見に似合わないニヤリとした笑みを浮かべると、最初の位置へと戻った。「良い戦いをしようぜ」的な感じだったのか？

「オルト、何を話してたんだ？」

「ム！　ムムー！」

オルトがクワを振り回してやる気満々アピールしてくれるが、詳しい内容は分からんな。

ただ、これ以上聞くことはできなかった。

「ムー！」

ノーム・グランドファイターが動き出したのだ。

決戦が始まったのである。

だが、初手から相手の意表を突かれる攻撃に、思わず変化声が出てしまう。

「ムー！」

「えぇ？」

いきなり前衛の間をすり抜けて、こっちに向かってきたぁぁ！

「ムムー！」

可愛い顔して後衛から狙ってくるとは！　えげつないね！　これも、直前のイベントの効果なのだろうか？　オルトだけじゃなく、その主の俺のヘイトも上昇した？

だが、その巨大ピッケルを、オルトのクワが弾いていた。

「ム！」

「ムー！」

ボスと言えど、さすがにオルトの防御を一発で崩すことは無理だったらしい。ノーム・グランドファイター――ボスノームは悔し気にオルトを睨みつけながら、大きく後退せざるをえなかった。

その後は、普通に戦う展開となる。

戦ってみると、それほど強くないな。

まずは、その防御力。確かに、物理方面は非常に硬く、アミミンさんの矢を簡単に弾いている。しかし、魔術耐性はあまり高くないようだった。

「ハイドロ・プレッシャー！」

「ムムー！」

ボスノームは俺の魔術を明らかに嫌がり、射線から逃げ出す。短い時間でもかなりＨＰバーを削れたのが分かった。

「あれ？　メッチャ効いた！」

俺の魔術でも、かなりのダメージを与えられるようだ。

弱点属性とは言え、ここまで効くとは。ボスを怯ませるのなんて、このゲーム始めてから初めてなんじゃないか？

前評判を聞いて警戒していた俺は、拍子抜けしてしまった。だって、最凶って言われているんだよ？　これで？　まだ見ていない遠距離攻撃が凄まじいとか？

上手くやれば、勝ててしまうんじゃないか？

しかし、次の瞬間には油断は禁物だと思い知る。アカリがボスノームに駆け寄り、剣を叩き付けようとしたのだが――。

「はあぁぁ――あぁぁダメ！」

「ムム！」

アカリの攻撃が急にノームを逸れ、空ぶってしまったのだ。体勢が崩れたアカリに、ノームのパンチが炸裂する。

「きゃっ！」

「アカリ！　大丈夫か？」

駄々っ子パンチにしか見えないのに、数メートル吹き飛ばされていた。ダメージはさほどでもないが、重要なのはパンチの前だ。

アカリが振り下ろした大剣が、急に向きを変えたのは何だったんだ？　見えない壁？　それとも、幻惑？　事前にそんな情報は聞いていないが……。

すると、今度はチャームがボスノームに跳び掛かっていた。全身を捻り、振り被った巨大な鎌を振り下ろす。

「てやぁぁ！」

しかし、今度も同じ結果であった。

「ム？」

ボスノームが迫る刃を見つめながら、小首をかしげる。

「あぁぁ！　やっぱダメ！」

「ムー！」

すると、鎌の切先が横に逸れ、ボスノームにはかすりもしなかった。

そこにボスノームの駄々っ子パンチだ。

アカリ以上のダメージを食らったチャームが、地面を転がる。

おいおい、マジで何が起きているんだ？　特定条件下における絶対防御的な？　刃物での攻撃が効かないタイプなのか？　それか、武器攻撃無効タイプなのかもしれない。

だとしたら確かに凶悪な能力だ。超絶防御力を使った持久戦を強いられると考えると、最凶と言われるのも納得か？

「おらぁぁぁ！」

「ムムー⁉」

「あれ？」

だが、次の瞬間、ノームがタゴサックの武器によってあっさりとダメージを受けていた。追撃を加えたつがるんのクワも、ちゃんと通用している。

絶対防御じゃなかった？　それとも、農具なら効くのか？　でも、チャームの鎌も農具の扱いだったよな？

「しっかりしろ二人とも！」

「ちゃんとやれ！」

タゴサックとつがるんが、呆れた顔でアカリたちを見ている。それに対し、アカリとチャームが半泣きで応えた。

「だってぇ！　あんな……あんな可愛いノームちゃんに攻撃するだなんてぇぇ！」

「無理！　無理無理！　無理ですよ！」

え？　もしかして、可愛いから攻撃できなかっただけ？

そ、そりゃあノームは可愛いけど、敵だぞ？　今まさに、殺しに来てんだぞ？

しかし、アカリとチャームは至極真面目な顔だ。

「くっ……。さすが最凶のボス……」

「絶対防御は完璧です！」

最凶って、そういう意味か！　可愛くて攻撃できないとか、マジ？　冗談を言ってるのかと思ったけど、俺以外の奴らはやはり真剣な表情だ。

「はぁぁ、仕方ない。つがるん、俺たちだけでもやるぞ」

「ま、こうなることは分かってたしな……」

タゴサックたちには、事前に予想できたらしい。

「予定通り、アカリたちはタンクに集中させる」

「こいつらの反応を見てると、ノームファンたちがここで何回も全滅してるらしいって噂も、本当だってわかるなぁ」

そ、そこまで！

道中での戦闘をアカリとチャームが引き受けていたのも、こうなることが分かっていたからだろう。ボス戦で役立たずになる分、その前に役に立っていたというわけだ。

しかし、敵として出てきても戦えないだなんて、ある意味ファンの鑑と言えるかもしれない。

運営も、罪なボスを設定したものだ。

「ユートの影響で、ノームファンは特に熱狂的な奴が多いし」

「これが、白銀さんの罪か……」

「うん？　なんか俺の名前呼んだか？」

「いや、何でもない。ユートは普通に攻撃できてると思ってな」

「そりゃあ、ノームは可愛いけど、今は敵だし。オルトで見慣れてるからな。問題なしだ」

「心強い。イカルの護衛はアカリたちにやらせるから、攻撃頻度を上げてくれるか？」

「了解」

よし、ここまでは本当に碌な仕事をしていないし、いっちょ頑張りますか！

最後に大役が回ってきたぞ！

「みんな！　前に出て戦うぞ！」

そうして俺たちも加わって戦い続けること五分。

「ムムッ？」

「よーし！　ようやく樹木魔術が当たったぞ！」

俺の手から伸びる緑の鞭がボスノームの足に巻き付き、その動きを邪魔していた。速くて回避されまくりだったが、ようやく当たったのだ。

すぐに脱出されてしまうだろうが、この一瞬を待っていたぜ！

「リック！　やれぇ！」

「キッキュー！」

俺の指示を受けたリックが、尻尾をピーンと立てて雄々しく鳴いた。

全身が緑色に光ったかと思うと、手に持っていた青いどんぐりに光が流れ込んでいく。数秒後、リックの手には桃ほどのサイズの緑色の果実があった。

大樹リスに進化したことでゲットした深緑の心によって、青どんぐりが深緑の果実へと姿を変えたのだ。

相変わらず、凄い存在感だ。メチャクチャおいしそうである。

しかし残念ながら、深緑の心は戦闘スキルであった。色々と試したんだが、普段は深緑の果実を生み出すことができなかったのである。

料理に調合にと、色々と使えそうなのに……。

結局、諦めるしかなかった。ただ、戦闘にしか使えない分、威力は折り紙付きである。

しかも、今回はただの投擲ではなかった。

「ムムッ⁉」

「キュキュキュー！」

なんと、体を後ろへと逸らして投擲を躱そうとしたボスノームに向かって、深緑の果実が弧を描いて襲い掛かったのだ。事前にそちらへと躱すと予測して、カーブ回転をかけていたのか？

ボスノームは大きく弾き飛ばされると、地面をゴロゴロと転がった。

「やるじゃないかリック！　メジャー狙える曲がり方だったぞ！」

「キキュ！」

ガッツポーズしながら飛び跳ねるリック。

だが、この一撃が、新たなピンチの始まりであった。

「ム……ムム！」

地面にうつ伏せで這いつくばっていたボスノームから、赤いオーラが立ち上り始めたのだ。

「き、狂乱状態になるぞ！」

俺が叫んだ直後、ノーム・グランドファイターの姿がその場所から消えていた。

「は、速っ！」

ＨＰが残り一割以下となったことで発動する、狂乱状態だ。外見の変化は、赤いオーラを纏っただけである。しかし、他の部分は別の存在かと思うほどに変わっていた。

まずはその速度。

ただでさえ速かったのに、今はさらに速くなっていた。追いつけないほどの高速で動き回っている。

次いで行動パターン。

「ムッムー！」

「え？　また？」

なんと、後衛を今まで以上に積極的に襲ってくるようになったのだ。

「何でこっち来るんだよ！　くそっ！」

これまでだって、後衛狙いをしてくることはあった。開幕直後とかね。だが、それだってヘイトを無視するほどじゃなかったのだ。

挑発技を使った前衛が視界に入っていれば、しっかりそちらに釣られていた。

だが、今回は違っている。まさか、目の前にいるヘイト溜まりまくりの前衛をガン無視して、こちらにすり抜けてくるとは思わなかったのだ。

しかも、今までが何だったのかってくらいに、速い。金属の全身鎧を身に纏ったボスノームは、まるで砲弾のようだった。

その攻撃をロッドで受けることができたのは、奇跡に近いだろう。焦って闇雲に突き出した杖が、偶然いい位置にあったのだ。

手が痺れるほどの衝撃とともに大きく押し込まれて、そのまま尻もちをついてしまう。

よくロッドを手放さなかったものだ。

だが、ピンチは続いている。

「ムムー……！」

「くっ！」

ボスノームがこのままロッドを押し切って俺を攻撃しようと、ピッケルを握る手に力を籠める。腕力で圧倒的に劣る俺は、一気に杖を押し込まれていた。何とか押し返そうとするが、腕力以前に体勢が悪すぎる。

俺の顔に、ジワジワとピッケルの先端が近づいていた。

というか、笑顔の子供に武器を向けられるのって超怖いな！　幽霊とかとは違う、狂気的な恐ろしさがある。

「うぐ……」

「ムー……」

ノームの顔と共に、切っ先が目の前に！

ヤバイ！　あと数センチで刺さるぅ！

「白銀さん！　今助ける！」

「早くしてっ！」

「どりゃあああ！」

「ムー！」

な、何とか助かった！　つがるんに感謝である。巨漢の男がノームを蹴り飛ばす姿は犯罪的ですらあったけどね！

それは本人も理解しているらしい。

「今のシーンのスクショが流出したら、俺炎上間違いなしだな！」

「俺、動画は消すよ」

「私も消します！」

ノーム・グランドファイター戦の動画がとても少ないということで、今回は全員で視点動画を撮影していた。

特に、ずっと後衛にいた俺とイカルの撮影した動画は全体を捉えていることが多く、いいできなんだけど……。

保存してたらどこかで誰かに見られるかもしれないし、つがるんのためにも消しておいた方がいいだろう。

だが、今はボス戦の最中。余計なことを考えている場合ではなかった。

「おい！　何か狙ってるぞ！」

タゴサックの叫びで我に返る。助かったことでホッとして、完全に集中が乱れてた！

慌てて振り返ると、いつの間にかボスノームが大きく距離を取っている。

「ムームー……ムムー！」

詠唱だ！　魔術か！

「ムムムムムー！」

ボスノームがひと際大きく叫び、魔術が完成する。

フロアの高い天井付近に、大きな土の塊が出現していた。

土塊の表面が大きく蠢き、無数の針のようなものが生み出されていく。

「やばい！　グランド・レインだ！　範囲攻撃くるぞ！」

タゴサックの叫びで、術の正体を理解した。魔術を紹介している動画で見たのだ。

土の針を雨のように広範囲に降らせる、土魔術・上級で覚える術である。

土の雨そのものにダメージがあるうえに、土が纏わりついて動きを阻害してくる効果があるはずだ。

まともに食らえば、かなり危険だろう。まともに食らえば、だがな。

「みんな！　俺の周囲に集まれ！　アクア・バリケード！」

俺はボスノームの邪魔ができないと分かった瞬間から、防御用の術の詠唱を始めていたのだ。

これぞ、水魔術・上級で取得した、俺の新魔術であった。水の巨大な傘を生み出し、攻撃を受け止める術だ。前方にかざせば盾ともなる。

先日、水魔術が50レベルでカンストしたことで、上級を取得したのだ。ただ、消費も重く、中々使う機会がなかった。

もう一つ覚えた攻撃魔術のアクア・スラッシュは、結構使っているんだけどね。ただ、こっちはこっちで射程が短いという弱点もあるので、今も普通の水魔術を使うことが多い。

もう少し使い慣れるか、新しい水魔術・上級をゲットしたら、変わるだろう。

無駄になってもいいから、とにかく手持ちで一番防御力が高い術を使用したのだが、これが大正解だったらしい。

俺の生み出した水の傘が、降り注ぐ土の雨を受け止める。ドドドドという大きな音と振動が、この術の威力を物語っていた。傘から伝わる重低音のせいで、その下にいる俺たちの耳までうるさい。

「ユート！　水の傘が削られてるぞ！　大丈夫か！」

「わ、分からん！　局地的な防御力はかなり高いって言われてるが……」

より上位の魔術相手では、防ぎきれないのか？

タゴサックが言う通り、傘が小さくなっているのが分かった。しかも、薄くなっている。傘に刺さっている土の針が、さっきよりもハッキリと見えているのだ。

「うおぉぉぉ！　白銀さん！　ガンバ！」

「ガンバとか言われても！」

発動しちゃった以上、俺にはどうにもなんないんだけど！

「きゃぁぁぁぁ！」

傘に加わる振動が増し、今まで以上の凄まじい振動が俺たちを襲った。イカルの悲鳴が、傘の下で響く。

「神様仏様運営様！　どうかお助けを！」

「運営なんぞに祈ったってどうにもならんぞ！」

「そうだ！　やつらは真正のサディストばかりなんだ！」

タゴサックとつがるんに怒られたチャームが、再度お祈りをし始める。

「神様仏様白銀様！」

「それならいい！」

「完璧だ！」

いいわけあるかい！　なんで俺に祈ってんだ！　いや、今は俺の魔術が攻撃受け止めてるけどさ！

「ムー！」

「ムムー！」

オルトとエスクがクワを構えて「いざとなったら俺たちがやってやりますよ！」的な感じで俺を見上げている。頼りになるのはお前たちだけだよ！

だが、傘が限界まで薄くなり始めたその時、土の雨が止んだのであった。

「終わった……？」

針によってハリネズミのようになっていた水の傘が、スーッと消え去る。戦場に刺さっていた土の針も同時に消え去り、それまでの激しい攻撃が嘘であったかのようだ。

「ムーム」

「ムム！」

オルトとエスクが俺の足をポンと叩いて、労ってくれた。そして、両者ともにクワを構え、ボスノームに向き直る。

それと同時に、ボスノームがふらついた。奥の手を放ったことで、力を使い果たしたらしい。

「白銀さん、助かったぞ！」

「チャンスだ！　止めを刺すぜ！」

タゴサックとつがるんが、一斉に駆け出していく。さすがトッププレイヤーたちだ。敵の隙は見逃さないらしい。

「よし！　俺も行くぞ！」

ここでメンバーを入れ替えだ！

経験値を得るには、戦闘に参加してなきゃいけないからね。

俺は　オルト、ヒムカ、アイネは護衛として残し、ドリモ、リリス、ペルカを召喚した。

「ボスに止めをさせ！」

「モグモー！」

「ペペーン！」

タゴサック、つがるんの後を追い、召喚されたばかりのドリモとペルカが駆け出す。ここからでも活躍しようとやる気満々であるらしい。

プレイヤーたちと一緒に、攻撃を始める。

「デービー！」

「ちょ！　リリスは待て！」

ドリモたちに続いて、リリスも突っ込んで行っちまったぞ！　まだ仲間になったばかりだから、レベルが低いのに！　そりゃあ、槍は持ってるけど、無茶だ！

「リリスは遠距離で！」

「デビ……」

「そ、そんな不満げな顔するなって。あいつ強いんだから、まだ危険だって。な？　遠距離から魔術ぶっ放して、てんてこ舞いさせてやろうぜ？」

「デビ」

よかった。とりあえず納得してくれたらしい。

槍を構えていた手をダラリと下げると、その場でジッと動かなくなった。

やる気無くしたとか、ボイコットしてるってわけじゃないぞ？　ちゃんと、小悪魔の視線で攻撃中なのだ。

リリスが遠くにいるボスノームをしばらく見つめていると、相手の体が少し光るのが見えた。

「よし！　成功だ！」

「デビ！」

小悪魔の視線の効果で精神が低下したボスノームは、魔法防御力も下がっているはずである。発動まで時間はかかるものの、ボスにも効果があるデバフは貴重なのだ。

「リリスは魔術で遠距離攻撃だ！」

「デビー！」

リリスが闇を固めたような球を撃ち出す。闇魔術はさほど威力は高くないものの、デバフを与える術がある。今リリスが放ったのも、相手の精神力を下げる効果がある術だった。

小悪魔の視線に、闇魔術。双方のデバフが掛かっていれば――。

「アクア・ショック！」

「ムムー！」

「よっしゃ！　大ダメージ！」

威力の低い俺の範囲攻撃魔術でも、目に見えてＨＰバーが減っていた。

「リリス！　このままデバフを維持してくれ！」

「デビ！」

ボスノームの視線がこちらに向いたな。注意を引いてしまったらしい。

だが、奴がこちらへ攻撃してくることはなかった。

「ぺぺぺーン！」

「ムム！」

ボスノームの背後から、青い弾丸が突っ込んだのだ。氷結属性も弱点であるようで、ボスノームが吹き飛び、ゴロゴロと転がっていた。

「ムー！」

「ぺぺン！」

「ム？」

「ぺーン！」

ボスノームは即座に起き上がって、ペルカに飛びかかる。だが、滑るようにスイーッと移動するペルカを捉えきれず、その攻撃は空を切っていた。ペルカは氷結纏を使うことで、氷の上と同じように腹で地面を滑ることができるのだ。

滑って逃げながら振り返り、ニヤリと笑ってボスノームを挑発するペルカ。お尻をペンペンと叩き、アッカンベーまでしている。

「ムムー！」

ボスノームが怒りの声を上げて追い始めるが、今度はタゴサックたちの魔術がその背中に襲い掛かった。

再び地面を転がるボスノーム。

「ムム……！」

かなりダメージを食らったはずなのに、その顔に浮かぶ不敵な表情は崩れない。完全に「オラ、強い敵と戦えて嬉しいぞ！」的な表情に見えた。ボスノームの戦闘狂っぷりに戦慄していると、ニヤリと笑って、その全身から魔力の光を立ち上らせ始めたではないか。

どうやら、再び奥の手を発動させようとしているらしい。

ここで削り切らねば、今度はどんな攻撃をされるか分からん！　ここで全部出し切るぞ！

「ドリモ！　竜血覚醒からの突進だ！」

「モグモー！」

かっこ可愛いモグラさんが、一瞬で竜へと姿を変える。サイズはまだ人と同じくらいだが、竜としての力強さのようなものは十分感じさせてくれた。これぞドリモの奥の手、竜血覚醒だ！

「モーグー！」

元のままの可愛い声を上げながら、ドリモがボスノーム目がけて突進していった。

ドリモの一撃の後に、さらに魔術で追撃を加えてやる！

ドラゴンモードのドリモが突進するのを見守りながら、俺は魔術の詠唱を開始する。

「モグモー！」

「ムム！」

ドリモの攻撃が直撃した！

大きな二本の角でかち上げられたノームが、ハリケーン〇キサーをくらったみたいに吹き飛ぶ。

く、落ちてきたところに水魔術をぶち込んで——。

ちょうどHPを削り切ったらしい。

面を数度転がったノーム・グランドファイターは、「いい、戦いだったぜ？」的な表情でサムズアップをかまし、最期はポリゴン化して砕け散ったのであった。

とりあえず、魔術をキャンセルしておこう。ぶち込んでやるぜぇぇとか言ってた自分のテンションが、今になって恥ずかしい。

「ふう、勝ったぜ。やったなユート」

「タゴサックもお疲れ様」

「勝利！」

「ブイ！」

「お前らは、タンクしかしてなかっただろうが」

つがるんのツッコミ通り、アカリとチャームはマジで攻撃をしてなかった。ただ、タゴサックたちには事前にそのことが分かっていたそうなので、俺からは何も言うまい。

一番苦労したタゴサックとつがるんが苦笑いで済ませているし。そもそも、道中では大活躍だったのだ。むしろ、ボスで役立たずな分、道中を全部引き受けてくれていたのだろう。

そもそも、俺よりは役に立っている。それは間違いない。

「やりましたね……」

ノームファンのイカルは微妙な表情だ。勝利したことは嬉しいのだろうが、ノームを倒したことは悲しいのだろう。

「ム？」

「エスク、慰めてくれるの？」

「ムー！」

彼女のことはエスクに任せておけば大丈夫だろう。しかし、小っちゃいノームが小っちゃいイカルの頭を撫でている姿は、ホッコリするね。

「俺たちはドロップの確認といきますか」

「土結晶は確実に落ちるって話だ。俺もつがるんも落ちてる。ユートはどうだ？」

つがるんたちがドロップのチェックを始めたので、俺も一緒に確認する。色々とゲットできているな。

「俺も土結晶はあるな。あとは、クワの素に、鉱石類と肥料だってさ」

銀鉱石や金鉱石の使い方は分かる。金鉱石は初めて見たけど、鉱石なのだ。鉄や銀とそこまで変わりはしないだろう。

土霊の肥料は、今まで手に入れた中で一番レア度の高い肥料だ。タゴサックたちの目的も、これを入手することだったらしい。帰ったら畑に撒いてみよう。

だが、クワの素ってなんだ？　全くの初見である。

クワを作るためのアイテム？

「クワの素？　聞いたことがないな。つがるんはどうだ？」

「俺も聞いたことがない。多分、新発見だぞ！」

なんと、タゴサックたちが早耳猫で買った情報にも、クワの素のことは掲載されていないらしい。

「うーん、選択すると、使用するかどうか選べるな。選択先はオルトのみか」

どうやら、オルトのクワを強化できるっぽい。

「こ、これが白銀現象か」

「さすがユート……」

タゴサックたちも、知らないとなるとマジでレアなアイテムかもしれん。

「少し掲示板を見てみようかな」

だが、掲示板で検索しても、クワの素についての情報はゲットできなかった。

俺しか入手できていないのか、発見者が秘匿しているのか。ともかく、大量に出回っているアイテムではなさそうだ。

アイテムデータのスクショも撮ったし、オルトに使ってみようかな？

「クワの素っていうくらいだし、クワに何かの変化があるのかね？」

「ム？」

「クワの素を選択して――」

決定を押す。

「ムー？　ムムー！」

すぐに効果が表れた。とは言え、オルトが一瞬光って終わりだったけど。

クワは――何か変化あるか？　いや、微妙にクワの刃の輝きが増したかもしれない。

それに、オルトのステータスを確認すると、装備品が土精霊のクワ＋に変わっていた。これが強化されたということなんだろう。

正直地味ではあるが、多少強化されたらしい。これは、ゲットした人間が秘匿してたわけじゃなくて、大した情報じゃないと思って広めてないって可能性の方が高いかも？

「まあ、とりあえず試練突破の証をゲットして戻ろうぜ」

「だな」

タゴサックとつがるんが、部屋の先へと歩き出す。ボスを倒したことで出現した広い通路を抜け、到着した先は狭い部屋だ。壁にも天井にも一面に幾何学模様が彫られ、明らかに普通じゃない雰囲気を放っている。

ここが、ダンジョンの真の最奥なのだろう。

荘厳な雰囲気の小部屋の中央には、大きな宝箱が置かれている。

「じゃあ、開けるぜ？」

つがるんが宝箱を開けると、中から光があふれ出し、部屋を包み込んだ。

毎度の運営の罠である。ふふん、もうひっかからないんだぜ！

予想していた俺たちは即座に目を瞑ったので問題なかったが、慣れないイカルとエスクが悲鳴を上げている。

「うわう！」

「ムー！」

「ムムー！」

あれ？　ノームの悲鳴が二回？

目を開けると、イカルたちと一緒にオルトも目を両手で押さえて悶えていた。こいつ、普通に光を見たな。

まあ、あっちは放っておけばすぐに治るだろう。それよりも、報酬が気になる。

確認してみると、インベントリに『土霊の試練突破の証』というアイテムが入っていた。

これは、装備すると土属性耐性（大）の効果があるアクセサリーであるらしい。これがあると土霊の試練の周回効率が上昇するそうで、鍛冶師や採掘で稼ぐプレイヤーには人気があるそうだ。

ただ、譲渡、売却は不可能なので、他人に譲ることはできないけどね。

俺たちがインベントリを確認し終えると、宝箱が宙に溶けるように姿を消した。そして、その場所に大きな魔法陣が出現する。

帰還用の転移ポータルだ。

「目的も達成したし、戻ろうか」

「そうですね！」

アカリとチャームたちを先頭にポータルをくぐっていく。

「私たちも行きましょう！」

「ム！」

「ああ、そうだな」

俺も、楽しそうなイカルとエスクに続いて、ポータルに足を踏み入れた。特に選択肢などは出現せず、自動で転送が行われる。

出現場所は、土霊の試練の最初の部屋だ。

そして、その部屋に人影があった。

プレイヤーではない。このダンジョンは、パーティごとに分かれるからね。

「やあ、試練突破おめでとう」

そこにいたのはノームの長《おさ》であった。

あれ？　何かイベント発生した？　ここでノームの長が登場するだなんて、聞いてないぞ？

タゴサックたちに視線を送るが、彼女らにもノームの長がいる理由は分からないらしい。全員が首を横に振っている。

「し、知らん知らん」

「俺も」

ここのダンジョンを攻略したパーティだったら、絶対に起きるイベントというわけではないらしい。

ノームの長は、自意識過剰じゃないのであれば俺を見ている。

つまり、俺に用があるってこと？　何かのフラグを踏んだか？

俺が悩んでいると、オルトがノームの長に駆け寄っていってしまった。足元にまとわりついて、何やら訴えかけている。

「ムムー！　ムー！」

「うんうん。元気だね」

「ムム！」

まるで、仲のいい兄と弟のような姿だった。ノームの長も喜んでいるのか、オルトの頭を撫でてくれている。

「ちゃんと可愛がってもらっているね。いい主《あるじ》に出会えたようだ」

「ムー！」

オルトがこちらを振り返り、指をさしながらムームーと叫ぶ。悪口を言っている感じでもないから、きっと褒めてくれているのだろう。たぶん。

「そうかそうか。主が大好きか」

「ムムー！」

ピョンピョン飛び跳ねて笑うオルトと、それを見てにっこりと笑うノームの長。

悪くない雰囲気だ。

「えーっと、どうしてここに？」

「君たちが試練をちゃんと達成したようだからね。祝福しに来たのさ」

「あ、ありがとうございます……？」

再びタゴサックたちを見る。やはり首をブンブンと横に振って「知らない」のジェスチャーだ。イカルがエスクに「行かなくていいの？」と聞いているが、エスクは遠慮するような感じで、その場から動かない。

オルトのイベントであるということなんだろう。ボス戦前のやり取りとかも、これに関係あったのか？　それにしても、どうして俺たちなんだ？

オルトに関係がありそうだっていうのは分かるが、過去の攻略者の中でオルトだけが特別ってことはないと思うんだよな。

ユニーク個体だって他にいるし、ノームリーダーだっているだろう。従魔の心だって、珍しくはないはずだ。

まあ、考察は後でいいか。とりあえず、このイベントを上手く成功させよう。

そう思っていたんだが、その後は特に大きな展開もなかった。

「オルト、これからも可愛がってもらうんだよ？　主とともにこの世界を歩めば、きっと大きく成長できるからね」

「ム！」

「オルトの主よ。この子をよろしく頼む。これからも可愛がってあげていれば、君の役に立つだろうからね」

「は、はい」

「いい返事だ。それじゃあ、オルトとその主に幸多からんことを！」

ノームの長は意味ありげに両手を広げる。だが、何も起こらない。

え？　それだけ？

エフェクトに備えて身構えたのに。

結局、ノームの長やオルトが光り輝くこともなく、そのまま去って行ってしまった。

ステータスやインベントリを確認したが、特に変化もない。

「何だったんだ？」

「ムムー！」

オルトはノームの長の姿が転移して見えなくなっても、まだ手を振っていた。

それだけ、彼を慕っているんだろう。

これで、マジで何もなし？

「うーん。アリッサさんに相談しに行ってみようかな」

「それがいいと思うぜ。今は分かっていなくても、何かのフラグの可能性もあるからな」

「タゴサックもそう思う？」

「ああ。あれだけ思わせぶりで、何もないってこたぁないだろ」

「だよなぁ」

タゴサックたちの勧めもあり、俺は彼女らと分かれてアリッサさんのもとへと向かうことにした。

ノームの長の登場は、他でも確認できているのか？　他の試練では？　その辺が知りたい。

「オルト、いくぞー」

「ムー」

それから一〇分。

俺は早耳猫のすぐ近くまでやってきていた。

凄い情報かもしれないと思うと、気がせいてしまったのだ。気づくと小走りをしていたね。

それに、他にも売りたい情報もあるのだ。ゲットした称号の情報である。

ああ、試練攻略者に与えられる称号のことじゃないよ？

称号：土精霊の加護
効果：ボーナスポイント2点獲得。土属性モンスターとの戦闘の際に与ダメージ上昇、被ダメージ減少

土霊の試練を出たところでゲットできたのだ。だが、こっちはもう広く知られている。そもそも、以前アリッサさんに教えてもらった称号だからな。

これではなく、もう一つ称号をゲットしてしまったのだ。

突如アナウンスが聞こえた時は、びっくり仰天したね。『おめでとうございます。全プレイヤー中、最速で所持称号が二〇種類を達成しました。「最速の称号コレクターⅡ」の称号が授与されます』だってさ。

確認すると、確かに称号が増えていた。

称号：最速の称号コレクターⅡ
効果：賞金３０万Ｇ獲得。ボーナスポイント４点獲得。ランダムスキルスクロール一つ授与。敏捷＋３。

以前もゲットした、最速の称号コレクターの上位互換であった。多分、これは俺しかゲットしてないはずだから、売れるだろう。

なんか、称号は手に入れちゃうんだよね。雑魚の癖に称号数だけトップとか、絶対に妬まれる。隠し通さねばなるまい。

「ランダムスキルスクロールは、後で使おう」

それよりも今はあのイベントの情報が欲しい。そう思って、再び小走りを発動して早耳猫へとやってきたのだが……。

「あれ？　ここじゃなかったたっけ？」

「ムー？」

以前、早耳猫の店舗があった場所は、閑散とした空き店舗に変わっていた。中をのぞくと、インテリアが全て取り払われている。

看板も取り下げられ、完全に引き払われてしまっていた。

場所を間違えた？　道を一本間違えたとか？

だが、周囲を歩き回ってみても、早耳猫の店を発見することができなかった。

周りには見覚えがあるのに、ここだけが違う。

多分、どっかに移転したんだろう。でも、そんなこと一言も知らされていない。いや、その他大勢の一顧客に、わざわざ知らせるようなことでもないのかもしれんが……。

結構仲良くしてると思ってたんだけどな。そう思ってたのは俺だけだったってこと？　アリッサさんにとっては、移転を知らせるまでもない相手ってことか……。

やばい、心が痛い！　ていうか、常連面してた今までの自分の行動が痛い！

「うごおぉぉ――お？」

俺が羞恥心に頭を抱えた直後であった。

あれ？　なにか聞こえる？

声を抑えて耳を澄ませると、フレンドメールの着信音だった。

「ア、アリッサさんからだ！」

メールには、『早耳猫・始まりの町支店の移転につきまして』とあった。

今日、新しいホームを入手して、店の場所を移動したらしい。

よかった！　お知らせが来たってことは、常連的な扱いをしてくれてるってことだよね？　つまり、過去の俺のちょっと馴れ馴れしい感じの行動も、ギリ許されるってことだよね？　ね？

「ふー、セーフだぜ」

どうも、旧店舗を閉鎖して、早耳猫のメンバーが新しい拠点に移動するためにここを離れた直後に俺がやってきたらしい。

タイミングが悪かったな。

メールに添付してある新店舗へと向かってみよう。

そこは、大通りの中でも中央区画に近い、一等地であった。元の店舗から五分くらいしか離れていない。しかも以前の店舗よりも大分広かった。

「こんちわー」

「いらっしゃいませ。早耳猫にようこそ」

「え？」

誰？　妙に迫力があるっていうか、不機嫌そうな女性が出迎えてくれたんだけど……。黒髪をアップにした、できる女風のクールビューティである。

無表情で、妙に迫力がある。どちら様？

あ、ＮＰＣだわ。不機嫌そうなんじゃなくて、ちょっと話し方が平坦なだけだ。

「あら？　ユート君？」

「アリッサさん。どーも」

「は、早いわね。メール送って五分くらいしか経ってないんだけど……」

「はは、ちょうど情報を買いに、前の店舗に来てたところだったんで」

「あー、そういうこと」

「それにしても、広くなりましたねぇ」

「でしょ？　しかも、前の機能限定ホームと違って普通のホームと同じように使えるんだよ」

そう言えば、前の店舗は機能が制限されているって言ってたな。こっちは、ホームとショップ、両方の機能が使えるらしい。

「ＮＰＣ店員さんも、雇えるんですね」

「それも店舗型ホームの機能の一つね。ここだと、最大で四人まで雇えるの。うちは商人ギルドのランクも高いから、結構高レベルよ？」

商売スキルなども持ち、普通のＮＰＣよりも高性能なＡＩを積んでいるらしい。

「最近は人手不足だから、助かってるわ」

「人手不足なんですか？」

「解放されたフィールドも増えてきたし、うちの認知度も上がってるからねぇ。でも、新メンバーは中々増えないから……」

売ってもらった情報については、確証を得るために早耳猫が自分たちで再検証を行うことが多い。

しかし、フィールドが進めば進むほど、難易度が上昇して人員を多く振り分けねばならなくなる。

すると、他の部署での人員が不足してしまうそうだ。その穴を埋めるために、積極的にＮＰＣを雇っているという。

「ああ、ごめんごめん。こっちの話ばかりで」

新店舗がよほどうれしいのだろう。アリッサさんが普段はあまり見せない、テヘへって感じの仕草で謝ってくる。

「それで、買いたい情報って？」

「土霊の試練に関することなんですが」

「お、ついに攻略行っちゃう？　地図とかもあるよ？　あとは、報酬に関しての情報もあるし。攻略して土精霊の加護の称号ゲットしちゃう？　あそこは完全に丸裸状態だから、どんな情報でもあるよ」

アリッサさんが情報のリストを提示してくれるが、俺にはもう必要ないのだ。

「いえ、攻略はもう終わったんです」

「え？　それなのに、情報が欲しい？」

「はい。実は――」

「あ、ちょっと待って？」

俺が口を開こうとすると、アリッサさんが掌を俺に突き出してそれを制した。そのまま、何度も深呼吸をしている。

「初期エリアの人員を減らした途端、第二エリアで新発見？　いえいえ、さすがのユート君だって、あれだけ探索され尽くした場所で新発見だなんて……。でも、ユート君だし……。怖いけど、がんばるのよアリッサ。がんばれがんばれがーんばれ」

なんだ？　何かブツブツと呟いている。誰かとフレンドトークか？　重要な相手から着信が来てしまったのかもしれない。たまにあるよね。まあ、早耳猫のサブマスだから、忙しいんだろうな。

そのまま数秒待っていると、アリッサさんが再びこちらを向いた。

妙に覚悟を決めた感じの顔である。あれだ、勇者が魔王に挑む直前的な？

「あの、大丈夫ですか？」

「大丈夫よ。それで、話を聞かせてもらえるかしら？」

顔だけではなく、声も妙にキリッとしている。本当に平気？　まあ、アリッサさんが大丈夫だというなら、語っちゃうよ？

「実は、土霊の試練を攻略して、入り口に戻ってきたらノームの長に出迎えられまして」

「え？　ノームの長が？」

「はい。オルトの頭を撫でながら、お褒めの言葉的なものをいただきまして」

「ノームの長が？」

「は、はい」

アリッサさんが、真顔で同じ質問を繰り返す。ちょっと怖い。

「それで、他に同じことがあったプレイヤーとかはいないかなーと思いまして」

「う――」

「アリッサさん？」

あ、これは恒例のあれが来るかもしれないぞ。なるほど、怖い顔はこれに繋げるための雰囲気作りだったか！　緩急をつけて、驚かせるつもりなんだろう。

俺、これ結構好きなんだよね。

「うみゃー！　やっぱこうなったぁぁ！」

うむ。何度聞いてもいい猫獣人ロールですなぁ。

素晴らしい咆哮である。

アリッサさんの「うみゃー」を堪能した後、俺たちは情報の確認に移っていた。

毎度思うけど、このあとに急に冷静になれるのはすごいよね。ロールと素の使い分けが上手いんだろうな。

「土霊の試練を攻略したら、ノームの長が出現したってこと？」

「えーっと、ボス倒して宝箱開いたら、ポータルが出現するじゃないですか？」

「うん。土霊の試練の最初の部屋に転移するやつね」

「はい。それで転移した直後に、ノームの長に出会ったわけです」

詳しい状況を説明し、さらにノームの長との会話のログなども見せる。

「なるほど、そんなことが……。とりあえず、これは未発見情報ね」

「やっぱそうなんですか」

「ええ。今のところ、同じような報告はないわ」

だろうとは思っていたが、やはり未発見のイベントだったか。

これは情報が高く売れるか？　みんなと分けても結構手元に残るかも？　いや、発生条件とか全く分かってない情報だし、案外安いか？

俺の渡した会話ログを見ながら唸っていたアリッサさんが、再び口を開く。

「このイベントの発生条件なんだけど――」

「何がトリガーだったのか、分からないですよねぇ」

ユニークで、従魔の心を貰えるほど好感度が高いっていうだけなら、他にもいるだろう。クワの素か？　ただ、クワの素が出た理由が分からなけりゃ意味がないけど。

「いいえ、多分だけど、好感度じゃないかな？」

「え？　好感度ですか？」

「うん」

「でも、ノームの従魔の心を貰ってるプレイヤーなんて、他にもたくさんいるでしょう？」

第二陣の中にだって、早ければもう従魔の心をゲットしたプレイヤーもいるはずだ。それがトリガーなの？

「どういうことです？」

「そもそもさ、好感度って見えないじゃない？　だから、従魔の心を貰ったからって、それがＭａｘとは限らない」

「なるほど、それは確かに」

サクラを精霊様に会わせた時にも、同じようなことは考えた。現状で、好感度が最大値なのかどうか。

「ノームの長との会話ログを見た感じ、間違いないと思うんだよね」

俺もログを見返してみたが、言われてみると「可愛がってもらってる」とか「可愛がってあげてね」とか、好感度に関係ありそうなセリフが並んでいる。

「このゲームって、まだ始まったばかりじゃない？」

「まだリアルじゃ一ヶ月も経ってませんからね。序盤も序盤でしょう」

「レベルもスキルも、まだまだ先がある。そんな中でモンスの好感度だけがこんな序盤でＭａｘになるなんてあり得る？」

「うーむ、それはそうですね」

「だから、私たちはこう考えてるわけ。好感度の上限が一〇〇〇だとすると、従魔の心は一〇〇とか二〇〇で貰えるボーナス的なものなんじゃないかって」

「じゃあ、この先四〇〇とか五〇〇で、何か貰えるかもしれないですね」

「可能性はあると思うよ」

それは夢が広がるね。それに、従魔たちを可愛がる甲斐もある。いや、何もなくても可愛がるけどさ。

「でも、好感度が高いっていうなら、それこそ他にもいるでしょ？」

ノームは人気がある従魔だから、多くのプレイヤーがテイムしている。しかも、俺よりも余程可愛がっている人たちだっているだろう。

ただひたすらノームを愛でるだけの動画とかもあるくらいなのだ。

アメリアなんてノームを複数テイムしていて、ホームがまるで保育園みたいだった。あいつなんて、俺よりも余程ノームからの好感度が高いんじゃないか？

だが、そう簡単な話ではないらしい。

「ノームは一番数が多い従魔だから色々と検証も進んでるんだけど、好感度を上げるには幾つかの方法があるみたいなのよ」

「好物をあげて、遊んであげるんじゃだめなんですか？」

「それも必要だけど、畑が重要っぽいわ」

「畑？」

「うん。畑の規模とか、育てている作物のレアリティに種類に品質。あとはノームが望んだ作物があるかどうか。色々な要素が絡んでいるみたい」

オルトも、畑に新しい作物を植えたりするときには楽しそうにしてるもんな。実際に喜んでくれているらしい。

「テイマーの中でも、ユート君レベルの畑を所持している人はほとんどいないわ」

「まあ、初期から畑やっていますし、運よく色々と手に入れてますしね」

水臨樹に神聖樹、他にもレアな作物がそれなりに揃っている。海苔とかは水耕が必要だし、栽培している人は多くないだろう。

「どう考えても、オルトちゃんの好感度はノームの中でも一番だと思うの」

「じゃあ、やっぱり好感度が影響してるんですかね？」

「しかもノームの長の言葉をそのまま信じるなら、好感度が上がれば特殊な進化先が解放されるかもしれない」

「え？」

「主とともに歩めば大きく成長できるとか、可愛がってあげてればいつか役に立つとか、それっぽいじゃない？」

「おー、そうですね！　言われてみれば！」

これは楽しみが増えたぞ！　そのうち、本当にノームの長みたいな特殊なルートに進化できたりするかも？

それに、知りたい情報が増えた。

「ノームが畑を充実させればいいんなら、他の精霊たちはどうですか？　樹精にウンディーネ。シルフにサラマンダーの好感度を上げる方法、知りたいんですけど」

「うーん、それがまだ確定じゃないのよ。ウンディーネに関しては、水関係の施設だとは思うんだけどね」

ウンディーネはノームに続いてテイム数が多く、こちらもそれなりに検証が進んでいるらしい。オイレンの奴とか、いろんな検証をしてるだろうしな。きっとすごい発見とかもしているに違いない。

その原動力はエロ――いや、愛である。そういうことにしておこう。

「シルフ、サラマンダーは仕事場の充実に加え、それぞれの属性に関係あるものをホームに揃えることじゃないかとは言われているけど、確証があるわけじゃないわ」

「樹精は？」

「そっちはもうお手上げ。そもそも、絶対数が少ないし。ユート君が知らないなら、私たちも知らないわ」

「そうっすか」

現在でも、樹精は全体で一〇体程度しかおらず、激レアモンスとして皆の憧れとなっているらしい。そこまで少ないとは思わなかった。二陣も入ってきたし、五〇や一〇〇はテイムされているものだとばかり思っていたのだ。

「というわけで、何か新情報があったら売りに来てね！」

「了解です」

その後、称号の情報なども売ったんだが、ノームの長の情報が衝撃過ぎたせいか、アリッサさんはあまり驚いてはくれなかった。

「それじゃあ、精算に移らせてもらうわ……」

結構新情報を買ったはずなんだが、それでも七〇〇万Gもいただくことになってしまった。ノームの情報は皆が求めているため、非常に高いらしい。ゲームが進んで皆の所持金が増えたことで、情報の値段も上がっているんだろう。

さすがに一括支払いは無理ということで、半額の三五〇万が送られてくる。これでも十分大金だけどね？

昔は五〇万しか受け渡しできなかったが、アリッサさんの基礎レベルや商人レベルが上がったことで、譲渡できる上限が増えたらしい。

パーティメンバーで割り勘しても、約一一七万Gだ。

「とりあえずタゴサックたちに連絡しよう。お金をどう渡すかも話さないといけないしね」

その後、皆にフレンドメールを送ったんだが、全員からお金はいらないと言われてしまった。

だが、あのイベントは土霊の試練を攻略しなくちゃ起きなかったわけだし、俺一人じゃ達成できなかったのだ。だから、みんなにも情報料を受け取る権利はあると思うんだけどね……。

俺の情報だからと言って、固辞されてしまった。みんな欲がないな。

「うーむ、受け取ってもらえないんじゃ仕方ないか……」

にしても、これで所持金が一〇〇〇万を超えてしまった。

やばい、大金持ちじゃね？

でも、何に使おう？　始まりの町を何となく歩きながら、考える。

装備は更新したばかりだし、やっぱりホーム関係かな？

いずれ各精霊の試練を攻略するときのことを考えて、ルフレ、ヒムカ、アイネの好感度を上昇させるための施設を揃えたいのだ。

「いや、オークションまで取っておくのも悪くはないか？」

明後日には再びオークションが開催される。そこでランダムアイテムボックスを狙うのも手だろう。

タゴサックみたいに邪悪樹をゲットできる可能性は低いだろうが、面白いアイテムがゲットできるかもしれん。

「うーん。でも、やっぱホームの生産設備がいいかな」

ランダムアイテムボックスはかなり注目されているから、落札額も上がるだろう。それなのに、絶対にいいアイテムがゲットできるとも限らなかった。

それよりは確実に有益なことにつぎ込む方がいい。

一〇〇〇万あれば、以前諦めた万能工房・二型にアップグレードができるのだ。

「よし！　不動産屋さんに行こう！」

そして、俺は有り金をほぼ全部つぎ込んで、ホームの設備をさらに強化したのであった。

まずはメインである万能工房・二型。これは、全ての生産に対応している万能工房の発展形で、効果がかなり上昇していた。それこそ、木工工房などの特化型の一型に比べても、遜色ないほどだ。

ある意味、特化工房・一型の詰め合わせと言ってもよかった。

それに加え、二種類の特殊な施設も入手してある。

一つが、ホームマインⅡ。以前手に入れたホームマインのアップグレードバージョンだ。

前のやつが、鉄鉱石までしか産出されなかったのに比べ、こちらは銀鉱石や軽銀、さらには水鉱石、火鉱石などの属性鉱石に、低品質の宝石なども生み出されるらしい。

きっとヒムカが喜んでくれるだろう。

二つ目が風耕畑《ふうこうばたけ》。暴風草などのエアプランツ類を育てるための風耕柵を、一段アップグレードしたものである。

藤棚のような見た目だった風耕柵に比べ、外見がかなり変化している。高さ五メートルほどの、石造りの壁二枚が平行に並んだ見た目だ。壁の間にはエアプランツを生やすための細長い管がいくつも走っており、その管に刻まれた溝に種を埋め込むらしい。

壁の間には、常に強い風が吹き込み続けているという。ただ、この風が他の畑に影響を及ぼすことはないというので、そこは安心してよさそうだ。

風耕畑は風系の施設である。風耕畑を設置するかどうか聞いてみたらアイネが非常に喜んでいたのだ。あの姿を見ては、買わない選択肢はなかった。

それに、エアプランツは蚕《かいこ》の餌にもなる。暴風草を食べさせると、風属性を持った糸が生み出されるらしい。アイネの仕事がさらにはかどるだろう。

これで所持金はスッカラカンだが、いい買い物ができたんじゃないかな？

畑に戻ると、早速アイネが風耕畑で遊んでいた。

「フーママー！」

「楽しそうだな」

「フーマー！」

壁の間を吹き抜ける風に乗って、凄まじい速度でバビューンと飛び出したかと思うと、今度は逆側から風に向かって突進していく。

前に進む速度と、吹き付ける風の威力が釣り合うことで、まるでホバリングしているかのようだ。

「フーマー！」

あれだ、子供が風が強い日に、前傾姿勢で風に逆らいながら「飛ばされるー！」って楽しそうに叫んでいるのと同じだろう。

俺も小さい頃は、台風の日とかにやっていた。何が面白いのかって言われると、もう分からないけど。ただ、メッチャ楽しかった記憶だけはあるんだよね。

「みんなの畑仕事の邪魔すんなよー」

「フマ！」

俺に向かって敬礼をしたアイネが、その体勢のまま強風で流されていく。ただ、それもまた楽しいらしく、上下逆さまになりながらも笑顔だった。

アイネが喜んでくれているようで、買った甲斐があるよね。

「次はホームマインだな」

ホームの地下に設置したホームマインⅡに向かうと、すでにヒムカがその前にいた。

「ヒムム！」

「分かったよ！　開けるから引っ張るなって！」

ヒムカに急かされるがままに扉を開けると、その先は洞窟の内部だ。まあ、全長五メートルくらいしかないけど。

その行き止まりに、金属の箱が置いてある。その前に立つと、ウィンドウが立ち上がった。この箱が簡易インベントリになっており、ホームマインで生み出された鉱石が自動で溜まっていくのだ。

「ヒムー！」

ヒムカが俺の脇をすり抜け、ホームマインの中へと駆けこむ。我慢できなかったんだろう。ヒムカは勢いよくしゃがみ込むと、宝箱を勢いよく開けた。

中に入っていた鉱石を取り出し、高々と掲げて目を輝かせる。

「お、いきなり銀鉱石と風鉱石が採れたのか！　鉄鉱石も結構な量があるし、珪砂《けいしゃ》とかも手に入ってるぞ。初日から悪くない収穫じゃないか」

「ヒム！」

嬉しげに頷くヒムカ。これでまた、色々なものを作ってもらおう。ホームマインで銀鉱石をたくさんゲットできるなら、銀食器の量産なども可能かもしれない。

サクラの作ったテーブルに、アイネの作ったテーブルクロスを敷き、ヒムカの作った食器を並べ、ルフレが調理した料理を載せ、食べる。勿論、オルト、クママ、オレアの作った食材を使うぞ？

うむ、楽しそうだ。いや、今でもやろうと思えばできるけど、間に合わせだからね。やるならそれ用に揃えたいのである。

「よし、まずは万能工房でヒムカと一緒に何か作るか！」

「ヒム！」

実は、称号の報酬で手に入れたランダムスキルスクロールを使ったところ、彫金スキルが手に入ったのだ。これがあれば、ヒムカが作ってくれたインゴットから、アクセサリーなどが作れる。

まあ、まだレベルが1だから、銅とかで訓練しないといけないけど。いずれ、高性能のアクセサリーを自分で作れるようになるかもしれない。

俺はヒムカと連れ立って、同じ地下にある万能工房へと向かった。

「万能工房・二型のお披露目だ！」

「ヒムー！」

ヒムカが首を横に振る。そうじゃないと言いたいらしい。

「じゃあ、鍛冶工房に変形させればいいか？」

「ヒム！」

「ダメ？　じゃあ、どれだ？」

鉱石を使うなら鍛冶工房かと思っていたんだが、ヒムカのリクエストは違うらしい。さらにブンブンと首を横に振っている。

「どれがいいんだ？」

「ヒムー」

リクエストがあるなら、自分で選んでもらおう。

ヒムカは、俺と一緒に操作パネルをのぞき込みながら、下の方にある火霊工房というものを選んでいる。

初耳だな？　火霊って、サラマンダーのことだよな？　首を捻りながら見守っていると、工房が姿を変えていく。

最初は鍛冶工房だと思ったんだが、炉の数が多い。どうやら、鍛冶やガラスなど、サラマンダーのスキルに関係ある工房が一緒になった複合施設らしい。

こんなタイプの工房があったのか。よく見てみると、風霊工房、水霊工房もある。

風霊工房は皮革や服飾、機織りの総合工房。水霊は料理と発酵工房が合体した施設っぽい。

土霊工房がないのは、必要ないからだろう。ノームに必要なのは、畑だからな。

「じゃあ、ヒムカは好きなように生産にいそしんでくれ。俺は彫金のレベル上げをするからさ」

「ヒム！」

ヒムカは、早速炉に鉱石を入れてインゴット化をし始める。最近手に入れた鉱石も結構あるし、大量のインゴットを生産できるだろう。

俺はその横で彫金の練習だ。

ブロンズインゴットならたくさんあるし、失敗しても惜しくはない。

ガンガン練習してやるぜ！

「うおおぉぉぉ！」

「ヒム！」

「す、すまん。静かにやるから」

ヒムカに怒られてから黙々と彫金をし続けたんだけど、これが結構集中できるっていうか、ついつい無心で作業しちゃうんだよね。インゴットをスキルで変形させつつ削る作業に没頭し過ぎてしまった。

「いつの間にか、インゴットがなくなったな」

気づいたら二時間も生産活動に勤しんでいたのだ。

グーッと背筋を伸ばす。アバターの体が凝るわけはないんだが、どうしても癖でストレッチをやってしまう。

「ほとんど失敗。成功品も使い物にはなんないな」

テーブルに置いてある、ネックレスを手に取ってみる。半分以上のインゴットが、失敗してゴミに変化してしまった中、数少ない成功品なんだが……。

名称：ブロンズネックレス
レア度：1　品質：★1　耐久：100
効果：防御力+0
重量：1

外見は少し歪なブロンズネックレス。だが、特殊な効果は一切なしの、ただ装備枠をつぶすだけのアイテムだ。それが一〇個ほどある。

そして、防御力が＋1という、★2の低品質品が三つ。ゲームを始めたばかりの頃、ルインに貰ったやつと同じだな。

「で、かろうじて★3なのが一つね」

防御力＋2の装備なんて使いどころないし、これもインゴット行きである。鍛冶スキルには、金属製品をインゴットに戻すアーツがあるのだ。

量は少し減ってしまうが、鍛冶や彫金スキルのレベリングには必須のアーツだった。いちいちインゴットを用意していたら、メチャクチャ手間と金がかかってしまうからな。

「彫金のレベルも6まで上がったし、今日はこのくらいにしておくか。ヒムカの方はどうだ？」

「ヒム！」

「おおー、これって銀食器？　それとガラス製品か」

机の上にはヒムカが作った銀の皿に、銀のナイフとフォーク、薄いガラスで作られたグラスが並べられている。珪砂の品質が良いお陰で、グラスの質も高い。

どちらも想像以上のできだ。リアルで販売されている製品と変わりない姿であった。装飾がない地味なものだが、普段使いにはこちらの方がいいだろう。

「で、こっちは細工を施したものか。すげー、これなら絶対に売れるぞ！」

「ヒム！」

持ち手に鳥の翼のような装飾が施された銀製のカトラリーは、どう見ても高級品だ。縁に渦巻のような幾何学模様が施された銀のお皿も、絶対に欲しがる人がいるだろう。

「よし！　せっかくヒムカが作ってくれたんだし、早速これで料理を食べてみるか！」

「ヒム！」

「腕によりをかけて、この銀食器に合う料理を作るからな！」

ああ、使うのは勿論、シンプルな方だよ？

「ヒム？」

「いや、こんな高級そうな皿、使うのが勿体ないし……」

ヒムカが銀の皿を手にするが、売り物を使うわけにはいかないのだ。

そもそも、これに見合う料理を作る自信がない。ただの焼き魚や、焼き串を載せるわけにもいかないだろう。フランス料理のフルコースでもなけりゃ、食器に料理が負けるのだ。

「こっちのシンプルな皿なら、なんとかなるだろ」

ということで、万能工房をキッチンにチェンジすると、料理を開始する。

「古代魚の切り身があるから、これをムニエルにしよう」

バターや塩コショウで味付けをしつつ、ハーブでアクセントをつけていく。

皿の盛付けにも一工夫だ。まあ、上にミントをあしらって、少しでも銀食器に合うようにオシャレ感を演出するだけだが。

「うん。悪くないんじゃないか？」

何せ、ミントを飾っているからな。オシャレハーブといえばミント。ミントといえばオシャレ。このハーブがチョコンと飾られている料理が、オシャレではないなんてことあり得ないのだ。

「こっちの深皿には、ポタージュがいいか」

黒ジャガイモから作った、黒いポタージュだ。なぜだろう？　銀の皿に黒いスープはあまりオシャレではない気がするが……。

よし、ここにもミントを載せておこう。これで問題なくオシャレになったはずだ。そういうことにしておこう。

「あとは肉料理かな」

恐竜肉のステーキとか美味しそうだ。勿論、焼いたものをそのままドーンと載せるようなことはしないぞ？　肉を極小サイズに切り分けて、それを数切れだけ載せる。

リアルで食べたことがある、このサイズで一皿一万円を超えるのは詐欺じゃないかっていうレベルの小ささだ。これで腹が膨れるっていうんだから、お金持ち様はみんな小食なんだろうな。俺はもう二度と行かないけどね！

ふん、こいつにもミントを載せてやる。

「ヒム？」

「……まあ、食えれば同じさ」

「ヒムー」

そんな呆れた目で見ないでくれ！　俺に銀食器が早かったことはよーく分かったから！

それにしても、ヒムカの銀食器は売れると思ったけど、意外とダメなのかもしれん。だって、使いどころがないもんな。

本当にガチの料理プレイヤーじゃないと、俺の二の舞になるだろう。

「そう考えると、銀は武器やアクセサリーに加工した方がいいかもしれないな」

「ヒム？」

第四章　肥料と栄養剤

昨日は万能工房・二型で生産三昧だったが、今日は色々と回るつもりだ。

「まずはルインのところに行こう」

「デビ！」

「キキュ！」

「ヤー！」

今日のお供はリリス、リック、ファウのいたずら好き三人衆だ。リックとファウは今まで色々とやらかしていたが、リリスも完全にそっち側の性格だった。

リックが額に『獣』って落書きされていたのだ。それを見てケタケタ笑っていた。悪魔だから仕方ないんだろうけどさ。それに、何故かリックも満更じゃなさそうだったし。

「外で悪戯《いたずら》はするなよ？」

「デビ！」

「キュ！」

「ヤヤー！」

「敬礼だけはビシッと決まってるんだけどなぁ……」

他のプレイヤーの不利益になるような行動はしないと思うけど、ちゃんと見張っておこう。

リリスは肩車。リックはその頭の上だ。ファウは周囲を楽しそうに飛び回っている。

リリスは好奇心が強いタイプらしく、興味があるものを発見すると、俺の頭をペシペシと叩いてそちらへと誘導した。

「デビ！」

「あの雑貨屋か――」

「デビビ！」

「今度はあっちかよ――」

「デービー！」

「えー？　女性専用の衣装屋さんはちょっと――」

結局、ルインの店に到着するまで、一時間近くかかってしまったな。

「ども」

「お、どうした？　装備は作ったばかりじゃろ？　そのおチビちゃんの装備か？」

「いえ、リリスは専用装備があるんで。そうじゃなくて、これをセットしてほしいんです」

「従魔の宝珠か。しかも二つも？」

「はい」

実は、昨日の内にヒムカ、アイネから従魔の心を貰うことができていたのだ。やはり施設を買ったおかげなんだろう。

これを従魔の宝珠にしたので、装備にセットしにきたのである。

従魔の宝珠は、どのモンスから貰った心で作っても、配下の従魔全員が召喚対象だ。アップデートで一二個までしか装備できなくなったが、俺の場合はまだそこまで達していない。

今回の二つで、ようやく九個なのだ。

ルインにセットしてもらっている間、みんなで売り物を眺める。

すると、リリスが空中に浮遊しながら、少し高い位置にあるショーケースをのぞき込んでいた。武具が好きなんだろうか？

「デビー」

「どうした？　おお、この剣、すっごいな！」

「デビ！」

リリスが見つめていたのは、ショーケースに横向きで飾られている一本のサーベルだった。

性能もさることながら、メチャクチャかっこいい装飾が施されている。

左右に勇ましい狼の顔が彫刻された金色の鍔《つば》に、ワインレッドの革が綺麗に巻かれた柄。柄頭には赤い宝石があしらわれ、鍔元にも同じ宝石が埋め込まれている。

ハンドカバーの表面にも彫刻が施され、雄々しい獅子がこっちを睨みつけていた。

刀身もただの刃ではない。一点の曇りもない反り返った銀のサーベルには、無数の楔《くさび》文字のような模様が彫り込まれていたのだ。

ただ派手なだけじゃなくて、古代っぽさとかロマンも感じる姿である。

俺もリリスも、しばしそのサーベルに魅入ってしまった。途中からはリックとファウもやってきて、四人でサーベルを見つめる。

剣なんて使えないのに、ここまで見事だと欲しくなるから不思議だ。いや、買わないけどね？

そもそも、値段がすげーんだもん。

「おい。そんなべったり張り付いて見てても、タダでくれてやったりはせんぞ？」

「トランペット方式は狙ってねーよ！　かっこいい剣だと思ってさ。ルインが作ったのか？」

「そうじゃ！　中々のできだろう？　どうだ？　部屋の飾りとしても悪くないと思うが？」

確かに、壁に飾ったら映えそうだ。だが、この値段は無理だろう。

「自分で使えない剣に一二〇万は無理でしょ？」

「ふははは。だろうな！　まあ、客に見せるために置いてあるから、売れなくてもいいんじゃがな。金持ってそうな客には、一応勧めてみてるだけじゃ」

「自分の技術を試す的な感じで作ったのか？」

こんな凄い物も作れるんだということを見せて、お客さんに技術力をアピールしているのだろう。

「それもあるが、それだけじゃないぞ。そいつは、オークションに出品する剣の試作品じゃ」

「あー、そういうことか」

プレイヤーも出品できるんだよな。出す側になるつもりなんかなかったから、全然気にしていなかった。

「マジックシルバーを使っているから非常に軽く、誰でも装備可能。しかも、魔術発動媒体としても優秀じゃ！　無駄な装飾を施し過ぎたせいで耐久力は低いが、そこはまあ、ご愛敬というやつで」

「性能を犠牲にして見た目を良くしてんのかよ」

「オークションじゃからな。見た目も重要じゃろう。ユートは出品しないのか？　一点ものを売り出せば、絶対に買い手がつくと思うがのう？」

「えー、そうか？」

「うむ。モンスの作ったものでも出品可能じゃぞ？」

オークションに出品かぁ。

確かに、色々と売りに出してみるのも面白いかもね。

うちの子たちには、普段使いしやすい日用品をいっぱい作ってもらっている。それを無人販売所で販売しているからだ。

だから、最高の材料を使った、豪華な一品ものっていうのはあまり作ってもらうことがなかった。

たまには盛大に素材を使わせてやって、好きなものを作ってもらうのも良いんじゃなかろうか？

「そうだな……。ホームに戻って、みんなにも聞いてみるか」

モンスたちが出品したいのであれば、ひとつ作品を作ってもらおう。何なら素材を集めたり、製作の補助をしたっていい。

「これは、面白くなりそうだな！　よし、家に戻るぞ！　リリス、ファウ、リック、こい！」

「デビー！」

「ヤー！」

「キキュ！」

考えてみれば、ヒムカの銀食器なんかはオークション向きなのだ。

高額になるかどうかはともかく、売れないってことはないだろう。

ホームに戻ってオークションのことを調べると、俺は最大で四品目まで出品できるらしかった。

これはプレイヤーのレベルや、各ギルドのランク、生産スキルのレベルなどで、変動するらしい。

今のところ、誰でも最低三つは出品でき、最も多い人は八個まで出せるそうだ。

「さて、オークションに自分の作ったものを出品したい人！　挙手！」

「ムムー！」

「ヒム！」

「フマ！」

「フム！」

「――♪」

俺がモンスたちを集めて尋ねると、皆が一斉に手を上げた。

「やっぱ、精霊組はみんな参加希望か」

何だかんだ騒ぐのが好きだし、こういうお祭りごとも好きなんだろう。

ただ、問題が一つ。

「うーむ、四つまでしか出品できんぞ……」

これは、迂闊に聞いた俺が悪いよな。考えれば、みんなが出品したがるのは分かっていたのだ。

「いや、待てよ。ギルドランクがもう一つ上がれば、出品できる数が一つ増えるんだよな」

狙うなら、農業ギルドのランクアップだろう。現在、貢献度は十分なんだが、俺のスキルレベルが足りていないのだ。

俺のスキルは農耕：Ｌｖ49。これをカンストさせて、農耕・上級を取得すれば、自動的にギルドランクがアップする。

「ということで、畑仕事じゃーい！」

「ムムー！」

雑草畑を一つ使い、無駄な水まきや収穫を繰り返す。第二陣のプレイヤーの露店に行き、安い薬草をたくさん買ってきては株分けをしまくったりもした。

その結果、一時間ほどで農耕スキルがレベルアップしてくれたのである。元々、レベルアップ間近だったんだろう。

「俺も一次スキルが段々とカンストし始めたよな」

水魔術や、今回の農耕。それ以外だと、ちょっと前に植物知識もレベル50に達していた。植物を鑑定したりしていれば勝手にレベルが上がるから、いつの間にかカンストしてたって感じだよね。

上位スキルに派生したりすることもないので、進化したりってことはなさそうだった。いや、植物学が上位スキルなんだろうし、もう取得済みってことか？

「ま、今は農耕スキルだな。派生スキルを一つ取得可能か……」

農耕をカンストさせると、育樹、水耕のどちらかをゲットすることができるらしい。サクラのお世話もはかどりそうだし、俺は育樹にしておいた。因みに、大抵のスキルのカンストは50レベルだ。

ベータでは40だったらしいけど、製品版では50に修正されたようだ。

「で、さらにボーナスポイントを10消費して、農耕・上級を取得だ！」

これで、農業ギルドに行けば、ランクが上昇するはずである。

俺は改めてモンスたちを集めると、出品するためのアイテム作りをお願いした。

「俺はちょいと出かけてくるが、参加希望の五人は出品するアイテムをそれぞれ一つ作ってくれ！あ、オルトは作物でいいってことだよな？」

「ムー！」

オルトが自信満々に頷くと、何やらリックを呼び寄せて、相談し始める。リックの助けがいるってことだろう。

何をするつもりなんだ？

他の子たちは一斉に散らばっていった。素材の吟味や、試作を開始するらしい。いや、ルフレだけが俺の前に残ったな。

「フムー」

「どうしたルフレ？」

「フムム！」

何やら訴えかけている。どうも、素材が足りないと言いたいらしい。ルフレが出品するとなると料理だろうし、食材をたくさん使うのだろう。

いいね。普段は作れないような超贅沢料理を、ぜひ作ってもらいたいものだ。

「何が欲しいんだ？」

「フム！」

「釣りのジェスチャー。つまり魚介類か？」

「フムー！」

正解だった。いくつか魚介類が欲しいらしい。

「よし、それじゃあ、農業ギルドの次は釣りだな！」

オークションに参加しない子たちを連れて、素材ゲットに走り回るのもいいだろう。ヒムカやアイネも、欲しい素材があるっぽいしね。

連れて行くのはリック、クママ、ドリモ、ファウ、ペルカ、リリスだ。リックがオルトに協力するのは今すぐでなくていいらしいので、参加可能であった。


五時間後。

俺たちはレッドタウンで休憩していた。

「モンスたちに指定された素材はほぼゲットしたな。いやー、大変だった」

「デビー……」

「そういえば、リリスはガルーダと戦うの初めてだったか」

「デビ」

ガルーダの卵をゲットするために、ボスに四回も挑まなくてはならなかったのだ。戦力的には余裕を持って勝利できるんだが、ボスと連続で戦うだけで気疲れしてしまうのである。

ガルーダと激しい空中戦を演じたリリスも、かなりお疲れの様子だった。

「あとはここで、蕎麦とかを手に入れるだけだな」

「クマー！」

「おっと。待ちたまえクママ君」

「クマー？」

「どうせここまで来たんなら、最高の蕎麦を手に入れたいだろう？」

クママは、前回蕎麦を買った店に向かおうとしたらしい。ただ、今回はルフレのためにも最高の蕎麦をゲットしたいのだ。

「まずはレッドタウンの店を巡るぞ！」

ＮＰＣショップでも品質が違う場合も多い。上手くいけば、品質の高い蕎麦などを売っている店もあるかもしれない。

とりあえず、掲示板などで紹介されている蕎麦屋や雑貨屋、食材屋を回ってみるとしよう。

そうしてレッドタウンを歩き回ってしばらく、俺はある人物と再会を果たしていた。

「あれー、君は……ユートさんじゃないか」

農業ギルドから出てきたその人物が、こちらに気づいて声をかけてくる。

「トーラウス？」

「久しぶりだね」

そこにいたのは、木材屋ピスコの息子で、植物学者のトーラウスであった。

植物学のスキルをゲットしたチェーンクエストでお世話になったのだ。

「やあ、君たちもこの町にいたんだ？」

ニコニコと笑うトーラウスが、こちらに近寄ってきた。もしかして、チェーンクエストの続きか？

植物学をゲットしたことで終わりだと思っていたら、まだ続きがあったらしい。

「そっちこそ、ここで何を？」

「実はこの町に、私の息子が畑を持っていてね。その様子を見に来たんだよ」

「息子なんていたのか」

「やんちゃ盛りの男の子さ。そうだ、君は農業が得意だよね？　良ければ息子の相談に乗ってやってくれないかい？　畑のことで悩んでいるみたいで」

農業の相談ね。そういう感じのクエストなのかな？　どう考えても、農業ギルドのランクか、農耕・上級の取得がトリガーだろうしな。

「俺なんかでよければ」

「モグ」

「キュ！」

ドリモも「うむうむ」って感じで頷き、リックがサムズアップで応える。自分たちも相談に乗る気なの？　それとも、俺に丸投げする気か？　相談に乗る気だからいいけどさ。

「ありがとう！　とても心強いよ！　それじゃあ、お願いしていいかな？」

「いつ行けばいい？　今から見に行ってもいいけど」

「本当かい？　じゃあ、案内するよ」

そう言えば、レッドタウンの畑にはまだ行っていなかった。最近はホームに畑を増やしていたので、外で買う必要がなかったのだ。

日本家屋は普通のホームよりも敷地が広いし、拡張可能な回数も多い。そのおかげで、お金さえ払えればまだ畑を増やすことも可能だ。

今回のランクアップで所持可能な畑の上限が増えたが、その分もホームに増やせるだろう。

始まりの町の畑を買い足したっていいしね。育つ作物の品質上限は低いが、それもギルドでグレードアップすることで上昇させられるのだ。

初めの頃は★5の作物までしか育たなかったが、今は★10まで育つのである。いや、薬草とかハーブ類以外で、★10が育ったことはないけどね。

やはり、★10ともなると、オルトがいてくれても非常に難しいのである。

トーラウスに連れられて向かった先には、野良仕事に精を出す一人の少年がいた。

年は一二歳くらいかね？　しゃがみ込んで畑周辺の雑草を抜いている。

「カプリ、頑張っているな」

「父ちゃん！」

カプリ君か。トーラウスの息子っていう話だから、もっと大人しめの子を想像していたが、見るからに元気少年だ。

麦わら帽子を被り、顔にはそばかす。日に焼けた肌はまさに小麦色である。以前のイベント村で知り合いになった、魚獲り少年ロッケによく似ているだろう。麦わら帽子の下から飛び出る茶色の髪の毛もピンピン跳ねていて、元気をアピールしているかのようだ。

古き良き田舎の悪戯少年って感じだった。

「来てくれたの？」

カプリ少年が笑顔で駆け寄ってくる。そして、トーラウスの横にいる俺たちに気づいたらしい。首を傾げてこっちを見ているな。

「誰？」

「こら！　まずはご挨拶だろう！」

「あ、やべ！　カプリです！　一一歳です！　よろしくお願いします！」

「俺はユート。こっちは俺の従魔たちだ」

「ヤー！」

「ペン！」

俺が名前を呼ぶと、うちの子たちは思い思いに手を振って、自己アピールをしていく。彼にもモンスの可愛さは伝わったらしい。

目をキラキラさせて、見つめている。

「すげー！　兄ちゃん、テイマーなの？」

「ああ」

「それだけじゃないぞ。ユートさんは腕のいい農家さんでもあるんだ。カプリの相談に乗ってくれるっていうから、ここまでお連れしたんだよ」

「へー！　そうなのかー！　俺、いくつか困っていることがあってさ！　話聞いてもらってもいい？」

「おう。俺に分かることだったらいいんだけどな」

とりあえず畑の一角を借りて、カプリの話を聞いてみることにした。サクラ印の丸テーブルと椅子を取り出し、俺、カプリ、トーラウスが腰かける。

モンスたちはその辺で遊んでてね。ああ、畑に悪戯はしちゃだめだからな？

トーラウスのお陰で作れるようになったフレッシュハーブティーを飲みながら、カプリの相談を聞いていく。

「作物の品質が全然上がらなくてさ～。色々な資料を集めてみたんだ。それで、肥料が足りてないんじゃないかってところまでは分かったんだ」

この歳で資料を読み込むとか、さすがトーラウスの息子。勉強嫌いな元気少年に見えて、研究者気質なのかもしれない。

改めてカプリの畑を観察してみると、俺の知らない作物ばかりだ。というか、凄くね？

「こ、この作物、どこで手に入れたんだ？」

「曾爺ちゃんに分けてもらったんだ！」

話を聞いてみると、彼らの一族は全員が植物関係の職業に就いているらしい。

思い返すと、カプリが農家でトーラウスが植物学者。スコップが花屋で、ライバが香辛料とハーブの店。ピスコが木材屋である。

さらに、ピスコたちの父が農園経営。その妻が樹木医で、花見で挨拶したことがあるリオンとバルゴや、それ以外の親族も植物に関係する仕事をしているらしい。

「な、なあ。あれの種子とか苗って、分けてもらえたりしないか？」

「うーん、曾爺ちゃんが作ったやつだから俺が勝手にあげるわけには……。それに、曾爺ちゃんはすげー怖いんだ。普通に頼んでも、無理だと思うよ？」

「そうか……」

これって、チェーンクエストをこなしていけば、いずれそのお爺さんにたどり着くってことかね？

さすがの俺も、この一族の名前が一二星座に関係しているということには気づいている。現在、スコーピオン、ライブラ、ピスケス、トーラス、カプリコーン、レオ、バルゴの七人が登場しているのだ。

つまり、このチェーンクエストに関係するＮＰＣが最大で一二人登場するってことだろう。お爺さんともなると、最後に登場するのだろうか？

俺がチェーンクエストのことを考えていたら、カプリが何かを指さした。

「兄ちゃん、あそこの畑の苗なら分けてあげてもいいぞ？」

「あそこって……え？　まじか？」

カプリが指さす先は、果樹の植えてある畑であった。鑑定してみると、林檎、蜜柑、桃色林檎、濃紺蜜柑の四種類が植えられている。

林檎と蜜柑は、雑木扱いだ。

「俺の頼みを聞いてくれたら、タダで分けてあげるよ！」

なるほど！　これはやる気が出てきた！

「いいぞ！　どんなことでもドーンとこいだ！」

「おー」

俺の啖呵を聞いて、カプリが拍手をしてくれる。うむ、なんでも言ってくれ！　でも、戦闘関係は勘弁な？

というか、どんなことでもは言い過ぎたか？

だが、林檎と蜜柑はぜひ欲しい！

果樹の苗木を報酬として提示されてやる気マックスの俺は、早速カプリの相談を詳しく聞くことにした。

「作物の品質が上がらないってことだったな？」

「うん」

「普通なら肥料を使うか、畑の品質を上昇させるアイテムを使うのがいいだろう。あとは、水を変えてみるとかかな？」

「水は、魔道具で生み出したやつを使ってるから、問題ないはずなんだ。畑の土壌を改善するアイテムは、高くて俺には手が出ないし」

「となると、やっぱり肥料系か」

「うん。それで、ここの作物に合うかもしれない肥料の作り方は分かったんだけど、俺じゃ作れなくって……」

「へぇ？　作り方は分かってるのか？」

俺の言葉に、カプリは一枚のスクロールを取り出して広げて見せた。

「このレシピなんだけど、兄ちゃんなら作れるか？」

「どれどれ？」

「ヤー？」

カプリが渡してくれた肥料のレシピを確認する。そこに書かれているのは、調合のレシピだった。

いくつかの材料を加工して、合成すればいいらしい。

「俺、調合ができないからさ～。どう？　兄ちゃん作れる？」

「ふむふむ」

「ヤーヤー」

頭の上のファウと一緒に、レシピを確認する。俺の真似して頷いているだけにも見えるが、ファウは錬金スキルの持ち主だ。きっと理解しているだろう。してるよな？

「材料は、土と木材と水。あとは昆虫系素材に魚系素材か」

これらは簡単に揃うだろう。途中、調合レベル40で覚える濃縮のアーツが必要なようだが、それも持っている。

さらに、作製するには育樹スキルか水耕スキルが必要とも書かれていた。特定のスキルを所持していないと、作製できないアイテムもあるんだな。

「それと、これも欲しいんだけど、兄ちゃん作れる？」

「こっちは錬金のレシピだな」

「うん」

畑に使う、栄養剤のレシピである。これも、錬金レベル40で覚える液化のアーツが必要だった。

つまり、農耕・上級に加え、育樹か水耕を所持してて、調合と錬金がレベル40以上であることがこのチェーンクエストの発生条件ってことかね？

かなり条件が厳しいように思えるが、生産メインのファーマーだったら自然と達成している可能性は高いだろう。調合、錬金が必須だっていうのは常識だしね。まあ、俺はファーマーじゃなくてテイマーだけど！　テイマーなんですけど！

「兄ちゃん？　急に震えてどうしたんだ？」

「すまん。なんでもない。それよりも、これなら作れると思うぞ」

難しい工程はないし。

「本当か？　じゃあ、頼んだ！」

「できたらここに持ってくればいいか？」

「うん！　俺、だいたいここにいるからさ！」

内容：カプリのレシピで★7以上の特別肥料を五つ納品
報酬：500G、林檎の苗、桃色林檎の苗
期限：なし

作製納品クエスト
内容：カプリのレシピで★7以上の特別栄養剤を五つ納品
報酬：500G、蜜柑の苗、濃紺蜜柑の苗
期限：なし

報酬が未知の苗木なうえ、肥料と栄養剤のレシピまでゲットできてしまった。なんて割のいいクエストなんだ！

しかも、これだけではない。

「ユートさん。息子の話を聞いてくれてありがとう」

「いや、困ったときはお互い様だから」

「いやいや。いずれお礼はさせていただくので」

多分、成功したら報酬があるよって意味だろう。よりやる気が出てきたぞ！

さて、早速畑に戻って、調合を――。

「あ、ダメだ。蕎麦をゲットしてない」

「ユートさんは蕎麦をお求めかな？」

「そうなんだ。もしかして、いい店を知ってるか？」

「うん。私の祖父が育てた蕎麦の実を卸している蕎麦屋があるので、紹介するよ」

さすが植物一家！　蕎麦の実の生産にも関わっているらしい。

トーラウスが紹介してくれた店は、調理した蕎麦を提供する店だったが、普通に麺つゆと蕎麦の麺も販売していた。

品質も高く、これならルフレも満足するだろう。自分用にも大量購入してしまったぜ。

「よし、これで本当に畑に戻れるぞ」

素材集めは終わったし、みんながオークションに出品するアイテムを作っている間は暇になる。その間に、カプリに頼まれたアイテムを作ればいいだろう。

「オークションにチェーンクエスト！　楽しくなってきたなぁ！」

そうして意気揚々と畑に戻ると、ルフレが凄い勢いで駆け寄ってきた。その顔には満面の笑みだ。

「フムー！」

「おお、ルフレ。お出迎え――じゃなくて、素材が欲しいのね」

「フームー！」

「ほれ、お土産だ」

ルフレが、早く素材をよこせと言わんばかりに、俺の腕を引っ張る。

「フム！」

「食材しか見てないね君」

まあ、喜んでくれているみたいだからいいけどさ。俺の渡した魚と貝を両手でつかみ、高々と掲げている。手、臭くなるよ?

俺は他の食材を全てテーブルの上に出すと、ルフレの頭を軽くなでてそのまま畑へと向かった。

ホームの生産施設はみんなが使ってるだろうし、依頼品は普通に自分の生産道具を使って作ればいいだろう。

特別肥料の材料は土と木材と水。あとは昆虫系素材に魚系素材だ。

特別栄養剤の素材は、水と回復系素材に毒系素材、植物系素材、動物系素材である。

「まずは肥料から作ろう。土は……腐葉土が使えるか」

高品質の腐葉土に、神聖樹の枝。水も一番いいやつを使おう。虫系、魚系素材は、装備品を作る際にルインに渡したりしてそれほど量はないんだが、ボスの素材がまだ残っているのでそれでいい。

ただ、先に低品質素材で様子見だけどね。

土と水を混ぜた物に、始まりの町周辺で手に入る素材を砕いてさらに攪拌《かくはん》する。で、普段ならここで調合を行うのだが、今回は調合スキルのアーツである濃縮だ。

普通に調合した場合よりもできあがる数が減ってしまう代わりに、品質が上昇するアーツだった。

また、特定のアイテムの場合、違う物に変化することもある。

そして、今回の特別肥料の場合、アイテム名そのものが変化するタイプだった。

何度も実験をしてみたのだが、普通に調合した場合は多目的肥料。そして、濃縮した場合は魔化肥料というアイテムに変化した。

名称：魔化肥料
レア度：5　品質：★2
効果：畑に撒くと、栽培効果を増加させる。効果は五日間続く。魔化栄養剤と併せることで、一部の作物に特殊な進化を促す。

気になる文面が書かれているな。一部の作物に特殊な進化？　どれのことだろうか？

オルトに聞けばわかるかな？

「魔化肥料の効果は気になるけど、とりあえず納品用の物を作っちゃおう」

肥料の後は、栄養剤も作らなきゃいけないしな。

こっちも、色々と実験してみたが、基本は肥料と同じだった。

単純に錬金するだけだと多目的栄養剤だが、錬金の液化アーツを使うと魔化栄養剤に変化するのだ。

名称：魔化栄養剤
レア度：5　品質：★2
効果：畑に撒くと、栽培効果を増加させる。効果は五日間続く。魔化肥料と併せることで、一部の作物に特殊な進化を促す。

魔化肥料とほぼ同じだ。両者を併せることで、特殊な効果が発生するらしい。

しかも、凄いことを発見してしまった。

名称：水化栄養剤
レア度：6　品質：★1
効果：畑に撒くと、栽培効果を増加させる。効果は五日間続く。水化肥料と併せることで、一部の作物に特殊な進化を促す。

作製時、素材を全て水属性で固めてみたら、こんなものができ上がってしまったのだ。水は元々水属性だし、他の素材も水属性の魔獣から得た物ばかりを使った結果だった。まあ、本当に偶然なんだけどね。

何故か水化栄養剤ができてしまい、慌てて原因を調べたのである。

他の物でも色々と試してみると、土水火風はすべて作れてしまった。

五つの素材中、四つがその属性であれば作製可能であるらしい。五つ全てを属性素材で作った時に比べ、明らかに品質が下がるけどね。

他に、聖化栄養剤というものも作れたのだが、聖化肥料が作製不可能だった。聖属性の素材が不足していたのだ。

聖化栄養剤の素材は、聖水に神聖樹の葉、神聖樹の枝、イベントの時の守護獣のインゴットの四種だ。

実は、イベント村で依頼をこなすと普通に守護獣のインゴットが手に入るようになるらしく、市場にそれなりの数が出回っていた。

それを知らずに、以前に露店で発見した時に貴重な品だと思って購入してしまったのである。思わず買ったけど、うちでは使い道がなくてずっと死蔵していたアイテムだった。

第二陣の中には、守護獣シリーズの愛用者も結構いるそうだ。序盤でも簡単に手に入るので、鋼鉄製装備に乗り換えるまでの繋ぎで使っている人が多いらしい。

聖属性の作物なんてメチャクチャ気になるし、肥料作製用の素材をぜひ入手したいところだ。プレイヤーズショップを覗くか、オークションで狙ってみるのもいいかもしれないな。

「忙しくなってきやがった！　まずは魔化を完璧に作って、その後に各属性だな！」

そうやってテンションアゲアゲで肥料と栄養剤を作りまくっていると、いつの間にかオルトがそばに近寄ってきていた。

「ム？」

「お、ちょうどいいところに。今作り終わったとこなんだよ。それ、魔化肥料ってやつなんだが、使い道分かるか？」

「ムーー！」

「おー！　さすがオルト！　畑の申し子！　頼りになるー！」

「ムム！」

オルトが胸を反らして分かりやすく調子に乗るが、今は許そう。

「それで、どこで使える？」

「ムムー」

「そっちだと、薬草畑か」

「ム！」

オルトが小走りで向かった先は、やはり薬草を植えた畑だった。未だに薬草を大量生産して、日々ポーションを作ってはギルドで売っているからね。

大金が手に入るわけじゃないけど、塵も積もれば山となるのだ。我が家の大事な収入源＆俺のレベリング道具である。

「薬草が、何か他の物に変化するってことか？」

「ム」

「オルトが言うなら間違いないだろうし、ここの一角で試してみるか」

「ムー！」

オルトに魔化肥料と魔化栄養剤を渡すと、早速撒き始めた。オルトが両者を畑に使用し終えた直後、その一角が一瞬だけ青白く光る。

魔化肥料と栄養剤のセット一つでは、畑一面分にも足りていないらしい。光ったのは四分の一くらいだった。

「カプリに納品する分を確保しても、あと四セットあるんだがどこに使う？　ああ、四属性のも揃ってるけど」

「ム！」

四属性の肥料と栄養剤は、低品質の物を合成して品質を上昇させたりしていたら、結局★4のものが三セットでき上がっていた。

「ここは微炎草が植わってるけど……」

「ムー」

「火化肥料と栄養剤か。もしかして、属性が増すってことか？」

「ムー！」

その後、オルトは風耕畑に風化肥料と栄養剤を、水草の植わっている水耕畑に水化肥料と栄養剤を撒いていた。やはり、畑の属性を強化してくれるようだ。

最後、土属性セットは赤テング茸の原木にぶっかけていたので驚いたが、これで問題ないようだ。

その後にオルトが向かったのは果樹園である。

「果樹の場合は一本に一セットか」

「ム！」

「緑桃だけでいいのか？」

「ム」

いいらしい。オルトさんが重々しく頷いている。多分、「うむ」って感じのムーブがしたいんだろう。スクショが捗るぜぇ！

結局、魔化一セットと、属性四種類を果樹園の緑桃に使用していた。それぞれの緑桃がどう変化するのか、楽しみにしておこう。

「ムーム！」

「お？　どうした？」

肥料と栄養剤を果樹に撒き終えると、オルトが俺の手を引っ張り始めた。どこかに連れていきたいらしい。

そのままオルトと一緒に畑を歩いていくと、果樹園の中を通り抜け、すぐに足を止める。そこは、ある小さい樹木の前であった。

「トリ？」

オレアの本体である、オリーブトレントだ。

何故かオレアがその前で待っていた。

「ムー」

「キュ……？」

オルトが、オリーブトレントの根元で昼寝をしていたリックを揺すって起こす。ヘソ天で寝る姿は、野生の欠片もないね。

元々、ここでオレアとリックと待ち合わせをしていたらしい。

何をするつもりだ？

そして、三人で俺の前にやってくると、再び何かを訴え始めた。

「ムーム！」

「トリ！」

「キキュ！」

「うーん？」

ワチャワチャして楽しそうだけど、遊ぼうって言ってるわけじゃないよな？

俺が首をかしげていると、リックが何やらポーズをとった。両手を前に突き出し、尻尾をピーンと伸ばす。

「キキュー！」

何を訴えかけているんだ？

ただ、この姿には何となく見覚えがあった。

「えーっと？」

「キュ！」

リックは早く思い出せとばかりに、短く鳴く。分かってるんだ。分かってるんだよ？　ここまで出かかってるんだ。

そして、ようやっと思い出す。

「もしかして、樹呪術の儀式を行いたいのか？」

「ムー！」

「キキュ！」

「トリ！」

そう、それは樹呪術のおねだりであった。

「樹呪術をオレアに使うのか？」

「ム」

オルトがその通りとばかりに、頷く。

さらに、魔化肥料と栄養剤を高々と掲げたではないか。

「魔化肥料と魔化栄養剤も使うのか？」

「ムム！」

樹呪術と一緒に、魔化肥料と栄養剤も使うようだ。何が起きるのだろうか？

まあ、オルトたちがやりたいならいいんだが……。

「対象はこのオリーブトレントなのか？」

オレアの本体に変なこと起きないだろうな？

「ム！」

オルトが再び何かを訴えてくる。

何かを指で押す仕草？

「突然どうした？」

「ムムー！　ムム！」

さっきの仕草に加え、箱のようなものを開けて喜ぶジェスチャーも追加されたな。

何か選んで、アイテムゲット？

「ああ、オークション！　そうか。オークションに出品する作物か。もしかして、オリーブトレント関連のものを？」

「ム！」

どうやら、リックの樹呪術を使うことで、何らかの素材がゲットできるらしい。オルトもオレアもやる気ってことは、樹に悪影響はないだろうが……。

「オレアに問題はないのか？」

「トリ！」

「うーむ、オレア自身がいいなら、構わんか」

「ムムー！」

「トリー！」

ということで、樹呪術を早速使ってみることにした。

「どの呪術だ？　神聖樹の時と同じ、快癒の呪か？」

「ムム」

「違う？　じゃあ、生育の呪？」

「ム！」

今回は生育の呪か。まあ、成長させると考えるなら、妥当か。

「じゃあ、行くぞ。リック、樹呪術だ！」

「キュー！」

リックが尻尾を立てて、両前足を突き出す。

すると、二重の五芒星がオリーブトレントを中心に浮かび上がった。

「で、捧げるアイテムの選択か。魔化肥料と魔化栄養剤を選べばいいのか？」

「ム！」

オルトに指示されるがまま、アイテムを選択していく。魔化肥料と魔化栄養剤、あとは四属性の肥料と栄養剤で、ちょうど一〇個である。

「おお、リリスの時と同じだ！　呪術が変化したぞ！」

リリスを仲間にした時は、快癒の呪が悪魔召喚に変化していた。今回は生育の呪が『進化の呪』となっている。

モンスターが上位種に変化する、あの進化のこと？　戦闘でのレベルアップではなく、呪術による特殊な進化を行うってことなのか？

「なあオルト。進化って、あの進化？」

我ながら酷い聞き方だが、驚きすぎて語彙が死んでしまったのだ。

だが、オルトには通じたらしく、再び「うむ」って感じで頷いた。オルトのマイブームであるらしい。

「マジか」

「ム」

こんな方法もあったんだな。知らなかった。

どう考えても正規のルートではないが、どんな進化になっちまうんだ？

「オレア、普通の進化じゃないけど、いいんだな？」

「トリ！」

オレアが両手を上げた状態でピョンピョンと飛び跳ねて、喜びを表現している。むしろ、早く早くって感じだ。

「よし、肥料と栄養剤を捧げるぞ！　進化の呪、発動だ！」

「トリー！」

「キキュ！」

「ムッムー！」

ウィンドウに表示されたＹｅｓをポチッと押すと、魔法陣が輝いた。

同時に、オレアの本体であるオリーブトレントの根元から強い光が発せられる。

魔法陣と同じ、緑色の光だ。光は根元からスーッと上がっていくと、幹を包み、枝葉へと伝わっていった。

全身が光り、遂には強烈な光となって畑を隅々まで照らし出す。

「きたきたー！」

「トリリー！」

「キキュ！」

「ムー！」

対閃光防御をしながら四人で発光が収まるのを待っていると、サワサワとこずえが揺れる音が聞こえた。

そして、アナウンスが聞こえてくる。

ピッポーン！

『オリーブトレントが、特殊進化可能状態となりました。進化を行いますか？』

アナウンスと共に光が収まり、俺の目の前にはウィンドウが表示されていた。進化を選ばずに、そのままでもいけるのか。

「あれ？　ムム？　もしかして、進化しちゃうとオルトが欲しがってた作物が手に入らない？」

「ム」

それは平気であるらしい。

「じゃあ、進化させちゃっていいんだな？」

「ム」

「よし、それじゃあ進化を――って、すっげー量の選択肢が……」

自動ではなく、俺が選択できるらしい。ただ、その数が凄まじく多かった。

ハイ・トレント、ハイ・オリーブトレント、ファイア・トレント、アース・トレント、アクア・トレント、ウィンド・トレント、ファイア・オリーブトレント、アース――。

「トレント系がズラーッと並んでるな」

トレント系は、現在のオリーブトレントからの正統進化だろう。能力が上昇し、スキルもほぼ変わらない。

素材生産で入手できるものが少し増え、管理している農地の属性などを強化する力を得るようだ。

「エレメンタル・トレントっていうのが凄いな」

どうやら四属性全部を併せ持っているらしい。多分、属性特化型のトレントには及ばないだろうが、うちのように色々な属性の作物を育てているなら有りだろう。

「まあ、畑を管理する力が上昇するならそれでもいいんだが……。多分、この呪術の本命はこっちだろうな」

トレントの後に、樹精が表示されていたのだ。

そう。サクラと同じ、樹精である。種族だけではなく、独立して動くことが可能になるのもサクラと同じであるらしい。

進化ルートの関係か、農地管理などもそのまま引き継いでくれるようだ。

オリーブの樹精って形になるんだろう。

これは、いいんじゃないか？

畑の管理もしてくれて、可愛い樹精になって、戦闘力もゲットできるっぽいぞ？

名前：オレア　種族：樹精　基礎Ｌｖ１８

契約者：ユート
HP：52／52　MP：80／80
腕力15　体力18　敏捷9
器用14　知力15　精神12
スキル：株分、光合成、素材生産（オリーブトレントの実×3、精霊の枝、精霊の実）、農地管理、
鎌術、再生、樹魔術、忍耐
装備：樹精の鎌、樹精の衣

本体から離れるために必要だった分身や、畑から分身を外に出すことを阻害していた戦闘不可スキルが消える代わりに、鎌術、再生、樹魔術、忍耐などがゲットできるようだった。

初期から樹精の鎌を装備している。武器を持っているってことは、戦闘に参加可能ってことだよな？

ただ、武器は鎌に固定みたいなんだが、なんでだろう？　ランダムなのか？

レベルのわりにステータスも高いし、今まで通り畑を任せることもできる。今までの完全に上位互換というか、デメリットはほぼないだろう。素材生産の内容も少し変化するが、上位のものに変わるなら構わないしな。

エレメンタル・トレントなら、今まで以上の畑管理能力。樹精なら戦闘力。どちらにせよ、悪くない。

「うーん。どっちがいいかな」

「トリ？」

「……オレアはどっちがいい？」

「トリー」

俺としては、本当にどちらでもいい。あとはオレアの気持ちだろう。

俺がしゃがんでウィンドウを見せると、オレアが腕を組んで唸り出す。だが、少しすると片方をビシッと指さすのであった。

「やっぱ樹精か」

「トリ！」

「よしよし、今度からはお前も一緒に冒険に行こうな！」

「トリー！」

俺が樹精を選択すると、楽し気にジャンプするオレアの体が光に包まれる。

どんな風に進化するのか、楽しみだ！

オレアの分身だけではなく、本体も光を放ち始め――――数秒後。

「トリ？」

そこにいた子供は、今までのオレアとは全く違う姿をしていた。

「おー、こんな感じになったのか！」

「トリー！」

身長は、オルトと同じか、少し小さいくらいである。

髪の毛はショートボブだ。基本は黄色が強めの黄緑で、前髪に一房だけ赤紫が交じっている。

以前はピ○キオっぽい鼻をしていたんだが、今はちょっと高いくらいかな？

服装は、民族衣装のポンチョっぽい外套と、その下にブカブカのシャツとハーフパンツという出で立ちだ。ポンチョは基本は白と緑で、背中には赤紫とこげ茶、深緑で、図案化されたオリーブの木が描かれていた。実、幹、葉を表現しているんだろう。

足元はサンダルだ。走りづらそうだけど、ゲームの不思議パワーで何とかなるんだろう。

「鎌はどこだ？」

「トリー！」

「おお！　なるほど！」

サクラと同じで、樹魔術で作り出すらしい。オレアが腕を一振りすると、瞬時に巨大な鎌が出現した。

柄の部分が木製だ。いや、木製というか、柄に使える枝？　所々から細い枝が飛び出して、小さなオリーブの葉が生えたりしている。葉の部分は金属に見えるが、樹魔術で生み出したってことは、木製なのだろうか？

それに、サイズが想定以上だ。

「超デカ！」

「トリ！」

チャームの持っていた草刈り鎌よりもさらに巨大だった。完全にデスサイズと呼べる大きさだろう。

小柄なオレアがこの鎌を使い熟《こな》せるのか？　そう思ったら、ブンブン振り回して、全く問題なさそうだった。

「にしても、メッチャ変わったな！」

「トリ！」

声はほぼ同じかな？

ただ、問題が一つ。オレアって、女の子？　男の子？

体型は非常にスレンダーというか、幼児体型でそこから判断するのは難しい。非常にボーイッシュな美少女にも見えるが、美少女に見紛うほど可愛い男の子にも見えるのだ。

服装も、男女どちらでもいけそうな格好をしている。

今までは男の子だと思っていたけど、実は女の子だったパターンもあり得そうだ。

「うーん？」

「トリ！」

「うん？　なんだこれ？」

性別が分からず悩んでいたら、オレアが紅い何かをさし出してきた。何かの果実っぽい。桃にも似ているけど、真紅のその色は桃とも違うだろう。

名称：精霊の実

レア度：6　品質：★5
効果：使用者の空腹を10％回復させる。使用者の魔術耐性を一時間上昇させる。クーリングタイム五分。

メッチャ強いんだけど！　魔術耐性を上昇？　レア度もめっちゃ高いし！

オレアが進化したことによって、素材生産で手に入るようになったアイテムで間違いないだろう。

今まで生産できていた精霊の枝、オリーブトレントの実もインベントリに入っていた。

進化時、全部を入手できたらしい。前もそうだったっけ？　ともかく、これは有り難い。

素材生産で手に入るアイテムはランダムだが、時折でもこれが入手できるのはかなり有用なのだ。

「キキュー！」

リックがフンスフンスと凄い勢いで匂いを嗅いでいる。

「キュキュキュキュキュキュキュキュキュ――」

目、逝っちゃってない？　どうやら好物であるらしい。

でも、ダメだぞ。これ一個しかないんだから！　数が揃ってきたら、食べさせてやるから！

「ムーム！」

「うん？　どうしたオルト？」

「ムムー！」

「ちょ、マジでどうした？」

オルトが俺の袖を引っ張って、何やら訴えている。何が言いたいのか分からずに戸惑っていると、手の中の精霊の実を奪われていた。

「ムー！」

精霊の実を俺からぶんどったオルトは、その実を掲げてドヤ顔だった。

「あー、もしかしてオークションに出品する作物って、それか？」

「ム！」

そういえば、オルトはそのために樹呪術を使ったんだったな。

多分だけど、元々はオレアにリックの樹呪術を使い、違うものを作ろうとしていたんだと思う。ただ、肥料と栄養剤によってより良い作物である精霊の実を作り出せる道筋ができたので、そっちに変更したのだろう。

にしても、オルト有能過ぎない？　普通なら見つけるのにかなり苦労しそうなイベントだったはずだ。

樹呪術をテイムしたオリーブトレントに使用し、かつ魔化肥料と栄養剤を使用する。しかも、オレアの成長具合や、畑のレベルなんかも関係するかもしれん。

それが簡単に判明しちゃうんだもんな。本当にすごい。

他のノームもこうなのだろうか？

「ム？」

「あー、すまん。何でもない。この精霊の実は、オークションに出品しよう。元々、オルトに好きにするようにって言ったのは俺だもんな」

「ム！」

「キュー……」

勿体ないが、仕方ない。オルトのためだ。

あと、リックが残念がっているけど、元々お前にはやらんと言ってるだろ！

オルトの出品物はこれでいいが、他の子たちはまだ作ってるかな？

「よし、みんなの様子を見に行くか」

「トリー！」

「オレアも一緒に行くか？　そうだな、みんなに進化した姿を見せてやろう」

「トリトリ」

そうして、オレアと連れ立ってホームに戻ると、庭で遊んでいた子たちが一斉に集まってきた。みんな、姿の変わったオレアに興味津々であるらしい。

まあ、中がオレアだと分かれば、すぐにいつも通りに戻ったけどね。

「ヒムー」

「トリー」

「って、ヒムカいるじゃん」

ヒムカが、みんなに交ざって遊んでいた。

「どうだ？　オークションに出すアイテムはできたか？」

「ヒム！」

ヒムカは嬉しげに笑う。

どうやら、満足いく作品が作れたっぽいかな？

ヒムカと一緒に工房へと向かうと、アイテムボックスから木の箱を取り出してきた。

「あれ？　ヒムカが木工？」

なわけないよな？　中に入ってるのか？　結構しっかりとした作りの箱――というか、トランクケースだけど。

机の上に置かれると、その作りのしっかりさがよく解る。表面はピカピカに磨かれているし、これだけでも売り物になりそうだ。

「ヒム」

俺が戸惑う中、ヒムカが自信満々の顔でケースを開くのであった。

「おお、綺麗だな！」

「ヒム」

トランクの中には白い布が敷かれており、色々な物が収められていた。

木箱や木枠はサクラ。布はアイネに作ってもらったのかな？

並んでいるのは、マジックシルバー製のカトラリーセットとベネチアンガラス風のワイングラスだ。

トランクの右側には、美しい炎の彫刻が施されたスプーン、ナイフ、フォーク、小匙が六本ずつ入っている。柄には品質が低い翡翠などが嵌め込まれ、まるで芸術品のようだ。

しかも、特殊効果が付与されているらしく、消毒の能力があると表示されていた。これは、触れた料理に毒があるかどうか判別し、さらにその効果を弱めるというものだ。

プレイヤーに使い道があるとは思えないけど、全く効果がないものよりは高値が付くだろう。そのせいで落札されないってこともあるかもしれんが。

六つ入っているベネチアンワイングラスは、赤と黄色の縦縞が非常に美しい。こちらには特殊効果はないようだが、どうみても普段使いではなかった。これで水は飲めんな。

ともかく、ヒムカが最高の素材で最高のアイテムを作ってくれたことは間違いなかった。

「すげーもんを作ったな、ヒムカ」

「ヒームー！」

次に作品を見せてくれたのはサクラだ。

さすがに、あのトランクケースが作品ってことはなかったか。

「――！」

「おおぉぉ？　で、デカいけど、なんだそれ？　テーブル？」

「――♪」

サクラが持ってきたのは、正方形の板の四隅に四本の脚が付いた、一見するとちゃぶ台のように見えるテーブルだった。いや、板の裏に、何か赤いものが付いているな。

サクラがそれを工房の床に置くと、やはりタダのテーブルではなかった。

まず、板の表側。そこには、非常に細かい彫刻が彫り込まれている。うちのモンスたちが、果樹園で追いかけっこをする図柄だ。

左端にオルトの顔のアップと、その肩の上にリックが描かれており、それを他の子たちが追いかけている。ちゃんと、最後尾にはリリスの姿もあった。

しかも、くっついているのかと思っていたら、彫刻の施された板は取り外し可能だった。さらに、その下の板の裏には赤い金属の板が埋め込まれ、そこに炎を模したエンブレムが彫られている。これが熱を発するらしい。

そうなのだ、これはただのテーブルではなく、炬燵であった。

発熱する部分はヒムカやファウ。天板に嵌め込まれた、彫刻を保護するための一枚ガラスはヒムカ作かな？

サクラがさらに正方形の布団を持ってきて、天板の下に敷く。炬燵の完成だ。これはアイネに作ってもらったのだろう。非常にいい出来だった。ただの炬燵ではなく、工芸品的な価値もあるだろう。

「いい出来なんだけど……。これって、売れるか？」

「――！」

サクラは自信満々だけどさ、追いかけっこをしているモンスの天板とか、高値で欲しがる人いるかね？　俺は欲しいから、そのうち似たのを作ってもらうつもりだけどさ……。それは、俺だからだろう。オークションに出すなら、もっと普遍的な彫刻がよかったんじゃないか？　水臨大樹とかさ。

いや、前にアシハナがうちの子たちをモデルにした彫刻を売ったりしてたから、需要はあるのかな？

「しかもこの炬燵、ただ暖かいだけじゃないな？　ファウの錬金術か？」

「――！」

一定時間の耐寒効果付与に、以前アシハナが持っていたゴザと同じ、簡易セーフティーゾーンを生み出す効果も付いている。なんと、この炬燵を使えば、フィールドで休憩できるらしい。

「いや、フィールドで炬燵って……」

耐寒効果があるから、寒い場所では非常に有用だろうけどさ。

「――？」

「まあ、いいや。売れるといいな」

「――♪」

正直、売れるかどうかは分からないけど、サクラの頑張りは伝わってきたぞ。

「うーむ。これは、他の子たちの出品物も凄そうだ」

そう思っていたら、案の定であった。

しばらくして俺を呼びにきたルフレに付いていくと、出品するものと同じ料理が用意されていた。

俺に試食をして欲しいってことだろう。

「ほほー、天ぷら蕎麦か」

「フム」

見た目はどこにでもある、普通の蕎麦である。もり蕎麦と天ぷらの盛り合わせ、天つゆ、漬物、薬味がお盆の上に載っている。名前は『天麩羅もり蕎麦膳』となっていた。

このお盆や器は、他の子たちの作品だろうな。どうやら、別々の料理ではなく、お膳の上の物全てで一つの料理と認識されているようだった。

「フム」

ルフレが、丁寧に作られた六角形のお箸を渡してくれる。これもセットかな？

食べろというのだろう。

「いただきます。ずずずー……。うむ、美味い」

「フム！」

肝心の蕎麦は、俺が買ってきたやつだ。ツルツルで香りもいい。

めんつゆはルフレが自作したやつだろう。非常に俺好みだ。

天ぷらはメチャクチャ豪華で、海老、魚、茸、野菜数種、かき揚げが付いている。

多分、出汁なども考えれば食材を三〇種類以上は使っているだろう。その甲斐あって、非常に美味しかった。リアルで食べる立ち食いソバよりは確実に上だ。

しかも、その効果が凄かった。食後一時間、戦闘中全ステータス上昇。ただし、死亡した場合はデスペナ倍増というヤバイ副作用付きである。ハイリスクハイリターン過ぎない？

ルフレはこの天麩羅もり蕎麦膳を一パーティ六人分セットで出品するらしいが……。これもどうだろう？　多分、食材の使い過ぎで凄まじい値段になると思う。

いくら有用な効果があっても、料理一つに高いお金を払うか？　他の補助アイテムを使った方が安く上がるだろう。やはり、売れない気がする。まあ、その場合は俺が使えばいいや。

最後に現れたアイネは、巨大な何かを抱えていた。

「デッカ！　超デカいな！」

「フマー」

「う、ウサギのヌイグルミか？」

「フマ！」

俺よりも遥かに巨大な、ドデカウサギさんである。抱いているだけでＨＰＭＰの自然回復速度が上昇するという効果付きだ。

人間よりも巨大なせいで、可愛いはずのウサちゃんがどこか不気味に見える。ヒムカが作ったと思しき大きなガラスの目玉も、不思議な空虚さを醸し出していた。

抱きしめた瞬間、抱きしめ返されたらどうしようとか考えてしまった。

しかも、自然回復速度を上昇させるというのであれば、一番使うのはフィールドやセーフティゾーンだ。そこでこの巨大ヌイグルミを抱きしめるのは、色々な意味で勇気がいるだろう。

「売れるか……？」

「フマ！」

「自信満々だな」

どれも素晴らしい品物なんだが……。みんな、ちょっと特殊過ぎない？

「ヒム！」

「――――！」

「フム！」

「フマ！」

やっぱ自信満々！　いや、素晴らしいんだけども！

売れ残ったらうちの子たちがしょんぼりしてしまいそうだし、ぜひ売れてくれ！　頼む！

掲示板

【新発見】LJO内で新たに発見されたことについて語るスレpart51【続々発見中】

・小さな発見でも構わない
・嘘はつかない
・嘘だと決めつけない
・証拠のスクショは出来るだけ付けてね

：：：：：：：：：：：：：：：：：：

120：ハートマン
おいおいおいおい！
なんだあれ！　マジなの？　ヤバくね？
二度見しちゃったよ。

121：蛭間《ひるま》
見てきたか。マジだぞ。
ちな、俺は三度見した。
人間て、本当にヤバいもの見ると二度見、三度見するんだなwww

122：ハートマン
あれはヤバすぎる。また騒ぎになりそうだな。

123：蛭間
既にいたるところで情報を求めて動き始めているぞ。

124：ふーか
久々のヤバいが出てますけど、なんかあったんですか？

125：ホルマジオ
転移門に走っていく奴らが多数いたんだが……。
どこかでレイドボス戦でも発生した？

126：ヘンドリクセン
そんな生易しいことではない！

127：ふーか
レイドボス戦が生易しい？
い、いったい何が……。

128：蛭間
いや、さすがにレイドボス戦の方が上だろう。
一部の奴らが熱狂するのは分かるが。

129：ハートマン
例の方が、またやらかしたかもしれないというだけだ。

130：ホルマジオ
かもしれない？

131：蛭間
やらかしたのは確実だと思われるが、まだ確定情報が出回っていない。
つまり、推定やらかし？

132：ふーか
それで、白銀さんは今回はどんなやらかしを？

133：ヘンドリクセン
白銀さんの畑に、見知らぬ子どもがいる。

新しいモンスターだと思われ。

134：ホルマジオ
悪魔ちゃんをゲットして大騒ぎになったばかりだというのに……。
さすシロ！

135：ハートマン
しかも、ただ新しいモンスをゲットしたというだけじゃないかもしれないんだ。

136：蛭間
見守り隊の人間の話によると、白銀さんの畑の果樹園奥にて、謎の発光現象を観測。
直後、オリーブトレントと思われる樹が急成長。
そして、その子供モンスが姿を現した。

137：ふーか
え？　それって、つまり……？

138：ヘンドリクセン
オリーブトレントの進化先が、樹精の可能性が出てきた。

139：ホルマジオ
どひゃー！　って感じだな。そりゃあ、騒ぎになる！
今まで謎だった、樹精を確実にテイムする方法かもしれないわけだし。

140：ふーか
それで大騒ぎなわけですね。
納得です！
白銀さん、相変わらずやらかしてる～。

141：ヘンドリクセン
白銀さんの畑周辺が、コミケ張りに混雑してる。
情報は、もうだいぶ広まってるっぽい。

142：蛭間
今や見守り隊が常駐してるからな。
白銀さんの畑の情報はリアルタイムかつ、高速で広まる。

143：ハートマン
見守り隊以外にも、ファーマー、テイマー、生産職のクランが観察役を置いているらしいぞ。

144：ホルマジオ
マジか？

145：ハートマン
マジだ。そういう監視員たちが上げていると思われる観察の記録が、方々で人気だからな。
中には、1時間に1度報告を上げている剛の者もいる。

146：ホルマジオ
似たような話が前にあったよな？
確か、オリーブトレントの観察日記が人気じゃなかったか？

147：蛭間
それに近いな。
他のモンスたちの観察日記みたいなものだ。

148：ヘンドリクセン
まあ、そのオリーブトレントの観察日記も、今後どうなるか分からんが。

149：ホルマジオ
なるほど。樹精に進化してたら、畑の外に出れるかもしれないんだな。

150：ヘンドリクセン
そういうことだ。
多くのテイマーが、動揺しているだろう。

151：浜風《はまかぜ》
ちょ、とんでもない爆弾が投下されたんですけど！

152：ふーか
白銀さんの新モンスちゃんのことですか？
私、この後見に行くつもりなので、一緒にどうです？

153：浜風
あ、そうなの？
私もまだ直接見てないからぜひ——って、そうじゃないの！
確かにそっちも爆弾だけど、それじゃないの！

154：蛭間
白銀さんだよな？

155：浜風
当然！

156：ハートマン
力強い二文字！　連続のやらかしかぁ……。
アクセル全開だな。

157：ヘンドリクセン
白銀さん、飛ばし過ぎ！

158：ホルマジオ
あの人自身に飛ばしてる自覚はなさそうだけどね。
むしろ、のんびりしてるつもりすらある。

159：ふーか
それよりも、新しいやらかしとは？

160：浜風
座敷童ちゃんの日記帳に、やばいものが！
もう、そこら中で阿鼻叫喚よ！

161：ハートマン
あ、阿鼻叫喚？　そこまで？
一体何が映ってるんだ？

162：ふーか
見るの怖いです。

163：蛭間
今見てるんだが……。
確かにやべぇ。最初の数十秒で、もうそれが理解できた。

164：ヘンドリクセン
確かにこいつはヤベェ。
語彙力が崩壊するレベルでヤベェぞ！

165：浜風
でしょ？　さすが私の好敵手！

166：ハートマン
好敵手？

167：蛭間
好敵手っていうのは、同じくらいの実力者同士のことをさすんだぞ？

168：浜風
いいのよ！　自分で思ってるだけなら！

169：蛭間
さ、さすが、めげない女、浜風。心が強い！

170：ふーか
それよりも、どんな内容なんですか？

171：ハートマン
なんと言えばいいのだろうか？
白銀さんちのモンスたちの、お宝自慢？　１人ずつ出てきて、カメラにアピールしてる。
最初はノームだな。

172：蛭間
これはなんだ？　果物？

173：浜風
ファーマーの友人たちに聞いてみたけど、見たことないってさ！
多分、白銀さんの畑で栽培してる謎植物。

174：ホルマジオ
それは、一部業界が騒がしくなりそう。

175：ハートマン
効果次第では一部と言わず、全体が騒がしくなると思うけど。

176：蛭間
で、その後はサラマンダーが登場だな。
手に抱えた木製のトランクケースを開くと、食器が色々と入っている。

177：ヘンドリクセン
よく見ると、すげー豪華。
サラマンダーくんの手作りなら、確実に好事家どもが欲しがるだろうな。

178：ハートマン
性能次第では以下略。
というか、俺は欲しい！

179：ふーか
勇気を出して見てみました。
私もこのカトラリー欲しいです！

180：ホルマジオ
俺も欲しい。だが、どう見ても安物ではない。
あの白銀さんに、俺ごときが生産依頼できるはずもなく。
無人販売所に出品されるのを待つしかないのか？

181：蛭間
無人販売所になんぞ置かなくとも、オークションにでも出せばそれこそ——。
うん？　え？

182：ハートマン
おい。それは……あり得る！

183：ヘンドリクセン
も、もしかしてこれ、オークションに出品するのか？
そのアピール？　宣伝？

184：ホルマジオ
じ、じゃあ、この後に紹介されてた、水精ちゃんの蕎麦も……？

185：浜風
風精ちゃんの巨大うさちゃん人形！

186：ふーか
この、色々な意味で至福を味わえそうな炬燵も？

187：ハートマン
やっべぇぞ！
これは――戦争が起きるぞ！

188：蛭間
このゲームにPKがないことが、これほど良かったと思えたことはないな。

189：ヘンドリクセン
個人で買える範疇に収まるか？
どう考えても、ファンクランが動き出すだろ！

190：ふーか
ファンクラン？

191：蛭間
白銀さんのモンスたちのファンが交流を重ねるうちに「どうせなら、ここにいるみんなでクラン作っちゃう？」的なノリで作られた、中小クランのことだ。
当然、白銀さん非公認。
見守り隊と違って、しっかりと組織になっている。

192：ハートマン
全モンスにそれぞれファンがいるぞ。
ノーム捜索隊や、ペンギン探索隊が有名だな。

193：浜風
噂だと、悪魔ちゃんのファンクランが早速できたって話よ？

194：ホルマジオ
俺も聞いたことがある。
たしか、マモリたんにもファンの集いがあるって。
正直、入ってもいい気がする。というか入会したい。

195：蛭間
まあ、白銀さん本人のファンクランはさすがにないけど。

196：ヘンドリクセン
ほら、それは見守り隊があるし。
それに、本体はモンスターだから。

197：浜風
ともかく、本当にオークションに出品された場合、個人で落札するのは難しくなりそうってことね。

198：ふーか
オークション、盛り上がりそうですね。

199：蛭間
盛り上がり過ぎて、暴動が起きなければいいが。

200：浜風
たった１本の動画で、多くのプレイヤーを戦慄させるだなんて……。
さすが私の好敵手です！

201：ハートマン
いつか本人にそう思ってもらえるといいな？

202：蛭間
というか、白銀さんは浜風を認識しているのか？
さすがに、名前すら知られていないとなると、痛々し過ぎて涙出るんだが？

203：浜風
な、名前くらいは知られているはず！
前に自己紹介したし……。
名前呼ばれたことあるし！

204：ヘンドリクセン
がんば

205：ホルマジオ
お、応援してる。

206：ふーか
いつか、名前覚えてもらえるといいですね？

207：浜風
だ、大丈夫！　もう知り合いだから！
ライバルだから！
多分……。

208：ハートマン
何はともあれ、今週の再生数１位もマモリたんで決まりか。

209：蛭間
あと、出品された場合、オークションが地獄と化すという未来も確定するな。

：：：：：：：：：：：：：：：：

【オルトちゃん】白銀さんの従魔、オルトちゃんファンクランの集い Part51【万歳！】

・誹謗中傷は止めましょう
・他のファンやクランを煽る行為は控えましょう
・白銀さんやオルトちゃんに凸るのは絶対ダメ！
・無断での画像映像の使用は厳禁です

：：：：：：：：：：：：：：：：

177：ヤホッホ
オルトちゃんの持ってたあの謎の果実！
正体が全く分かりません！

178：ユングベリ
うちもクラン全員で調べたが、情報なしだ。

しいて言うなら、リアルのネクタリンに近いか。

179：ヨーキ
な、なにそれ？
食べたら寿命延びたりしそうなんだけど！

180：ユングベリ
桃の仲間だ。微妙に色とか形状が違うがな。
今回の果物はこちらに近いらしい。うちのクランの人間が、図鑑を漁っていて見つけた。

181：ヨーキ
近所の果物屋さんにないわけだよ。

182：ヤホッッホ
うちはデパ地下の果物屋さんに行った子がいたけど、分からなかったわぁ。

183：ユングベリ
まだ有名ではないらしいからな。

184：ヨーキ
ともかく、超レアものであることは間違いないでしょ！

185：ヤホッッホ
オルトちゃんが生育にかかわっている、レアな果実！
絶対に欲しい！

186：ヨーキ
うちだって負けないもんね！

187：ユングベリ
我々も、資金集めを開始した。

188：ヤホッホ
ライバルがたくさん！
うちのクラン、いつも白銀さんちのお料理とか買いまくって、万年金欠なんだけど……。

189：ヨーキ
ドンマイ。

190：ヤホッホ
絶対にドンマイって思ってない！
むしろ競争相手脱落って思ってる！

191：ヨーキ
本当のことだから仕方がない！
あの果実は我ら『ノームと開墾し隊』が頂く！

192：ユングベリ
我々『ノームくんと遊び隊』も、クラン員や提携クランから資金を調達する予定だ。

193：ヨーキ
やべー！　あそこって超人数多いじゃん！
くそー！　負けん！

194：ヤホッホ
私たち『オルトキュンキュン団』を忘れないでよね！
今から絶対にまくってやるんだから！

見てなさい！

195：ユングベリ
我々は、クランで保有している資産の売却も辞さない覚悟。

196：ヤホッホ
え？　資産売却？
もしかして前に遊び隊が手に入れてた、アシハナ作のオルトきゅん木像も？

197：ユングベリ
場合によっては。

198：ヤホッホ
欲しい！

199：ヨーキ
うちも——じゃない！　あぶね！
策に嵌まるところだった！

200：ヤホッホ
はっ！　私も！
法外な値段で売りつけて、こちらの資金を削る作戦だったのね！
なんて卑怯なの！

201：ユングベリ
別にそういうつもりはなかったが、いいことを教えてもらった。
お客さんどうです？　他にも色々といいものがありますよ？

202：ヤホッホ
うぎゃー！　急にセールストークやめて！

私の中の悪魔が騒ぎ出しちゃうから！
というか、天使も「買っちゃえ」って囁いてるのよ！

203：ヨーキ
さ、さすが古参ファンクラン……。
やることがえげつないぜ。

204：ユングベリ
ふはははは！
あの果実のためならば、どれだけ外道なことでもやって見せよう！

205：ヤホッホ
う、運営すら畏れぬ悪魔の所業！

206：ヨーキ
通報が怖くないのかよ！

207：ユングベリ
いや、そこまでやるつもりはないぞ？
なんか、ノリで宣言してしまったが。

208：ヤホッホ
そんなこと言っておいて、本当は酷いことするつもりなんでしょ！
この策士！　やり手！　サラマンダー好き！

209：ユングベリ
ノームファンにとって、サラマンダー好きは罵倒だったのか？

210：ヨーキ
火精くんのファンに怒られるぞ？

211：ヤホッホ
あ！　違うんです！　言葉のあやなんです！

212：ユングベリ
とりあえず、我々の金策に協力してもらえるのであれば、一報を。

213：ヤホッホ
絶対にお断りだもんね！

214：ヨーキ
あの果実は俺たちのもんだ！

215：ヤホッホ
こんな会話しておいて、他のクランや個人に買われたらウケますね。

216：ユングベリ
さすがに、クラン規模で個人に負けることはないとおもいますよ。

217：ヨーキ
だよなー

218：ヤホッホ
そりゃそっかー。
とりあえず、オルトちゃんの果実が買えるように、白銀さんに祈っとこう。
サスシロー。

219：ユングベリ
祈りの言葉、それか？　まあ、祈っておくけど。
サスシロー。

220：ヨーキ
オルト様白銀様運営様。どうか我らに果実を与えたまえ！
サスシロー！

：：：：：：：：：：：：：：：

第五章　オークション！

みんながオークションに出すアイテムを確認した後、俺は早速それらを出品登録することにした。

まあ、難しいことなんかなく、その場でオークションのページを開いて、出品アイテムを選ぶだけだが。

ギルドランクを上げたので、出品枠は五つ。

オルトの精霊の実、ヒムカのカトラリーセット、サクラの炬燵、ルフレの天麩羅もり蕎麦膳、アイネの巨大ヌイグルミだ。

説明を書き込める欄があったので、軽く説明を記入しておいた。本当に簡単に「サラマンダーのヒムカが頑張って作った、食器セットです。特殊効果あり」って感じだけどね。

初期の値段設定などは自動にしておいた。正直、どのくらいが適正なのか分からないのだ。

でも、少し高く売れたりしたら、それでまた生産設備をパワーアップできるかもしれない。ぜひ、お金持ちのプレイヤーの目に留まってほしいものである。

その後は、カプリへの納品だ。魔化肥料、魔化栄養剤を持って、彼の畑へと向かった。

「じゃあ、これとこれな」

「ありがとう！　兄ちゃん！　これならうまく育てられそうだよ！」

カプリが大喜びで、俺の作ってきたアイテムを受けとる。そして、そのまま畑に行くと早速、肥料と栄養剤を撒いていた。

うちと同じように、果樹に使用しているようだ。本来は、ここで肥料と栄養剤の使い方を教えてもらうのだろうか？

そう思っていたら案の定だった。戻ってきたカプリが果樹に使うか、同属性の作物へ使えと教えてくれたのである。

「あとは、これを使うと特殊な進化をする作物があるらしいぜ？」

「例えば？」

「噂だからなぁ。でも、進化っていうくらいだから、テイマーに話を聞くといいんじゃないか？　俺が紹介してやろうか？」

「いいのか？」

「おう！　といっても、親族だけどね。植物関係のモンスターばかりテイムしてる人がいるんだ」

チェーンクエストが進んだか！　トリガーはテイムスキルかね？　ＮＰＣのテイマーさんだなんて、興味しかない。

「連絡してみるから、話が付いたら兄ちゃんに連絡するよ」

「おう、頼むな」

「でも、兄ちゃんには必要ないかもしれないけど」

そう言って、カプリが俺の隣に立つオレアを見た。

「トリ？」

「その子が、トレントから進化したんだろ？」

「そうだけど、樹呪術で特殊進化したから、樹精になったんじゃないのか？　普通に育てても、いいのか？」

「うーん、俺も詳しくは知らないけど、呪術を使わなくても樹精になることはあるらしいぞ？　詳しくはサジータ兄ちゃんに聞いてくれ！」

ＮＰＣのテイマーはサジータというらしい。サジタリウス――射手座だろう。色々と話を聞けるのが楽しみになってきたぞ。

「で、これが報酬だ」

「おおー」

「トリ！」

チェーンクエストが進んだことは嬉しいが、こっちも同じくらい嬉しい。濃紺蜜柑と普通の蜜柑、桃色林檎と林檎。計四種類の苗木である。林檎と蜜柑、ゲットだぜ！

早速畑に戻ってオルトに植えてもらおう。いや、その前に早耳猫かな？

チェーンクエスト関連の情報を売って、オークション資金を稼がないと。いやー、調子に乗って万能工房に一〇〇〇万もつぎ込んじゃったから、手持ちが心許ないんだよね。

今は少しでもお金が欲しいのである。

「父ちゃんが、いずれお礼をするって言ってるから、それも楽しみにしててくれよな」

「ああ、分かったよ。それじゃ、また」

「トリリー」

「うん。またなー！」

元気なカプリに別れを告げ、俺は早耳猫へと向かった。

「どれくらいで売れるかなー？」

「トリー？」

オレアが楽し気に飛び跳ねる。畑の外に出るのが初めてなので、何をしていても楽しいらしい。

その姿を見てると、こっちも楽しくなっちゃうね！

「よーし！　早耳猫まで競争だ！」

「トリリー！」

オレア速っ！

「ちょ、まってくれー！」

「トーリリー！」

何とかオレアを見失わないように追いかけながら走っていたら、あっという間に早耳猫であった。

いやー、オレアがあんなに走るのが好きだと思わなかったぜ。

「こんちはー」

新しい店舗に足を踏み入れると、中には先客がいた。

銀髪ポニテの美少女だ。髪型は前と変わっているが、見覚えがある。今までも色々と面白い発見をしている有名プレイヤーだ。

「浜風か。久しぶり」

「し、白銀さん……！」

何故か、妙に大げさに驚いている。

後ろから声をかけたせいで、ビックリさせちゃったのか？

だが、次の浜風のセリフは、完全に想定外だった。

「ありがとう！」

「え？」

浜風が急にお礼を言ったかと思うと、握手を求めてきた。

差し出された手を反射的に握ると、ブンブンと上下に大きく振られる。よほど、感情が昂っているらしい。

なんでだ？

「わ、私たち知り合いですもんね？　ライバルですもんね？　ね？」

「あ、えーと、そう、かな？」

ライバルって、なんのライバルだ？

まあ、フレンドだし、知り合いであることは間違いないけど。

「アリッサさん？　浜風、どうかしたんですか？」

「はは、彼女にも色々あるのよ。ほら、浜風。ユート君が困ってるわよ」

「あああ！　すみません！」

「いや、別にいいんだが……」

「私、いきます！　ありがとうございましたー！」

「お、おう」

浜風はペコリと頭を下げると、嵐のように去っていった。まじで何だったんだ？　アリッサさんから何か情報を買おうとしていたとは思うんだけど……。

「商売の邪魔しちゃいました？」

「ううん。ただ相談に乗ってあげてただけだから、いいの。入り口も、入れるようにしていたでしょ？」

情報管理の観点から、商談中は一パーティしか入れないようにしているらしい。入店できたということは、商談中ではないということだったのだ。

「相談事って？　俺に関係あるわけじゃないでしょ？　特別親しいわけじゃないし」

「あはははは。気にしないで。もう解決したから」

「ふーん、ならいいですけど」

浜風の個人情報に関わることだったら聞くのはマナー違反だし、気にしないでおこう。もう解決したらしいし。

それよりも、今は情報を売らないとね。

「じゃあ、情報を買ってもらえますか？」

「……ちょっと待ってね」

「え？　はい」

アリッサさんが急に真顔になると、居住まいを正した。

そして、俺の横に視線を落とす。

「まずは、その子の情報かしら？」

「まあ、それも含め色々です」

「い、色々よね。そうよね」

「はい、色々です」

オレアが進化するまでは、結構色々あったからね。売れる情報が膨大なのだ。

アリッサさんが、何故かインベントリから椅子を取り出した。そして、自らそれに腰かける。

あれ？　俺たちに勧めてくれるんじゃないの？

「ごめんなさい。行儀が悪いけど、この状態でいいかしら？」

「は、はい。それはいいですけど……」

「ちょっと、立ってられないかもしれないから」

「はい？　何か言いました？」

「いえ、何でもないわ。それじゃあ、聞かせてくれるかしら？」

アリッサさんが両肘をカウンターに突き、両手を顔の前で軽く組む。あれだ、人型決戦兵器を運用する組織の某司令のポーズである。

その顔は、凄まじく真剣で、重々しい。

新しいロールプレイでも始めたのだろうか？

「まずはこの子に関してです」

「トリ！」

俺が頭を撫でると、オレアが勢いよく片手を上げて挨拶した。元気いっぱいで可愛いんだが、アリッサさんが全然笑っていないな。

怒っているわけじゃないと思うんだが、重苦しい雰囲気でオレアを凝視している。ロールプレイに入り込んでるのか？

「アリッサさん？」

「トリ？」

「ご、ごめんなさい。あ、あまりにも可愛いものだから」

なんだ、そういうことね。オレアは進化して、今までとはまた違う可愛さをゲットしたしな。仕方ないね。

「しかも、名前がね……」

「ふふ。お気づきのようですね。その通り、この子はうちのオリーブトレントのオレアが進化した存在です！」

「トリ！」

「やっぱり！　そうだと思ったのよ！　ノーム級の爆弾がっ……！」

ブツブツと何やら呟いているけど、これはまあいつもの通りだ。アリッサさんは、情報を呟いて整理するクセがあるらしかった。

「続けていいですか？」

「も、問題ないわ」

「普通の進化じゃないんで、先に経緯を説明しますね」

「お、お願い。こっちでも情報を仕入れているけど、確定情報じゃないし」

「情報？」

「掲示板で、その子の目撃情報が上がってるわよ。それはもう、凄まじい騒ぎになってるわ」

掲示板にオレアの情報が書き込まれたりしているらしい。だが、それも無理はないだろう。

「あー、樹精ですもんねぇ」

激レアな樹精は、テイマーに人気があると聞いたことがある。

「オレアー、樹精でメッチャ可愛いお前は大人気だってさー」

「トリー」

オレアが「いやー、それほどでもー」って感じで照れる。うむ、可愛い！　スクショしてやる！

「や、やっぱり樹精なのね」

「はい」

それにしても、どこからそんな噂になるくらい情報が広まったんだ？　無人販売所のお客さんとかからか？　いや、最近は畑エリアも人が増えてきて賑やかだし、誰に見られていてもおかしくはなかった。

そして、樹精化したオレアはメチャクチャかわいい。目を引くだろう。それでいて珍しいともなれば、欲しがる人は多いはずだった。そりゃあ、テイマー掲示板とかは騒ぎになってもおかしくはない。どんなこと書かれているのか怖いけど、見なければどうということはないのだ。それに、騒がれているってことは、それだけ高く情報が売れるということでもある。

これは、本当にオークション資金が捻出できるかもね。

「最初のきっかけは、チェーンクエストでした」

「えっ？」

「どうかしました？」

「う、ううん。まさかチェーンクエストまで絡んでくるとは思わなかったから」

「あー、そうですよね」

俺も、植物学で終了かと思ってたもんな。

「レッドタウンで――」

俺は、経緯を全て説明した。

レッドタウン探索中にトーラウスに出会ったことをきっかけにカプリの依頼を受け、その結果として魔化肥料と栄養剤を作ったこと。さらに、その作製中に新たな肥料と栄養剤のレシピを発見し、リックの樹呪術と組み合わせて、オレアを進化させたこと。

「エレメンタル・トレントっていうのと迷ったんですが、やっぱり樹精は魅力的ですからね。それに、オレアがこっちを望んだんで」

「……」

この時点で、アリッサさんに変化はない。先ほどまでと同じく、イ○リ司令ポーズで俺の話を聞いていた。まあ、情報を聞くときはいつも静かだし、それだけしっかり聞いてくれてるってことだろう。

俺は、さらに情報を語って聞かせた。

「これがオレアのデータです。で、こっちが進化先のスクショ。すごいでしょ？」

「……」

司令になりきっているせいか、無言だ。

「それで、こっちが桃色林檎と濃紺蜜柑です。効果付きの作物ですね。それで、こっちが雑木扱いの林檎と蜜柑。効果はないと思いますけど、おやつとかにはちょうどいいんじゃないでしょうか？」

「……」

あれ？　もしかして、欠片も驚いてない？　もしかして、既存の情報でした？

「あ、林檎に関しては、つながるんにも情報を教えたいんで、そこはすみません。他には漏らさないようにお願いしておくんで」

「……」

そんな感じで、チェーンクエストで入手したほぼすべての情報を伝え終わる。ああ、精霊の実を説明する流れで、うちの子たちが作ったオークション用のアイテムに関しても説明してしまった。無駄情報だけど、許してください。喋ってるうちに、テンション上がっちゃったんです。

あと、なんか無言のアリッサさんにビビッて、口数が多くなってしまったのだ。

それにしても、口に出してみると非常に濃い内容だった。これは、情報料も期待できるんじゃなかろうか？

「……」

「で、少ししたらサジータさんていうNPCテイマーに会わせてもらえるそうなんで、情報をゲットしたらまた来ますね」

「……」

「アリッサさん？」

あれ？　反応が全然ないんだけど？　ロールプレイにしては、固まり過ぎじゃない？

「……」

「え？　ちょ、アリッサさん？」

「……」

「え？　フリーズ？　強制ログアウトでアバターだけ残った？　まじ？」

本体に何かあった？　完全に動いていない。息もしてない？　ああ、ゲームだから息してないのは当然か。

やばい、テンパる！

焦って、思わずアリッサさんの肩に手をのばした、その時であった。

「アリッサさ――――」

「うにゃあぁぁぁぁぁぁぁーっ！」

「うわぁぁー！」

「想定あっさり超えたぁぁぁぁ！」

バターン！

ゲンド○ポーズから突然の雄叫びだよ！　驚きすぎて、倒れ込みながら情けなく叫んでしまった！

アリッサさんも、椅子ごと後ろに倒れているけどね！　なんだこのカオス空間！

「ちょ、アリッサさん！　大丈夫っすか？」

「だいじょーぶじゃにゃーい！」

アリッサさんは倒れた状態のまま、手足をバタバタさせて叫ぶ。大丈夫そうだ。いやー、不意打ちを食らうとは思わなかった。

「情報集めて、お金集めて、準備万端だったはずなのに！　ユート君に、渋く『問題ない。シナリオ通りだ』って言ってやるはずだったのにぃぃ！」

最初は叫んでいたんだが、だんだんと声量が下がって、ブツブツという聞き取れない呟きになっていく。

「白銀爆弾を見越して、検証班とファーマー連合とテイマークランから出資してもらったのに、絶対に足らないっ！　未払いの三五〇万も合わせたら……ぐぬぬ！」

「あのー？」

「でも、この情報なら他の大手からお金を引っ張れる！　回収するのも一瞬で済むはずだし、借金も一時のものよ！　オークション前に何としても資金を作らないと！」

大丈夫だろうか？　目が虚ろな気がするけど。毎回、ロールプレイだと知りつつも、迫真過ぎて心配になるんだよね。

「アリッサさん？」

「ふ、ふふふふ。無様を晒したわね。ごめんなさい」

「あ、いえ、大丈夫ならいいんです」

再起動してくれたな。妙な迫力があるんだけど、怒ってないよね？

「それで、支払いなんだけど、全額一気には無理そうなのよ」

「あー、やっぱり？」

今回の情報、俺だってかなり凄いという自覚があるからな。分割になるだろうと思っていたのだ。

そして、以前と同じシステムでの支払いを提案される。情報の売り上げの一割を支払ってくれるというやつだ。なんと、最低保証額は一〇〇〇万。

「は？」

「だから、最低保証額は一〇〇〇万よ。あ、未払いの三五〇〇万も、早急に支払うから」

「えーっと、一〇〇〇万ですよ？」

「最低でもね。確実にもっと行くわよ」

「マジ？」

「マジ。チェーンクエストに肥料と栄養剤。蜜柑や林檎。そして、トレントの進化情報に、樹呪術の使い方。しかも、オークションに出品するアイテムの情報も込み……。うん。問題だらけだけど問題ないわ。そう、問題ないの」

「そ、そこらへんはお任せしますね。俺としては、情報料さえ支払ってもらえればいいんで」

「任せてちょうだい。ふふふふ、こうなったらとことんやってやるから」

「が、頑張ってください」

「ええ！　頑張るわ！」

アリッサさんが燃えていらっしゃる！　これなら、色々な人に情報を売りさばいてくれるだろう。

オークションまでに用意してくれるなら、全く問題ないのだ。

にしても、一〇〇〇万か……。最近はプレイヤーもお金を持つようになってきたし、情報料もだいぶ上がってきたんだなぁ。

「うおっしゃぁぁぁ！　大商いよぉぉーっ！」

オークション直前の運営の場合

「はぁぁぁ……。ある日突然、超天才プログラマー様が降臨して、全部の仕事を肩代わりしてくれねーっすかねー」

「お前、なに他力本願の極みみたいなこと呟いてんだ。現実逃避しても仕事は減らんぞ？」

「主任、厳しいっす。だって、仕事が終わらないんですもん」

「そもそも、天才プログラマーってなんだよ?」

「昨日読んだVR物の小説がそんな内容だったんす。天才が全部一人で作って、運営してるって設定なんすよ。俺の仕事も是非代わりにやってほしいっす」

「俺はハイファンと歴史とミステリしか読まんからなぁ。VRゲーム開発者が、VRゲーム小説読んで楽しめるか?」

「面白いっすよ? おすすめです」

「そもそも、一人で開発から運営までこなす? 営業とかクレーム処理とかもか? 無理だろ。いや、だから天才なのか。天才っていうより超人な気もするが、確かにうちにも一人ほしい。まて、やっぱりいらない。そいつ入ってきたら、俺たちがお役御免になる!」

「一人で完結しないでくださいよ。それに、天才はクレーム処理なんかやらないっすよ。全部無視っす。というか、天才の作った完璧なゲームにクレームなんて発生しないんす」

「人間がプレイしてる限り、クレーマーがいなくなるわけねーだろ? あいつら、クレームが入れたくてゲームやってんだからな。それしか楽しみがない、悲しい生き物なんだよ」

「まじめに返さないでくださいよ。創作物の中の話なんで」

「へいへい。で? 他にはどんな話があるんだ? なんか、参考になりそうな小説とかあったりすんのか?」

「いや、息抜きで読んでるだけでそこまで考えてないっすよ……。そもそも、技術力とかも違いますし」

「なるほど。もっと未来の話なわけか」

「そうっす。一人でVRゲーム作れる環境があるわけですよ。感情の操作とか、全NPCが超高性能AI搭載とか、かなり進んだ技術が使われてる設定も多いですからねぇ。近未来の設定なんす」

「感情の制御とか、悪用できそうで怖いな。ただ、技術が発達すれば、いずれ俺たちも直面する問題か……。深いテーマだ」

「俺的には、全NPCに高度AI搭載の方が気になるっす。うらやましい」

「うちじゃ予算の壁が立ちはだかるからな」

「世知辛いっす！」

「内容はどうなんだ？」

「それは作品によって違うとしか……。俺が面白いと思ったやつは、最初はバランス悪いゲームとして描いて、調整のためのメンテとかを作中で描いたやつっすね」

「未来でもバランス調整の問題はなくならんのか。創作物の中のこととは言え、身につまされる話だな」

「作ってる人間が進化してるわけじゃないっすからねぇ」

「俺がガキの頃に比べれば今も随分未来だが、苦情やクレームはなくならんしな。結局、作る側も遊ぶ側も人間てことか……。そのうちLJOも、『バランスって言葉を知らないクソ運営！　本当は星マイナスにしたいけど、最低が1からなので星1！　プレイする価値なし！　金と時間返せ！』って感じのレビュー付けられたりすんのかねぇ？　ああ、いやだいやだ」

「妙に具体的っすね？」

「そりゃあ、長い開発者人生、色々とな？」

「そ、そんな怖い顔しないでくださいよ！」

「お、おう。昔の上司のこと思い出して、つい」

「酷い上司だったんすか？」

「悪い人じゃなかったんだが……。どうも悪ノリする人でよ。思い付きでバランス調整に口出して、そのせいで後々クレームが殺到するんだ。バランス調整というか、あえて尖らして喜ぶような人だったな。ヒット作を生み出したかと思えば、その次に作ったゲームがクソゲーって評判になったり。それで懲りないいんだから、うらやましくもあるが。ああ、ああいう人が天才っていうのかもなぁ」

「うわぁ……。周囲が大変そうっすね。主任は主任のままでいてください」

「なれるもんならなってみたい気持ちもあるが、今さらああはなれんさ。苦情を聞いてるだけで胃が痛くなるような凡人だぞ？」

「それでいいっす！　それに、ＬＪＯは意外と苦情は少ないっすよね？」

「ああ。ないわけじゃないが、他のゲームに比べりゃ少ないわな。ＰＫ、盗み、ハラスメント類の禁止を徹底したおかげだろう。その分、温いっていう苦情や、突出しているプレイヤーへのチート疑惑が取りざたされるが」

「白銀さんやトップ層に対して、優遇してるとかナーフしろっていう苦情がたまにきますもんね」

「彼らの場合、プレイヤースキルやリアルラック。あとは本人の突飛な行動力っていう、こっちじゃどうしようもない理由での突出だからなぁ」

「細かいバランス調整だけじゃ、どうにもならんですからねぇ」

「もっとNPCと交流を持って、色々な場所に行って、変なスキルをいっぱい覚えろと言いたい」

「一応、今後は称号を増やして、汎用称号もユニーク称号も今まで以上にゲットしやすくする予定ですけど……」

「白銀さんがより加速しそうだな……」

「あとは、ノームが有能過ぎて辛いとかいう訴えもありますね」

「それは、クレームか？　まあ、白銀さんの場合、ノームの好感度がぶっちぎりで高いし。行動制限が大分緩和されてるよな？」

「うす。NPCの中でも、中堅のファーマーに匹敵する知識を持ってるはずっす。今のゲームの進捗状況だと、NPCトップファーマーと同列と言って過言ではないかと。他にも、樹精ちゃんなんかも好感度高いっすから」

「その代わり、戦闘系AIは他のテイマーに比べて全然育ってねぇけどな」

「まさか、テイマーでここまで生産に偏るプレイヤーが出るとは……。開始時には想定してませんでしたから。テイマーのモンスAI成長補正＋生産への偏り＋好感度激高＝モンスターの上級生産者化ってことっすね」

「プレイスタイルがハマってるとしか言えんよなぁ……」

「でも、他のプレイヤーの気持ちは分からなくもないっす。白銀さん、相変わらずっすから」

「アレなぁ。こんな序盤にトレントからの樹精ルートが見つかることになるとは……。呪術関係が騒がしくなるか?」

「すでに探すプレイヤー多数っす。呪術師ジョブはまだ解放されてないんで、今可能性がありそうなのはＮＰＣの呪術師っすね」

「あとは、オークションの呪符類か？　確か、今回のオークションで、呪術陣をいくつか出品する予定だったたな?」

「うす。高騰間違いなしっす」

「また騒ぎになりそうだな……」

「クレーム、きそうっすね」

「いっそ、本当に白銀さんを優遇しまくって、大混乱させてやろうか？　公式チートで白銀さん無双だ！」

「ははは、ちょっと面白そうっす」

「……」

「……」

「……はぁ。仕事戻るか」

「……っすね」

「天才でもなんでもない俺たちは、徹夜で頑張るしかないわけだが」

「主任、泣かないでください」

「今日も帰れんのかと思うと……。せっかく白銀さんのおかげで娘が話してくれるようになったのに！」

「帰れない原因の何割かが白銀さんですよ？　そもそも、ＮＰＣからの注目度でオークションの目玉扱いになるシステム。前倒しで今回から実装するって決めたの、主任じゃないですか」

「……だって、それしなきゃ大混乱が起きるかもしれないだろ！　まさか、白銀さんが直前に急に申し込んでくるなんて思わんかったし！」

「まあ、会場に入れなかったプレイヤーたちが、暴動起こしそうっすもんね」

「目玉アイテムは、全会場から落札可能だから、少しはクレームが減ってくれるといいな」

「減らないでしょ」

「……だよなぁ。落札できなかったというだけで、怒るやつがいるだろうし……」

「そ、そんな、生気のない目で見られても……。と、とりあえずシステムの調整を済ませちゃいましょう！　ね？」

「……そうだな」

「あ……でも……」

「な、なんだ？　どうした？」

「次のイベント用に、目玉アイテムをＮＰＣが確保することになってたはずっすよね？」

「ああ。値段調整でＮＰＣが入札するが、一つだけマジ落札することになってる。内部データ的な魔力量の高さと、ＮＰＣの注目度。あと、神精との関係の深さが影響するはずだが……」

「ＮＰＣ注目度、ダントツ過ぎて、笑っちゃう人がいるんですけど？」

「あ！　これってまじか！　白銀さんで確定っ！」

「うす。確実に、白銀さんの出品物のどれかはＮＰＣが持ってくことになるっす」

「ぼ、暴動が……」

「た、対策考えましょう！　ね？」

「……やっぱ徹夜かぁぁぁ！」

◇◇◆◇◇

ログインしてからすぐに畑仕事を終えた俺は、ホームに戻って、炬燵でステータスウィンドウを開いていた。

「今日はオークションだ！　頑張るぞ！」

「あい！」

俺の膝の上では、マモリがウィンドウを覗き込んでいる。興味があるらしい。

俺が見ているのは、オークションのページである。色々な品物が並んでおり、見ているだけでワクワクしてくる。マモリが楽しそうなのも分かるのだ。

「今回は出品もしてるし、忙しくなるぞ」

「あいー」

なんか、マモリがドヤ顔でサムズアップしている。なんだ？　頑張れってことか？

「マモリが欲しいものあったら、入札してやるからなー」

「あい？」

「おっと、あまり高いとダメだぞ？」

「あい！」

とは言え、軍資金はかなりあるのだ。昨日は色々と金策に走った結果、所持金は二〇〇〇万を超えている。まさかこんな大金をゲットできるとは思っていなかったぜ。

まあ、その内一八〇〇万はアリッサさんからの支払いだけど。かなり無理をしてくれたらしいんだけど、大丈夫かな？　アリッサさんの目が死んでいたのだ。

でも、早耳猫は大手クランなのだし、きっと平気なのだろう。

そこに自分で稼いだ三〇〇万を加えて、二一〇〇万である。一八〇〇万に比べるとしょぼく感じるが、個人で三〇〇万稼いだだけでも凄くないか？

依頼をこなしたり、無人販売所にアイテムを補充しまくったり、頑張ったのである。最近はプレイヤーたちも所持金が増えてきたのか、無人販売所を高額設定にしても意外と売れるのだ。というか、昨日はいつにも増して完売が早かった。なんでだろうな？　お金持ちが増えた？

ただ、皆がお金持ちということは、オークションでのライバルたちが手強いってことでもあるからね。俺も気合を入れねば。

欲しいアイテムはチェックしてある。いくつものサーバーで同時にオークションが行われるため、目当ての品物の出品時間が被っていたら、どちらかにしか行けない。

俺は特に欲しい物の出品時間を書き出して、タイムテーブルを作成していた。こういうのを考えるのも楽しいのだ。

多分この通りにはいかないだろうが、できるだけ多く回れるといいな。

「でも、まずはネトオクをチェックだ」

「あい！」

会場で行われる競売は一三時からだが、一日かけて入札が行われるネトオクはすでに始まっている。これはゲーム内のどこからでも入札可能なので、競売に向かう前に目ぼしい物をチェックしておきたかった。

「ふんふん。前よりもかなり出品数が増えたな」

「あい？」

「ポーションとか、ヤバいぞ。低品質のやつも多いし」

「あいー」

スキルのレベリングで作ったいらないアイテムを、ダメもとで出品する人も多いんだろう。あとは第二陣の中でも、まだレベルが低い生産職の人たちかな？

ポーションを全て表示してみたら、出品数が八〇〇〇個を超えていた。ソート機能がなかったら、欲しい商品を探すだけでも一苦労であっただろう。

俺が欲しいのは、素材と作物。あとはモンスターの卵だ。ネトオクは安い品物ばかりなので、ここに出品されているモンスの卵に質は期待できないけど。

作物も、できれば未知の物で、なおかつ株分け可能なプレイヤーメイドのものが欲しかった。ただ、こちらもネトオクでは望み薄だろう。

良い物は競売に出品されているのだ。

それでも、掘り出し物を求めて多くのプレイヤーたちがネトオクをチェックする。俺がネトオクをチェックしてるのと同じように。

まあ、こういう宝探し的な感じ、みんな好きだよね。当日出品の飛び込みアイテムはネトオクに回されるらしいから、本当にお宝が眠っている可能性もあるしな。

俺はそのあと二時間ほどアイテムを探し、入札を行ったのであった。

プレイヤーが練習で描いた風景画とか、意外と気に入ってしまったのだ。安かったし、落札できたらホームに飾ろう。

「それじゃ、そろそろいくか」

オークション会場の仕様は、毎回少しずつ変わっている。プレイヤーの意見を聞き取って、細かいアップデートを繰り返しているのだろう。

今回、プレイヤーたちはマスコットや従魔などを連れていくことができなくなっていた。その分、少しでもサーバーの処理速度を上げているようだ。

あと、今回から目玉商品という特殊な出品が追加されていた。アプデ前の告知では、こんな情報なかったんだが……。運営のサプライズなのだろう。

特殊な条件を満たしたアイテムは目玉商品という扱いになり、全てのオークションが終了した後に特別オークションが行われるそうだ。

この目玉商品、日中はネトオクのようにどこからでも入札が可能になっている。そこで各商品上位三〇〇名に入る値段を付けたプレイヤーだけが、競売形式の特別オークションに招待されるらしい。

しかも、自分が事前入札したアイテムのオークションにしか参加できない仕組みである。まあ、会場の様子は外部へと中継されるようなので、見学は問題ないらしいが。

驚きなのは、うちから出品したアイテムが全て目玉商品扱いになっているということだった。

朝、運営からメールが届いていて、しばらく放心してしまった。特殊な条件って、何だったんだろうな？

アイテムの品質やレア度で言えば、同じようなものはあるだろうし、モンスが作ったアイテムだって今や珍しくはない。

本当に理由が分からなかった。運営からのメールにもその辺の条件は書かれていなかったし。

それに、メリットもデメリットも不明である。そもそも、目玉商品枠が設けられたのが今回が初めてなので、出品者側も落札者側も、どんな感じになるのか手探り状態なのだ。

「まあ、最悪売れ残ってもアイテムが消滅するわけじゃないから、構わないけどさ。それよりも、今は競売に集中しよう。あとは任せたぞ」

「あいー」

「トリリー」

マモリとオレアのちびっ子管理者コンビに後を頼み、俺は目的の会場を選んで転移する。

マモリが俺の後ろでカチカチ打ち鳴らしていたのは、火打ち石か？　古風だな！　さすが座敷童！

オークション開催期間、会場へはステータスウィンドウから無制限に転移可能なのだ。まあ、目当ての会場が満員でなければ、だが。

「うん。第一三番会場。間違いないな」

ほぼ満員に見えるが、なんとか入場できたらしい。知り合いがいないかキョロキョロしていたら、オークション開催時間になっていた。

「では、オークションを開始いたします！」

初回に参加した時よりも、オークショニアの声が平坦な気がする。それに、品物が運ばれてくるような演出もなくなっていた。

手元のウィンドウに、商品の姿とデータが表示されている。全体的に簡素化し、サーバーの負荷を軽減しているからだろう。

まあ、入札さえスムーズにできるんなら、文句はないのだ。

「俺が狙っているのは、四つ目だな」

まず最初に入札するのは、モンスター用の遊具だ。

これは有名な生産クランが造り上げたものらしく、すべり台、ジャングルジム、雲梯《うんてい》、シーソー、ブランコがセットで販売されていた。

バラ売りや、他クランの出品もあるが、俺が一番欲しいのがここのやつだ。色合いも原色で可愛いし、作りも頑丈そうなのである。

中でも、目玉はブランコだ。遊ぶ者によって自動でサイズ調整されるタイプだから、大きくても小さくても問題ない。これなら、ファウもクママも使えるだろう。

うちの庭に設置してモンスたちを遊ばせてやりたかった。

「最初は五〇万Gからスタートです！」

よし、早速入札だ！　値が次々と上がっていく中、俺は一気に二〇〇万へと値を上げた。

少々マナー違反だが、絶対に引かないという意思表示である。その後、数人と競り合うことになったが、最終的には二六〇万Gで俺が落札したのであった。

「ふー。一仕事終えたぜ」

いや、いい買い物をした！　うちの子たちの喜ぶ姿が目に浮かぶようだ。

「幸先良いな！」

この調子で、次も狙いたい。

この会場で落札したい商品はこれで終わりではない。もう一つ、注目しているホームオブジェクトがあるのだ。

「うん？」

なんか、周囲から見られてる？　俺が周囲を見回すと、こちらを見ていたプレイヤーたちがサッと視線を外した。

やっぱ見られてたよな？

「うーん……？」

まあ、俺だって、完全な無名というわけじゃない。一応、ユニーク称号持ちだし、見られてもおかしくはないだろう。

でも、モンスたちを連れていない俺が、こんな注目されるか？　いや、そんなわけがない。

そこではたと、見られている理由に気が付いた。多分、さっきの高額落札が周りにバレているのだろう。自分では意識していなかったが、絶対に大きなリアクションをしてしまっていたのだ。

白銀の先駆者の野郎だとバレたのではなく、落札者だと勘づかれたに違いない。そのせいで、見られていたわけである。

そういえば、顔などを隠すための設定があるんだっけか？　今回も忘れていた。見られたからと言って何かあるわけじゃないし、別にいいんだけどさ。

そんな風に五分ほど待っていると、すぐにその商品の出番となる。

「では、お次はこちら！　大型水路！　最初は二〇万Gからです！」

ウィンドウに表示されたのは、ホームや畑に設置するタイプの水路であった。これはNPCの出品で、最大二〇〇メートルの水路を、望む形でホームに敷設してもらえるらしい。

見た目や形も色々と選べて、ローマ水道風や、レンガ造り風など、オシャレなものがたくさんあった。

俺がこれに目を付けたのは、うちのモンスやマスコットたちのためだ。ラッコやホオジロザメなどの水棲マスコットは、ホームの水場であれば転移可能らしい。繋がっていない池などにも現れる。ただ、池や水場は敷地の端に置かれていることが多いので、他の子たちと遊ぶのは難しいのだ。そこで、ホームや畑の道に沿って水路を延ばしてやれば、ラッコさん親子なんかも遊び相手が増えるだろう。

因みに、ラッコのお母さんの名前は白いからシロコ。子供は茶色い部分が多いからチャタ。ホオジロザメはジョー太である。

同じ水槽で泳いでいても、食物連鎖は発生しない。むしろ仲良しだろう。ここがゲームの中でよかった！

「よし、入札っと」

すでに数人分の入札が入っているが、今回は様子見で一〇万アップの九〇万にしておいた。毎回高額入札していたら、周りから嫌われるだろうからな。

だが、その後新たな入札は行われなかった。もう少し競るかと思ったんだが……。どうやら、俺以外はあわよくば欲しい程度だったのだろう。もしくは、俺の気合が伝わったかな？

まあ、安くゲットできたんだからいいや。

「さて、ここの会場で欲しかった品物は買えたし、次に行くか」

ウィンドウを操作して、次の会場へと転移する。すると、奇跡的に狙っているアイテムの入札が始まったところであった。

少しでも遅れてたら危なかったぜ。

「最初は一〇万Gからです！」

アイテム名はオリーブトレントの苗。しかも、ユニーク個体のものだ。ただ、今回は樹精に育てるよりも、そのままトレントルートで育てて畑の管理者にしたい。

ユニーク個体なら、きっとオレア以上に管理能力が高いだろう。

そんな皮算用をしていたら、オリーブトレントの苗木の値段が、異常な速度で上がっていってしまった。

三〇〇万Gて……。一応、マックスで二五〇万Gまでと考えていたら、瞬時にそれ以上まで膨れ上がったのだ。しかも、まだ数人が入札をしている。

時間はかかるけど、自力入手が不可能なわけじゃないし、さすがにこれ以上は競り合えなかった。

以前のオークションでレアなモンスの卵が五〇万程度だったから、一〇〇万を少し超えるくらいかと思っていたのに……。

予想以上にプレイヤーの所持金がアップしているようだ。

結局、ファーマー風の男性が三九〇万で落札していた。なぜか、落札者以外にも何人かのプレイヤーが喜びに沸いている。

もしかして仲間かね？　ファーマー系のパーティが、力を合わせて落札したのかもしれない。トレントは有用だし、ファーマーなら欲しいのだろう。

「仕方ない次に行くか」

次の会場で狙うアイテムはすごいぞ。名前は火呪術の陣。なんと、使用すると火呪術を使用できるというアイテムだ。

どう考えても、樹呪術の火炎属性バージョンだろう。使い捨てだが、面白そうだ。上手く使えばまた特殊な進化や、アイテムゲットに役立つかもしれない。

だが、今回も俺の狙いは上手くいかなかった。使い捨てアイテムに、三〇〇万もの値が付いてしまったのだ。

いくら面白そうとはいえ、使い道が分からない使い捨てアイテムに、三〇〇万はな……。今回も諦めるしかなさそうだ。

その後、俺が狙っていた呪術関係のアイテムはことごとくが高騰してしまい、一つも落札することができなかった。

「ぐぬぬ。呪術人気高過ぎだろ！」

なんでこんな……！

「はっ！　も、もしかして、俺のせいか？」

樹呪術によってオレアが進化したという情報。あれが早耳猫によって広められ、それによって呪術関係のアイテムが高騰した？　オリーブトレントの苗木が高くなったのもそのせいか！

うわー自分のせいだったぁ！

でも、あの情報を売らなけりゃ、結局金欠で喘いでいただろうしな……。それに、呪術系のアイテムがたくさん使われたら、面白い情報が広まるかもしれない。

それを楽しみにしておこう。

だから、悔しくなんかないんだからなっ！

それに、呪術関係は手に入らなかったが、まだまだチェックしているアイテムはあるのだ。それが、ホーム用ＢＧＭだった。

このゲーム、基本的にＢＧＭはない。無音というか、自然の音がＢＧＭというわけだ。

自分だけに聞こえるＢＧＭを設定することは可能だが、ほとんどのプレイヤーはホーム以外ではＢＧＭを設定していないらしい。

警戒や探知の邪魔になるからだ。

その代わり、ホームには様々なＢＧＭが充実していた。ＲＰＧっぽいサウンドから、効果音的なものまで、無料のものだけでも一〇〇種類以上あるだろう。

その中には、お正月用やクリスマス用といった、実装が早すぎな音楽も含まれていた。

さらに、課金で手に入るものや、数少ない演奏系プレイヤーたちが販売しているものを合わせると、全部で一〇〇〇曲を超えているそうだ。

俺が狙っているのは、ラジオ体操や盆踊り、祭囃子などがセットになった、トラディショナルダンスミュージック詰め合わせセットというやつである。

うちの子たち、踊るのが好きなんだよね。ラジオ体操とか毎朝やってるっぽいし。こういう音楽を用意してやれば、喜ぶだろう。

ラジオ体操の音源なんかは個別で売ってるけど、このセットには普通では売っていない音楽も含まれているらしいから、狙ってみるつもりなのだ。

「目当ての出品は三つ後か」

この会場では、音楽系のアイテムなどが多く出品されているが、ここからは音源ゾーンだ。ＢＧＭや、歌入りのアルバムみたいな音源も用意されている。

今いる人たち、全員ライバルじゃないよな？　また買えなかったらどうしよう……。

ドキドキしながら待っていると、会場がドーッと沸いた。どうやら、多くのプレイヤーの目当ての競りが始まったらしい。俺は自分が欲しいアイテムではなかったので、全然アナウンスを聞いてなかったぞ。

「何々？　タイアップ特別アルバム？」

なんと、リアルで四日後に発売される、人気急上昇中の歌手の最新アルバムがゲームの中で先行販売されるらしい。

「えーっと、誰だったっけな？」

やばい。高校生に流行っているものの名前が即出てこなくなったら、オッサンの証だ！　お、俺はオッサンじゃないから、すぐに出てくるけどね！

「そ、そうそう。確か、鉄子《てっこ》とか言ってたか？」

電車は関係なく、メタルの曲調を取り入れたポップス系の女性歌手だったはずだ。

ここにいるのは、それ目当てのファンたちってことなのだろう。それにしても凄い熱気だ。いや、熱気だけではなく、値段も凄いことになっている。

一〇万から始まった金額は、あっという間に四〇〇万を超えていた。このアルバム、複製禁止で、購入者しか聞けない制限が付いているはずなんだけどな……。

ファンとしてはたった四日であっても、先に聞けるのであればいくらでもつぎ込めるんだろう。

俺も学生の頃、ハマっていたバンドにバイト代をつぎ込んでいたことがあるのだ。気持ちは分からなくもない。

「この曲とか、CMで聞いたことあるな」

結局、四四〇万で誰かが落札したようだ。すると、かなりの数のプレイヤーの姿が次々と消えていった。他の会場で売り出される分を狙いに行ったのだろう。

一〇枚くらいは出品されているはずだからね。頑張れ、ファンたち。

プレイヤーたちがちょっとずつ入れ替わっていく会場で、出品は進んでいく。そして、俺の求める商品が登場した。

五万Gからの始まりで、チラホラと入札が入っていく。だが、あまり値段は上がらなかった。曲自体は珍しくないし、ホーム限定だ。人気は低いのだろう。

一五万であっさりと手に入ってしまった。

「で、お次がリュート用譜面二〇曲セットな」

吟遊詩人系プレイヤーの販売している、楽譜のセットだ。特殊効果のある曲ではなく、純粋にゲーム内で作曲した音楽が書かれているらしい。

なんの役に立つかと言われたら、ファウが喜んでくれるというだけだろう。この楽譜があれば、ファウが新曲を覚えられる。

どうやら、演奏スキルを持っているモンスは、そのスキルに関するアイテムをあげると、好感度が上がるらしいのだ。

それに、ファウのレパートリーが増えてくれれば、今以上に賑やかになるだろう。それだけでも十分だった。日々の潤いっていうのは、大事だからね。

「まあ、これは予想通り安かったな」

リュート限定であるため、欲しい人が限られたのだろう。俺以外には二人しか競売に参加していなかったのだ。

何度か入札があったが、最後は二〇万で俺が落札できたのであった。

「これで落札できたのは四つ目だけど……」

一二個中四個は、多いのか少ないのか分からんな。だが、資金はまだかなり余っている。ここからはもう少し強気にいこうかな？

しかし、俺の決意とは裏腹に、狙っていたアイテムは全く落札できなかった。

「神聖樹もダメ、呪術関係もダメ、時間経過塗料もダメ……。落とせたのはＮＰＣファーマーの謎の種だけかよ」

何と何をかけ合わせて作られたかも分からない、本当に謎の種だった。博打要素が強すぎて、ファーマーたちも尻込みしたのだろう。あまり熱心に競ってくる相手はいなかった。

それに、俺も強気で上乗せしていったからね。謎の種を、二〇万でゲットできていた。これが高いか安いかは、育ててから判明するだろう。

途中で、妖怪に関係しそうなアイテムが数点出品されたので少し気になったが、やめておいた。

俺の少し前に座っている浜風が、意気揚々と入札しているのが見えたのだ。別に悪いことしてるわけじゃないんだけど、知り合いが欲しがっているアイテムに入札するのって、ちょっと気まずいよね。

浜風なら連絡を取れるし、使った感じを聞かせてもらえばいいのだ。

「……よし、次のアイテムは絶対に落とすぞ。もう、いくらかかったっていいや」

狙っていたほとんどのアイテムが手に入らなかったし、ここで一発ドーンと使ってやろうじゃないか。

そして、始まったのは『従魔の覚醒』という不思議なアイテムの落札である。宝石の扱いなんだが、どう使うのかも分からない。ただ従魔の力を覚醒させるという、不思議な文言が書かれているだけである。

多分、使役系の職業の従魔をパワーアップさせるような効果があると思うんだが……。

これが、俺が思っていた以上に人気のアイテムだった。テイマーだけではなく、サモナーやネクロマンサーなども入札しているのだろう。

クリスやサッキュンの姿も見える。だが、これだけは譲れんぞ！

「では、五三五万Gで落札です！」

ふー、少々やり過ぎてしまった感はあるけど、満足だ。所持金はまだ一〇〇〇万以上残っているしね。

このアイテムを使うのが今から楽しみだぜ。

「さて、どうしようかな……。他のアイテムにも入札するか、目玉商品にかけるか……」

目玉商品は全部で二〇点ほど。そのうち半分はNPCが出品したもので、面白そうなアイテムがたくさんある。

問題は、絶対に高騰するだろうということだ。今の俺の資金でも、確実に落札できるか分からない。競売、ネトオクのアイテムを複数狙うか、目玉商品一本に絞るか。プレイヤーたちの多くが、同じ悩みを抱えているんだろう。

「うん。今回は目玉商品狙いでいってみるか」

NPCが出品している、凄そうな孵卵器が気になっていたのだ。

競売の狙いを目玉商品に絞った俺は、狙っている孵卵器にとりあえず五〇〇万ほど入札し、その後はホームへと戻ってきていた。

あのまま会場にいたら、絶対に無駄な買い物をしてしまいそうだからね。それに、目玉商品の前にネトオクをチェックしておかないといけないのだ。

炬燵に入ると、早速マモリがやってきた。そのまま俺の膝の上に乗ろうとしたんだが、それを邪魔する存在がいる。

「デビ！」

「トリリ！」

「あいー！」

リリスとオレアだった。彼女らも俺の膝に乗りたいらしく、左右からマモリを引っ張っている。

可愛い子たちに膝の上を取り合われている俺。モテモテじゃね？

「まあまあ、喧嘩するなって。交代で乗ればいいだろ？」

「あい！」

「デビ」

「トリ」

最初はマモリの番らしい。残った二人は左右からウィンドウを覗き込んでいる。

「結構値段上がってるなー」

「あいー」

入札したアイテムを確認してみると、ほとんどが高騰している。

やはり、卵や呪術関係っぽい名前のアイテムは、みんながチェックしているんだろう。

そんな中であまり値段が上昇していないのが、絵画関係だった。風景画もまだ二万だし、水墨画なんかたったの一万Gだ。

あと面白いところだと、書の掛け軸を発見した。凄い達筆な字で、何かが書いてある。達筆過ぎて読めないレベルだ。

「これ、なんて書いてあるんだ？　力強くて、悪くはないんだけど……」

「デビ！」

「リリスは気に入ったか？」

「デビ」

どうやら、リリスの琴線《きんせん》に触れたらしい。目をキラキラさせて、書を眺めていた。

「デビ！　デビビ！」

「分かった分かった。入札するよ。だから肩揺するな～」

「デビー！」

ここまでおねだりされては、入札しないわけにはいかないだろう。それにしても、これマジでなんて書いてあるんだろうな？

説明を読むと、何故か日光上等だった。もしかして、これの製作者はドリモファン？

いや、ドリモールなら他にもいるか。確か、最初のオークションで土竜の卵が売られていたはずだ。あれはもう孵化していてもおかしくはないだろう。

まあ、ドリモのファンじゃなかったとしても、ドリモール好きなのは間違いない。うちの床の間に飾るに相応しい書である。

他には同じ作者さんの書で、獣道《けものみち》、精霊万歳、死戻遊戯《しぼうゆうぎ》、という書があった。

「うむ。これはいいものだ」

「トリ！」

「オレアはこれか」

「トリリ！」

精霊万歳ね。分かってて指さしてる？　さらに、マモリも欲しい書を主張し始めた。死戻遊戯が気に入ったらしい。

「ポコ」

「お、チャガマか。ありがとうな」

我が家のお茶汲み係であるチャガマが、日本茶をさし出してくれた。そのまま、俺の肩越しにウィンドウを覗き込んでいる。

「何か気になるのあるか？」

「ポコ」

「獣道か……」

やっぱ、みんな書の意味わかってるよな？　だとすると、マモリの趣味がちょっと心配になるけど。

「じゃ、全部入札してみるか」

「あいー！」

「ポコ！」

マモリやチャガマはホームにいることがほとんどだし、好きなものを飾ってやろう。

さらに画面をスクロールしていると、また面白い物を発見してしまった。

「これって、流しそうめん用の竹か？」

「トリ？」

「これだよ。これに水を流して、そうめんを流すんだよ」

「デビ？」

時折、よくわからない知識を披露してくれるモンスたちだが、流しそうめんは分からないらしい。

これは、みんなでやったら喜んでくれるか？　正直、自分たちでも作れるとは思う。だが、これを思いつき、作り上げた生産者さんに敬意を表したいのだ。

ちゃんと落札して、還元しないとね。真似るのはその後でいいだろう。

「これもポチッておこう」

「トリー！」

「デビ！」

その後、リリスとオレアが交代で俺の膝に座ったり、チャガマが新しいお茶を淹れてくれたりしつつ、色々と入札していった。

チャガマが気に入ったタヌキ柄のハンカチに、リリスが欲しがった髑髏をモチーフにしたアクセサリー。あとは、オレアが強請《ねだ》ってきた剪定鋏やヒムカがポチりたがった火鉢、ルフレが目を輝かせて指さしたシシオドシに、アイネが気になっていた風車のおもちゃとかである。

ここで他の子たちの分を買わずにというのは可哀そうなので、好物を買っておいた。そこまで高いものではないし、別にいいだろう。

「風景画二枚。水墨画二枚。書が四つ。流しそうめん用セット。あとは細々とした小物やインテリアが一〇個に、第一〇エリアの素材と、モンスたち用の食事がそれなりの量か」

総計。一五〇万G程度である。

いや、考えたら一五〇万Gってメッチャ高いけどね！　一夜にして所持金が増えたせいで、金銭感覚バグってるな。俺ってば、お金をたくさん持ったら金遣いが荒くなるタイプだったらしい。

「あいー！」

「トリリー！」

「デビデビ！」

「ポコポン！」

まあ、うちの子たちが文字通りクルクルと小躍りしているし、これだけ喜んでもらえるなら安いもんだろう。

この時点で通常のオークションは終了し、残すは目玉商品の特別オークションだけだ。

「招待はきてるね」

これで、上位に入れてなかったら情けないけど、問題はなかったらしい。

この後、誰かの付けた最高金額から入札が始まる。

いきなり数千万とか付いてたらどうしよう。上位陣がどれくらいお金持ちか、分からないからなぁ。

「じゃ、いってくるよ」

「デビ！」

「トリリ！」

「ポコー」

ウィンドウに表示された移動ボタンを押すと、俺自身が光に包まれる。

「あいー！」

お、また火打ち石をカチカチする音がしてるな。なんか、上手く行きそうな気がするぞ！

光が収まると、ホールのような場所にいた。

「ここが特別オークションの会場か……」

会場は扇の形をしており、客席は後ろに行くほど高くなっている。舞台を見下ろす、大学の講堂と同じような造りだ。

内装は、豪華である。宮殿風っていうの？　天井には巨大なシャンデリアが燦然《さんぜん》と輝き、西洋風のファンタジックな絵が描かれている。柱などには金銀の装飾が施され、えんじ色の絨毯はフッカフカだ。

このゲームにしては珍しく流されているＢＧＭも、オーケストラ調の音楽だった。

周囲のプレイヤーたちは、ほとんどが真っ黒である。黒いスキンが被された、探偵アニメの犯人風の外見だ。

そう言えば、俺ずっと顔出しのままだったな。今回は顔隠しにしてみるか？　いや、もうここまできたらこれでいいか。別にそれで不利益があるわけじゃないし。

あと、気になったのが、舞台の目の前に作られた特設席みたいなところに座っているＮＰＣさんたち。執事やメイドさんに囲まれた中央の人はめっちゃ煌びやかな服装で、まるでお貴族様のようだった。

このゲーム内で、貴族や王族はまだ確認されていないはずである。一番偉いＮＰＣで町長だったかな？

もしかして、この人たちのお披露目的な意味があるのだろうか？

それと、この貴族たちのせいで一つ不安が。

この人ら、競りに参加したりせんよな？　どう考えても、財力でお貴族様に勝てる気がしないんだけど……。

他のプレイヤーたちと同じようにＮＰＣを観察していたら、舞台の上に人が現れた。目元だけを隠すような仮面を装着した、道化のような衣装の男性だ。

「お集まりの紳士淑女の皆さま！　お待たせいたしました！　目玉商品ばかりを集めた、特別オークションへようこそ！　ただ今より、開催いたします！」

ＮＰＣ貴族様たちが拍手を始めたので、プレイヤーたちもつられて拍手を始める。こういうサクラ要員でもあるらしい。

プレイヤーたちに戸惑った様子が残る中、最初の品物が運ばれてきた。

ＮＰＣが出品したアイテムで、かなり強力な剣である。デーモンバスターという名前で、魔法攻撃力も高かった。

名称：デーモンバスター
レア度：７　品質：★１０　耐久：７２０
効果：攻撃力＋２７５、魔法力＋１５３
物理無効貫通、必殺技反動軽減（中）、悪魔特効（中）

重量：12

レア度7って、現状最高レアかな？　しかも品質10で、能力も凄い。

物理無効貫通は、ゴーストなどに対してダメージを与えられるようになる効果だ。それだけでも強いのに、必殺技の持つデメリットを和らげる効果があるらしかった。さらに、悪魔に対する特効能力だ。

イベントなどで悪魔が登場することは多いので、今後も活躍が期待できる。

まあ、現状で必殺技は数人しか取得してないらしいから、使用できる人間は限られるだろう。もしくは、必殺技取得を見越して、手に入れるのもありかな？

今は数人でも、そのうち取得条件が出回って、皆が必殺技をゲットするようになるだろうしね。

「最初は三二〇万Gから！」

やっぱ、目玉商品は高いな！

十分高額なのに、グングンと値段が上がっていく。

四〇〇、五〇〇、六〇〇――そして七〇〇万を超えた、その時であった。

「九一〇万」

「おーっと、九一〇万出ました！　これで、次の入札からは一〇〇〇万Gの大台に突入だぁ！」

仮面のオークショニアの言葉とともに、会場からどよめきが上がる。だが、それも無理はなかった。

なんと、九一〇万Gを宣言したのは、ＮＰＣだったのだ。一番中央に座るお貴族様の横にいる、執事っぽい人だ。

どう考えても、横の貴族の代理だろう。

ここまで動かなかったので、みんなノーマークだったのである。

その後、誰も入札者は現れない。驚きで手が止まってしまっているのもあるだろうが、NPCの貴族の手持ちがどうなのか分からず、様子を見ているのだ。

それに、入札時、前の金額から一割以上上乗せした金額を提示しなくてはならない。オークショニアが言う通り、最低でも一〇〇一万以上を宣言せねばならないのだ。

「では、こちらは九一〇万Gにて落札となります！」

もしかして、目玉商品全部、貴族さんに持ってかれるように設定されてる？　だったら、普通の競売に参加したかったんだけど！

プレイヤーたちが未だにザワザワとしていると、二品目が運ばれてきた。プレイヤーメイドのアイテムである。

俺のじゃないよ？　なんと、マッツンさんが作り上げた、超高級タバコである。味もさることながら、その効果が凄まじかった。

なんとこのタバコを吸うと、一定時間、自動蘇生状態になるのだ。その名の通り、死んでも自動で蘇生されるという効果である。

ソロでは使用不可能な蘇生薬と違い、これなら一人でも死に戻りを避けられる。メチャクチャ素晴らしいアイテムなんだが、タバコっていうのがね。

俺はタバコを吸わないので、ちょっと敬遠してしまうのだ。ソーヤ君が普通に自動蘇生アイテムを開発しているらしいから、それを売ってもらえばいいだろう。

だが、タバコ好きや、自動蘇生が喉から手が出るほど欲しい人々からは、熱いまなざしが送られている。

「その名も『パインマークの蘇生タバコ一〇本入り』！　二〇〇万Gから！」

一本二〇万の計算で入札した奴がいたらしい。メチャクチャ高いが、タバコ好きや、マッツンさんのファンが入札しているのだろう。

そして、再びNPCが動いた。

「四五五万」

一気に四五五万である。これで、次は五〇〇万以上は確実になった。誰も動かないでいると、これで確定してしまった。

「では、四五五万Gで落札です！」

うーむ、貴族はやっぱり動くか。これは、落札するのはかなり難しくなってしまったかもしれないな。

次は、特別オークションの三つ目の出品だ。出品者はNPCである。

「お次はこちら！　四季の杖！　一二〇万からの開始です！」

名称：四季の杖

レア度：7　品質：★10　耐久：780
効果：攻撃力＋105、魔法力＋264
魔術消費軽減（小）、MP自動回復力上昇（中）、秘奥術反動軽減（中）
装備条件：知力75
重量：7

普通に強い杖だった。ただ、装備できないので、あまり詳しくはチェックしていなかった。装備条件が知力75って……。トップ層でも、ステータスにポイントを振っているプレイヤーしか使えないだろう。

四季の名の通り、ピンク、グリーン、ブラウン、ホワイトの四色で彩られた木製の長杖である。あと、秘奥術の反動を軽減するという効果が付いている。

秘奥術？　必殺技みたいなものだろうか？

軽く掲示板を覗いてみたが、情報がほとんどない。ただ、この杖をあらかじめチェックしていた人たちが、必殺技の魔術バージョンだろうと推測していた。

もしかしたらホランドの必殺技取得が早すぎただけで、本来ならこのオークションでその存在が匂わされる予定だったのかもしれない。

運営の想定を、ホランドが上回ったってことなんだろう。さすがだ。

それにしても秘奥術か。これを覚えたら、もしかして俺でも強くなれるのか？　だったら覚えたい。

必殺技は第一〇エリアで手に入るという噂だったが、まだ到達できていないんだよな。それに、第一〇エリアは他のエリアの数倍もの広さがあるらしく、未だに未踏の地も多い。きっと、まだまだ色々な秘密が眠っているのだろう。オークションが終わったら、ちょっと頑張ってみるか。

そして四季の杖だが、なんとプレイヤーが八〇〇万Gで落札していた。俺と同じように顔を出したプレイヤーである。

よく見たらホランドの相棒のヒューイだった。周りに手を振って歓声を浴びている。ああやって顔を売って、トップとしての名声を高めているのだろう。

あんな風に、嫌みなくさらりとトップアピールできる感じ、憧れるねぇ。

この杖に八〇〇万も出せるってことは、ヒューイは秘奥術を覚えているのだろうか？　もしくは、習得するための道筋が見えている？

機会があったら尋ねてみよう。

にしても、ＮＰＣの入札金額がさっきと違っていたな。今回は七二〇万Gだった。周囲のプレイヤーの推測が聞こえてきたが、最低落札価格を調整しているのだろうということだった。

なるほどね。それはあり得るだろう。ＮＰＣアイテムはともかく、プレイヤーの出品アイテムが安過ぎたら、出品者がいなくなるもんな。

その次はプレイヤー作品の登場だ。まあ、うちの出品だけどね。ヒムカの食器がいざ出陣だ！

「次の商品はこちらです！　名前は『ヒムカ印の食器セット』！　三五〇万から！」

「うぇぇぇぇ!?」

三五〇万G？　いやいや、まじか？

だって、消毒効果があるとはいえ、綺麗なだけの食器だぞ？　攻略に役立つわけでも、生産の役に立つわけでもない。食卓に華を添えるだけだ。

そりゃあ、ヒムカの力作だから少しでも高く売れてほしいと思っていたけど……。食器に三五〇万G？　ありえなくない？　マッツンさんの煙草よりも、初期の値段が高いの？

俺はそう思っていたんだが、目の前でガンガン値段がつり上がっていく。

その速度が異常だった。

「三九〇万！」

「三九〇万入りました！　さあ、他にはおりませんか？」

「こっちは四四〇万だ！」

「五一〇万よっ！」

「こっちは五六五万！」

「くそ！　ならば――」

そこから白熱すること二分。その短い時間の入札で、会場から幾度となく悲鳴にも似たどよめきが上がっていた。

そして、最終金額が決定する。

「ではこちら、一九七〇万Gで落札です！」

「「「うおぉぉぉぉぉ！」」」

会場が今日一番どよめいたな。本日最高価格が付いたからだろう。俺も一緒に「うおぉぉぉ！」って言っちゃったよ。

帰ったらヒムカを褒めてやろう。好きな素材をいくらでも買ってやるぞ！

「やばい、心拍数が上がってるかも……」

バイタル監視装置を使っていたら、絶対に警告が鳴っているだろう。いやー、まさかこんな値段が付くとは！

俺が気づいていないだけで、何らかの利用価値があるんだろうな。

あ、そういえばお貴族様の入札がなかったな。一気に値段が上がりすぎて入札チャンスがなかった？　いや、それよりは、開始金額がすでに最低価格を上回っていたって可能性の方が高いか？

「おおっと、次のがもう始まっちゃったな」

混乱と興奮で軽くパニクっていたら、次のオークションが始まってしまった。NPCの出品した、弓が運ばれてくる。

名称：アデプト・ボウ
レア度：7　品質：★10　耐久：700
効果：攻撃力＋181、魔法力＋69
流派技消費軽減（中）、矢筒（30）、装填速度上昇（小）

重量：14

これにも気になる効果が付いていた。

「流派技？」

また違う単語だ。これも掲示板を覗いてみたが、広くは知られていないらしい。ただ、第一〇エリアには何人か達人的なNPCがおり、彼らが通常のスキルとは違う技を使用していることが知られていたそうだ。

弟子入りを志願したプレイヤーも居たそうだが、断られてしまったと書かれている。

だが、流派に入門できる可能性が示唆されたため、掲示板がお祭り状態だった。今から弟子入り志願をしてくるというプレイヤーも多い。

きっと彼らが弟子入りの方法を発見してくれるだろう。

結局、アデプト・ボウは黒尽くめのプレイヤーが五九〇万Gで落札していた。

やはりお貴族様は、落札の最低値を調整する役目があるらしい。今回は五二〇万での入札だった。

複雑な気持ちだ。落札者としては勘弁してほしいが、出品者としては非常にありがたいのである。

多分、プレイヤー同士の談合を防ぎ、落札価格を安定させるためのシステムなのだろう。

というか、俺の狙ってる孵卵器……。お貴族様が入札してくるんじゃね？　最低価格いくらかな？

特別オークションは進み、すでに一六品が消化された。お貴族様に搔っ攫われたのは最初の二つだけで、他のアイテムは全てプレイヤーが落札している。

うちから出品したアイテムも、既に全部落札されていた。

ヒムカの食器セットが一九七〇万Gでも驚いたのに、他の四種も高額で落札されている。

ルフレの天麩羅もり蕎麦膳セットが一二〇〇万G、アイネの巨大なウサグルミが一八四〇万G、オルトの精霊の実が二〇三〇万G。そして、サクラの炬燵にいたっては二二六〇万Gで落札されていた。

いやいや、ヤバくない？

正直言って、炬燵と精霊の実が二〇〇〇万を超えるとは思ってもいなかった。だって、レア度で言えば6だよ？

NPCが出品していたレア度7の武器よりも高額になるなんて、誰が思うよ？

精霊の実は、育てたら樹精が生まれるかもしれないと考えたプレイヤーが俺の想像する以上に多かったらしい。だが、確実に手に入るわけではないのに……。

まあ、値段が上がってくれる分にはありがたいんだけどさ。

思い通りにいかなかったときに、俺に文句言ってこないでください。

炬燵は、見覚えのあるプレイヤーが落札していた。名前は覚えていないんだけど、うちの畑の前によくいる人なのだ。無人販売所で買い物をする姿をよく見かける。

サクラに向かって手を振ったりしていることが多いので、サクラファンなのだろうとは思っていたんだけど……。

有用な効果はあるが、それだけで二〇〇〇万は超えないだろう。これが、ファン心理ってやつなのか？　だとしたら、うちの子たちの人気を舐めていた。俺の想定を大幅に超える、超熱心なファンがいたらしい。

さすがうちの子たちだ！　みんなには、あとでご褒美をあげないとね。

そして、いよいよ俺が狙っている孵卵器の登場である。

「お次は、覚醒孵卵器！　五〇〇〇万Gからのスタートです！」

おお、どうやら俺の入札が一番高かったらしい。所持金は一〇三〇〇万G程度だが、落札できるかね？

まさか、一〇〇〇〇万を超えてくるとは思わなかったから、気軽に考えていた。

うちから出した目玉商品のお金が先に貰えたら確実に落とせるんだけどなぁ。まあ、入金はオークション終了時って明記されてるから、仕方ないけどさ。

俺は五五〇〇万Gで入札された直後に、六一〇〇万Gで入札し返す。すると、他のプレイヤーたちが入札を止めていた。

どうやら、俺以外で孵卵器を狙っていたプレイヤーは、もう所持金が限界であるらしい。これは、このまま俺が落札できるのか？

そう思ったけど、お貴族様は見逃してはくれませんでした。

「七三〇〇万G入りました！　さあ、どうされますか！」

ここまでは想定内だ。あとは、他のプレイヤーがどう動くかである。ラストの一撃で落とすことを狙っている人がいるかもしれないのだ。

そこで、俺は所持金をほぼ突っ込んでしまうことにした。

「一〇三〇万！」

ここで少しでも多めの金額で入札することで、他のプレイヤーを牽制するのだ。うちの商品の落札価格を見るに、全く安心できないが……。

「一〇三〇万！　さあ、他に入札される方はいらっしゃいませんか？」

会場が、静寂に包まれる。皆が固唾をのんで、見守っているのだ。

恐ろしく長い二〇秒が経過し、オークショニアが声を張り上げた。

「では、こちらの覚醒孵卵器は、一〇三〇万で落札です！」

「「「おお～」」」

低いどよめきが会場を揺らす。他のプレイヤーたちも額の汗を拭っているな。なぜだ？

しかも拍手が起きたし。他の人の落札では、ヒューイ以外で拍手なんかなかったけど……。あ、顔出しだからか？　でも、サクラの炬燵を落札した人なんかには拍手なかったよな？

ま、祝福されている分にはいいか。

所持金はほぼゼロだが、終われば九三〇〇万Gも手に入るし、大丈夫だろう。むしろ、それでさらにホームを充実させられるのだ。

第一〇エリアに到達するために、色々と買い込むこともできる。多少高めのアイテムでもバンバン使えるぞ。

生産職が第八、九エリアのボスを突破するために、爆弾などを大量に使用する戦い方も編み出されている。九三〇〇万もあれば、お金でぶん殴る様なその戦法も問題ないのだ。

「お次はこちら！　英国館風ホーム、庭園付き！　四〇〇万Gから！」

お、これも来たか。孵卵器とこっちで少し迷っていたのだ。英国風の庭園も素晴らしいし、白亜の館も非常に美しかった。

本当に、お貴族様の住んでいる屋敷って感じなのだ。

それに、日本家屋でダンゴやナッツのようなマスコットが解放されたように、こちらでも新しいマスコットが手に入るかもしれない。

そう考えると非常に魅力的だった。

しかし、俺はすでに日本家屋を持っているし、あっちに愛着もある。

今回は見送って、孵卵器にかけることにしたのだ。

その庭付き館に、次々と入札が入る。普通にホームを買った方が安いと思うが、そこは色々と思惑があるのだろう。それに、特別なホームっていうのはロマンでもあるからね！

結局、コクテンが八〇〇万Gで落札していた。見覚えのあるプレイヤーがいて驚いたよ。今度、遊びに行かせてもらおう。

その後、サモナー用の合成魔石などが落札され、全ての出品が終了したのだった。

ただ、まだ終わりではないらしい。

「これにて、特別オークションは終了いたします！　お集まりいただきありがとうございました！最後に、主催者であるコレクター様よりご挨拶いただきます！」

主催者？　そんな奴がいたんだな。ウィンドウが起動しないと思ったら、このイベントを見せるためだったらしい。

プレイヤーたちが席に座り直して舞台を見つめていると、豪華な服を着たＮＰＣが、壇上へと上がるところであった。

黒と金を基調とした服とマントに、赤系のアクセサリーを身に着けた、四〇過ぎの伊達男だ。モノクルがキラリと光っている。金髪を撫でつけてオールバックにし、鋭い目でプレイヤーたちを睥睨《へいげい》している。

女性プレイヤーから黄色い悲鳴が上がっていた。イケオジですからなぁ。

高額入札連発のお貴族様よりも、さらに豪華な服装である。より高位の貴族なのか？

「我が名はコレクター。この大陸を治めるガーディアス家の人間だ」

メッチャいい声！　聞き覚えがあるぞ。俺が小さい頃から第一線で活躍する、有名声優さんが声を当てているらしい。

こりゃあ、一部のプレイヤーから熱狂的な人気が出そうなキャラクターだな。

俺も嫌いじゃない。

しかも、結構重要な情報が語られたんじゃないか？　王家的な人間がいるという話はまだ聞いていないし、そもそも国という単位が確認されていない。

プレイヤーは、町がそれぞれ独立していると考えていたのだ。だが、そうでもないらしい。王家とは名乗らなかったが、上位者が存在しているようだった。

「今後、私は四つの都市、赤都、青都、黄都、緑都にて、貴重品、珍品、骨董品、生産品などの買取所を開設する」

コレクターの言った四つの都市は、第一〇エリアに存在している大きな町だ。そこで、買取所を開設する？

店で売るよりも、お得なのか？　まあ、普通の品物は買取をしてはくれないっぽいけど。俺が手持ちで売れるものがあるか考えている中、コレクターの説明が続く。

単純に言えば、通常では売買不可のアイテムの一部や、貴重品なのに店売り値段が安いアイテムなどを、それなりの値段で買い取るお店であるらしい。

「また、アイテムを売るごとに、金銭とは別にポイントが加算される。そのポイントを消費することで、特殊なアイテムとの交換も可能だ」

買取所に集められたアイテムを、ポイント交換で他のプレイヤーがゲットする。そういうシステムであるらしい。

なんと、今回お貴族様が落札したデーモンバスターとマッツンさんの煙草も、ポイント交換可能なアイテムの中にラインナップされるようだ。楽しそうなお店である。

「ただ、まずは第一〇エリアに到達するところからなんだよなぁ」

とりあえずホームに戻ってから計画を立てるか。今後のことを考えながら転移すると、その直後にメールが届いていた。

新規メールが二つだ。

片方はプレイヤー全員へのお知らせであるらしい。

通常メールを開いてみると、コレクターショップの仕様について、改めて説明した内容だった。使い方が分かりやすく書かれている。

最後に「このショップで売り買いをしていれば、ＮＰＣから注目されるかもしれませんよ?」的なことが書かれているが……。

注目ね。何か意味があるのだろうか?　まあ、使っていれば分かるか。

ただ、もう一つが問題だ。

「重要メール?　なんか怖いな」

恐る恐る開いてみると、まずは特別オークションへの出品のお礼と、労いの言葉から始まっていた。お叱りとかの、悪い内容ではないらしい。

メールを読み進めていくと、どちらかというと運営からのお願いであった。

今回プレイヤーが出品したアイテムの一部を、ＮＰＣが取り扱うことを許諾してほしいという内容だったのだ。

俺以外にも数人のプレイヤーに同じ内容が送られているらしい。

ＮＰＣが取り扱うと言っても普通の雑貨屋などに置かれるわけではなく、先程発表された交換所の景品として扱われるようだ。

それに、全く同じアイテムではなく、能力や見た目、素材をグレードダウンした、低品質品となるらしい。

うちの場合だと、天麩羅蕎麦、食器、ヌイグルミ、炬燵が対象だった。

精霊の実は加工品でないなどの様々な理由から、対象外であるらしい。

添付されていた性能を確認してみると、確かにグレードダウンしている。

例えばルフレの天麩羅もり蕎麦膳は、出品した物なら食後一時間、戦闘中全ステータス上昇。ただし、死亡した場合はデスペナルティー倍増という効果だった。

それが、膳ではなく天麩羅蕎麦のみ、しかも天麩羅の種類も減っている。味ももしかしたら低下しているかもしれない。

効果も、食後一五分間だけ戦闘中全ステータス小上昇。死亡した場合はデスペナルティー倍増となっていた。かなりクオリティが低い。

ヒムカの食器はナイフとフォーク、スプーンの三点セット。さらに、装飾は簡素で、毒消し効果も弱くなっている。

アイネのヌイグルミは小型化され、効果が減少。

サクラの炬燵は天板の彫刻はなく、ごく普通の炬燵に見えた。しかも、使用回数に制限有りである。

「うーん、拒否もできるみたいだけど、別にいいかな?」

これなら、落札してくれた人たちも怒らないでいてくれるだろう。出品したアイテムにはプレミア感が残るし、あっちはうちの子たちの手作りだしね。

それに、いくつか欲しい商品もある。筆頭は、マッツンさんの蘇生タバコだ。多少効果は落ちるだろうが、自動蘇生は魅力的だ。

ソーヤ君の自動蘇生薬が完成するまでの繋ぎとして、ぜひ欲しい。それに、使用方法が違えば、使い分けができるかもしれないのだ。

それ以外の目玉商品にも、釣り竿やサーフボードなど、愉快な商品が出品されていた。あれが入手可能なら嬉しいものである。

「お金もくれるっていうしな」

さらに、このグレードダウン版をＮＰＣが扱うようになったからといって、俺が商売を制限されるわけではないらしい。

そもそも、大量生産して売るつもりもないから、デメリットはほとんどないだろう。

天麩羅蕎麦が、二五〇〇万Ｇ、カトラリーセットが一〇〇万Ｇ、ヌイグルミが二〇〇万Ｇ、炬燵が三〇〇万Ｇ。計八五〇〇万Ｇか。

お、この契約料を合わせると、手持ちが一億超えるな！　よしよし！

これはもう、許諾するしかないだろう。

掲示板

【新アイテム】様々なアイテムについて語るスレ Part41【続々登場】

・武具以外のアイテムに関する情報求む
・こういったアイテムを見たという情報だけでも構いません
・アイテムの特殊な使い方なども大歓迎

：：：：：：：：：：：：：：：

107：神谷日月
白銀さん……。
相変わらず白銀さんでした。

108：キノクニヤ
5つで9300万だろ？
個人での所持金ならダントツだろうな。

109：グリングリン
クラン単位だと、早耳猫とかいるからねぇ。

110：K2
にしても、凄まじい競り合いだった。
漢たちの被せ合い。

111：こまんダー
女もいたと思うが。
すごい入札合戦だったことは確かだな。

112：神谷日月
負けた奴の絶叫が、どう聞いてもまともな精神状態じゃなかった件。
結局、全部ファンクランが落としたのか？

113：グリングリン
そうじゃないのもあると思うぞ。

114：K2
食器セットは、お料理研究会と、サラマンダーファンクランの連合が落としたみたいだな。

115：こまんダー
連合？
違うクラン同士が手を結んでるのか？

116：グリングリン
落札後の取り決めさえしっかりしてれば、有り得なくはないだろ？

117：K2
お料理研究会の直営店に張り出されてた。
１日５パーティ限定で、火精くんの食器を使った食事を提供だってさ。

118：こまんダー
１人２万Ｇって……。
高過ぎねぇ？

119：神谷日月
勝算があるんだろうな。
火精ファンなら、それでも利用するかもしれん。
それに、お料理研究会の最新料理も魅力的だ。

120：キノクニヤ
だとしたら、他のアイテムも俺たちが利用できるかも？

121：神谷日月
他のアイテムを落札したクランは、そういうことしてないっぽい。

122：キノクニヤ
くそ！　樹精ちゃんの炬燵！

123：K2
あれは、樹精ちゃんのファンクランと、複数の攻略パーティの同盟が落としてた。
多分、持ち回りで貸与って感じになるんじゃない？

124：こまんダー
簡易セーフティーゾーンは便利だもんな～。

125：キノクニヤ
じゃあ！　水精ちゃんの蕎麦はどこが落としたんだ！
ずるいぞ！　俺にも食べさせろ！

126：神谷日月
それは俺知ってる。
水精ちゃん手に入れ隊の奴らが落としたはず。

127：グリングリン
そ、それはまた何とも言えない名前だ……。

128：神谷日月
白銀さんの水精ちゃんを見てユニークウンディーネをゲットしようとした

が、水霊の試練をどれだけ周回してもゲットできず、涙をのんだ悲しき男たちの集まりだ。

129：キノクニヤ
そういう話、結構聞くよね。
わざわざテイムと使役スキルをゲットしたのに、ユニークに遭遇できなかったって……。
クラン作っちゃうレベルなのにゲットできないのは稀な気がするけど。
運悪すぎ！

130：グリングリン
白銀さんとは真逆。ギャクガネさんだな。

131：こまんダー
やめてやれ！
可哀そうすぎて俺が泣くから！

132：神谷日月
全員が廃人で、普段は最前線に張り付いている。
運は悪いが、実力は確か。
今回はトッププレイヤーの財力を見せつけたな。

133：グリングリン
最前線攻略組なのに、始まりの町に毎日戻ってきてるの？

134：神谷日月
その通り。
往復だけでも転移代が凄まじいが、それを稼ぐために効率重視。
その結果、金をかなり貯め込んでいた。

135：グリングリン
それが、蕎麦の落札に充てられたってわけか！
ヤバイ、マジで涙が出てきた……。

136：K2
漢たちに敬礼！

137：キノクニヤ
ずるいとか言ってすいません！
むしろ、お前らにこそルフレたんの蕎麦は相応しい！

138：こまんダー
そ、そいつら、よくそこまでできるな……。
原動力は何なんだ？

139：K2
ファンだもの！

140：キノクニヤ
うむ。ファンだからな！

141：こまんダー
謎の説得力が……！

142：神谷日月
ゲームの楽しみ方は人それぞれだから。

143：K2
風精ちゃんのウサギさんはどうなった？

144：グリングリン
ぬい狂い、ぬいぐるみ屋さん、着ぐるみ愛好会に、ファンクランの大型連合がゲットした。
持ち回りで使いつつ、普段は飾って崇めるとかなんとか。

145：こまんダー
ご、ご神体的な？
オークション前にふざけてそんなこと言ってたけど、マジでやるやつらが出るとは……。

146：神谷日月
というか、客寄せじゃないか？
あのヌイグルミが展示してあるってなれば、人が押し寄せるだろうし。

147：K2
あー、趣味と実益を兼ねているわけか。
前の３つは店舗持ちだったしな。

148：キノクニヤ
なんか、LJOのクランって個性的な名前が多いよな。
特に最初のやつとか……。

149：K2
名前は個性的だが、商売はそこそこ普通かな？
ぬい狂いは、人形遣い系のプレイヤーが集まったクラン。
売っているのも、パペットやマリオネットみたいな、動かすことが可能なぬいぐるみが多い。

150：グリングリン
ぬいぐるみ屋さんは、名前の通り。

自作のヌイグルミを売っている。ホームオブジェクト扱いらしいぞ。

着ぐるみ愛好会は、防具としての着ぐるみを取り扱っている。
性能がピーキーなうえに他の防具が装備できないからな。人気は低いそうだ。

151：神谷日月
風精ちゃんの巨大ヌイグルミは、注目度の低いぬいぐるみ業界に差し込んだ、一筋の希望なわけだ。
そりゃあ、何が何でも落札したかっただろうな。

152：こまんダー
食器、蕎麦、炬燵、ぬいぐるみの行き先は分かった。
あとは精霊の実か？

153：グリングリン
知らん。
そういえば情報ないな。

154：K2
他の落札者は掲示板とか動画で自慢してるけど、精霊の実だけはどこにも出てない。

155：キノクニヤ
もしや、どこかの裏組織が……？

156：こまんダー
いや、こういうのはカルトな宗教組織と相場が決まってる。

157：神谷日月
樹精ちゃん崇め奉り隊的な？

158：グリングリン
カルト！　すげーカルト！

159：K2
まあ、誰も行き先を知らないというのは分かった。

160：こまんダー
妬み嫉みを回避するために、隠すっていうのは普通だろう？
他の奴らが派手に喧伝し過ぎなだけだ。

161：キノクニヤ
そりゃ確かに。
大人数のクランでもなけりゃ、ばらすのはリスクあるもんな。

162：神谷日月
となると、個人か少人数のパーティー？

163：グリングリン
個人はないだろ？
2000万超えだぞ？

164：K2
個人だとしたら、確実にトップ層だろうな。

165：神谷日月
顔出しはしてなかったから、本人が隠せば追うのは難しいだろう。

166：こまんダー
誰もが白銀さんの様に顔出しストロングスタイルなわけじゃないってことか。

167：K2
今回は白銀さんの影響か、顔出しが結構多かったけどな。

168：グリングリン
ヒューイとか、コクテンさんな。
他にも特別オークションは顔出し多かったぞ。
クランの宣伝も兼ねてるんだろう。

169：神谷日月
自身が広告塔なわけか。
まあ、誰が何を買ったか分かっている場合、それの使用感や情報がどこかで出てくるだろう。
秘匿しても、所持していることがバレてるからな。

170：こまんダー
それはありがてー。
白銀さんみたいに、情報を確実に出してくれる人ばかりじゃないし。

171：グリングリン
ただ、白銀さんが落としたのって孵卵器だろ？
使用感とか性能が確実に判明するまでには、結構時間がかかるだろうな。
それでも、いつかは早耳猫に情報を出してくれるだろうが。

172：キノクニヤ
白銀さんへの安定の信頼感よ。

173：K2
白銀さんだから。
孵卵器でやらかしてくるところまでセットで。

174：こまんダー
サスシロサスシロ。

175：神谷日月
白銀さんの話題になると、必ずこの流れになる気がする www

176：グリングリン
なんか今、運営からのお知らせと一緒に、オークションのデータ発表されたんだけどさ。

177：キノクニヤ
最高落札額とか載ってるな。

178：こまんダー
個人名はさすがに載ってないか。

179：神谷日月
この、最多目玉商品出品数って、名前伏せる意味ある？
全プレイヤーが白銀さんって分かってるじゃん。

180：K2
へー、この後にイベントムービー公開だってさ。
次回イベント用の、予告って感じか？

181：キノクニヤ
このゲームで予告ムービーは珍しいな！
というか、初か？

182：こまんダー
何度かあっただろ？

でも、珍しいことに変わりはない。

183：神谷日月
LJO はサービス開始したばかりなんだし、色々試してるんだろ？

184：K2
どんなムービーか気になるな！

185：グリングリン
いや、それも気になるけど、今はデータの方だよ。
NPC 落札数ってやつ見てくれよ。

186：神谷日月
NPC 落札数、3 ってなってるな。

187：K2
本当だ。
特別オークションの、剣とタバコと……。
あとなんだ？

188：こまんダー
知らないな。

189：グリングリン
俺も知らない。
貴族、他になんか落としてたっけ？

190：キノクニヤ
貴族とは限らないだろ？
出品者には NPC がたくさんいるんだし。

落札に参加してるNPCがいてもおかしくはない。

191：神谷日月
もしかして、精霊の実は……？

192：K2
それはないんじゃないか？
貴族がいて、それ以外に他のNPCが参加する意味が分からんし。

193：グリングリン
でも、普通のオークションに参加して、1つだけ落としたってのも変じゃないか？

194：こまんダー
確かに。
NPCが普通のオークションにも参加してるんなら、何百って数が落札されててもおかしくはない。

195：キノクニヤ
だとすると、やっぱり特別オークション？
貴族以外にNPCが顔隠して紛れてたんだよ！

196：K2
そして、何かを落としたと？

197：神谷日月
やっぱり精霊の実だよ。
白銀さんの出品物なら、NPCが欲しがってもおかしくはない。
これぞ白銀パゥワァー！

198：こまんダー
なんだろう。
ちょっとあり得るって思ってしまったwww

199：グリングリン
しょうがないじゃない。白銀さんだもの。

200：K2
白銀現象が起きた可能性……。
あると思います。

201：キノクニヤ
安定の信頼！
でも、何が起きてもおかしくはない。だって白銀さんだから。

202：神谷日月
結局みながその結論www

：：：：：：：：：：：：：：：

【有名人】白銀さん、さすがです Part32【専門】

・ここは有名人の中でもとくに有名なあの方について語るスレ
・板ごと削除が怖いので、ディスはNG
・未許可スクショもNG
・削除依頼が出たら大人しく消えましょう

：：：：：：：：：：：：：：：

766：タカシマ
白銀さん、どう考えても億超えな件。

767：チョー
9300万＋ライセンス契約料な。

768：苫戸真斗
ライセンス契約？

769：チョー
特別オークションに出品されたアイテムは、その廉価版がコレクターショップに並ぶらしい。
マッツンさんが動画にあげてたぞ。

770：苫戸真斗
あ！　あのタバコですか？
確かにすごくいい能力なんですけど、タバコなんですよね……。

771：タカシマ
どうもタバコだけじゃなくて、棒付きキャンディ版も用意されるらしい。
未成年のことも考慮したんだろう。

772：苫戸真斗
それはいいですね！

773：てつ
それで、コレクターズショップへの廉価版の導入を承諾すると、ライセンス契約料が支払われるらしい。

774：チョー
白銀さんのアイテムにも確実にその話が行っているはずだから、ライセンス契約料が入っているはず。

775：苫戸真斗
白銀さんが断る――わけないですね。はい。

776：タカシマ
そういうことだ。
白銀さん、個人で億超えだよ……。

777：ツンドラ
ラッキーセブンゲット！

778：てつ
億超えで称号ありだっけか？

779：ツンドラ
それ知ってる！
億超え所持で『ミリオンダラー』。
あと、今回はオークションで 1000 万使用で『宵越しの金は投げ捨てる』っていう称号もらえるらしいね。

780：苫戸真斗
億超えって……。
その称号取れる人、白銀さん以外にいます？

781：チョー
発見者は早耳猫のサブマスだぞ？
オークションに挑むために、クラン資金を 1 人に集中させた結果だろう。

まあ、個人でゲットしたのは白銀さんだけだろうが。

782：てつ
早耳猫の資金源は白銀さんがもたらした情報だから、ある意味白銀さんの手柄だ。

783：タカシマ
あのクランは白銀さんの影響を一番受けているからなぁ。

784：苦戸真斗
結局白銀さんでした！

：：：：：：：：：：：：：：：

【新要素について語る】正式サービスから追加された新要素について語るスレ part19

・未確認情報を本当であるかのように語らない
・情報の出どころを出来るだけ明確に
・マナーを守って語り合いましょう

：：：：：：：：：：：：：：：

244：サッキュン
チェーンクエストの発見報告も増えてきたね。

245：シロ
そうだな。
俺たちには攻略できんものも多いが。

246：スケガワ
白銀さんの植物系チェーンクエストな！

247：セルリアン
ホランドさんとヒューイさんが発見したやつも無理ですよ？
凶悪な戦闘ばっかで……。

248：ソルダート
トップ層が何度も死に戻ってようやく進めるようなチェーンクエストだぞ？
ほとんどの奴には無理だ。

249：スケガワ
長いチェーンクエストほど、特定のスキルが必要だったりする。
その分、報酬もいいんだけどね。

250：セルリアン
始まりの町の魔術師のチェーンクエスト、まだ4段目までしか攻略されてませんもんね。
私も3段階目までしか達してません。

251：ソルダート
一応、12に関係するチェーンクエストが、一番難しいって言われているな。
どちらも始まりの町から始まる。

魔術師ヘルメスから受けるオリンポス12神クエスト。
花屋のスコップから始まる12星座クエスト。
今見つかってるのはこの2つだ。

252：サッキュン
逆に、1番短いって言われてるのが、ホランドたちが発見した習得系のチェーンクエだな。
どっちも３つ目でラストっぽい。

253：スケガワ
短いけど、全部で超強力なイベントボスに勝たんといかんぞ？

254：シロ
サッキュンさんなら何とかなるんじゃ？

255：サッキュン
俺は、秘奥術の３つ目で躓《つまづ》いている。
かなり難しいんだよなぁ。
ホランドたちも、あんな弾幕ゲーム、よくクリアしたよ。

256：ソルダート
回復アイテムガン積みで、なんとか突破したらしい。

257：サッキュン
KTK 以外で、あのボスに完勝できる奴いないと思う。

258：佐々木コージ
チェーンクエストに興味ある二陣です。
短いやつなら僕にも攻略できるかと思ったんですけど、無理そうですか？

259：スケガワ
一応説明しておこう。
ホランドが発見報告をしてたのが、必殺技習得のためのチェンクエ。
ヒューイが見つけたのが、秘奥術習得チェンクエ。
どちらも第一陣のトップ層が何とか攻略可能なレベル。

260：佐々木コージ
あ、無理です。
まだ第５エリアです。

261：ソルダート
そもそも、習得チェンクエは第10エリアで発生するから。
まずはそこにたどり着けないと話にならないぞ？

262：佐々木コージ
そうなんですか……。
序盤で受けられるチェーンクエストはないんですか？

263：シロ
ないわけじゃないよ。
受けるだけならあまり難しくはないし。
でも、クリアするとなると、簡単なクエストはないかな～。

264：サッキュン
誰でもこなせそうなのが、第５エリアのチェーンクエストかな？

265：スケガワ
冒険者ギルドのレベルが５必要だけど、内容はほぼお使いかね？
多分、チェーンクエストのチュートリアル的な存在なんだと思う。
攻略しても報酬ははした金だけっていうやつな。

266：セルリアン
普通だと、冒険者ギルドのチェンクエを最初に受けて、どんなものか理解するんでしょうね？

267：サッキュン
普通じゃない人はいきなり最難関12星座チェンクエ受けて、ドンドン攻略しちゃうけどwww
開始の花屋さんのクエストは簡単だから、受けてみる？

268：佐々木コージ
白銀さんの真似はできません。

269：スケガワ
第二陣にもそう言われてしまう白銀さんの凄さよ。

270：シロ
チェーンクエスト関連で大発見しまくりだし。
早耳猫で売ってた新樹精ちゃんの情報、チェンクエに関連してたし。

271：セルリアン
ファーマー板とかテイマー板とかカップリング板が大騒ぎですもんね。

272：ソルダート
ファーマーとテイマーが大騒ぎなのは分かる。
肥料とかトレントの樹精化とか、爆弾ばかりだったし。
でも、カップリング板？

273：セルリアン
新たな樹精ちゃんが男の子だと主張するグループと、女の子だと願うグループ。無性も悪くないグループや、可愛いからどっちでもいいグループ。お、俺はむしろ男の娘が……グループや、性別とかどうでもいい攻めでさえいてくれればグループなどが入り乱れ、大混乱なのです。

274：サッキュン
相変わらず業が深い……。

275：佐々木コージ
そんな掲示板もあるんですね。
ちょっと覗いてみようかな？

276：ソルダート
悪いことは言わねぇ。
やめておけ。

277：スケガワ
待て！
軽い気持ちで覗いたら、大やけどするぞ！
あそこは、我々とは根本的に違う存在——外なる者どもの巣窟だ！

278：シロ
SAN 値チェックは避けられぬ！
しかも、毎行読むごとにな！
つまり、いずれ SAN 値が枯渇することは明白！
正気を失いしものは、新たな掲示板住民となってしまうのだぁぁぁ！

279：佐々木コージ
あ、はい。じゃあやめときます。

280：セルリアン
え～？　楽しいのに～。

281：サッキュン
未来ある第二陣の若者を、引き込もうとしないように！

：：：：：：：：：：：：：：：：：

【色々なモンス】テイマー、サモナー以外による従魔愛好スレ part12【愛でたい】

否主流派使役系職業。または、否使役系職業だけどモンスを愛でたい。モンスハスハス。そんなプレイヤーたちによる語らい掲示板です。

・否使役系職によるテイムやサモンスキルの使い勝手情報求む
・ただ可愛いモンスの情報を語るだけでも構いません
・マスコットもいいものだ
・他のプレイヤーのモンスのスクショなどは、許可を取ってから掲載しましょう

：：：：：：：：：：：：：：：：：

701：ラスプー
オークション、色々高騰し過ぎぃ！

702：林檎様
苗木系含めたファーマー系のアイテム、やばい。
前回の倍はザラで、桁が１つ違うのも結構ある。

703：ルアッハ
呪術系のアイテムとかも、発信は白銀さんですもんね。

704：レクイエム
白銀さん関係の物だけかと思ってたら、そうじゃないな。

705：ロクロネック
みんな張り切ってお金を準備してますから。
目当ての物が買えなかった人たちが、他に流れてるんだと思います。

706：ラスプー
白銀現象でオークション参加者爆増　→　当然、気合を入れて所持金も爆増　→　競争率上がり過ぎて買えない人も爆増　→　折角参加したから何か買おうと、他に流れる　→　結果、全体的に競争率と落札金額が凄いことに

707：林檎様
まあ、全部が白銀さんのせいってわけじゃないだろうがな。
精々、1割ってところか？
参加者数万人の1割だから、それでもメッチャ凄い影響なんだけどさ。

708：ラスプー
イベントの影響もかなりデカい。
出品物も、イベント素材を使ったものがかなりあったし。恐竜系の防具、強いぞ。

709：ルアッハ
生産職が盛り上がれば、全体が盛り上がりますか。

710：林檎様
そうだ。
あとは、イベント素材で装備を更新した奴らがお古を出品したりもしてるな。

711：レクイエム
NPCの出品物も少し増えた気がする。

712：ロクロネック
でもやっぱり、白銀さんのあの動画が起爆剤になりましたよね。

713：ルアッハ
マモリたんの宣伝動画、視聴数えげつなかった。

714：林檎様
あれ見て、大量のクランが資金確保に乗り出したからな。
その熱気が、全体に伝播したのはある。

715：ラスプー
特別オークション以外でも、かなりの金が動いただろうな。
俺も狙ってたアイテム、最後の最後で落とせなかった。
多分、他のオークションで負けた人が流れてきたんだと思う。

716：レクイエム
呪術系の道具を狙ってたんだが、無理でした！
一瞬で値がつり上がって、なんじゃこりゃーって感じ。
まあ、白銀さんの悪魔ちゃんと樹精ちゃん見たら、そりゃそうかって感じだけど。

717：ロクロネック
妖怪関係もかなり厳しかったです。あと、骨董品も。
妖怪はホームにお迎えできることが広まりましたからねぇ。

718：ルアッハ
白銀さんのホームの配信見たら、欲しくなりますよね。
タヌキさん、メッチャ可愛いし。

719：林檎様
ファーマー関係は言うに及ばずだな。
苗木だけじゃなく、肥料とか農具も高騰してた。
新たな樹精の情報が広まって、色々な部分で工夫しようという動きが活発だ。

720：ルアッハ
卵とかのテイマー系のアイテムは前々から高騰してたけど……。
他の従魔系職業のアイテムにも影響があったっぽい？

721：ラスプー
テイムモンス以外でも、愛でることが可能だと皆が気づいちゃったんだよね。
サモナー系のアイテムも、かなり入札が多かった。
多分、サモンスキル持ちの他職業の人がかなりいると思う。

722：ロクロネック
あと、料理系の値段もかなり凄いことになってました。
白銀さんを真似て、「可愛い従魔と作りました」みたいなアピールも多かったですし。

723：林檎様
その手法は他の生産アイテムでも多いぞ。
木工とか、鍛冶とか。
精霊の手作りですみたいな感じでさ。

724：ラスプー
それな！
白銀さんのは無理だから、他の水精ちゃんの手作り料理で我慢！
あると思います！

725：レクイエム
こう考えると、白銀さんの影響って凄いな。

726：ルアッハ
白銀現象えげつない。

727：ロクロネック
白銀さんの影響、１割です？

728：林檎様
え～？　１割は低過ぎだった……？

729：ラスプー
白銀さんを甘く見たな！

730：ルアッハ
白銀さんに怒られますよ？

731：林檎様
白銀さんはこんな掲示板見んだろ。

732：レクイエム
まあ、確かに。
だが、見守り隊が見守りに来ることはあるかもしれない！
奴らがこの掲示板を見たらどう思うかな？

733：ルアッハ
確かに！
私たち、掲示板ごと処されてしまいますよ！

734：ロクロネック
お、恐ろしいです。

735：林檎様
いや、そこまで？

736：ラスプー
見守り隊の恐ろしさが解ってないよ！
奴らはどこでも見守ってるんだよ！

737：ルアッハ
そうですよ！
見守り隊はどこにでもいますからね！

738：ロクロネック
やっぱり処されるっ！

739：林檎様
なんか見守り隊がヤバい組織みたいになってるっ！

740：ラスプー
これは、罰を受けてもらわねばなるまい。
既に罰を与えたという形で、見守り隊にお目こぼししてもらうんだ！

741：林檎様
ば、ばつ？

742：ラスプー
白銀さんのところに行って、何でもいいから情報を仕入れてくるのだ！

743：林檎様
無理！
というかそっちの方が処されるわ！

744：ラスプー
白銀さんと同じファーマーでテイマーなんだし、どうにかなんない？

745：林檎様
無理にきまっとろーが！

746：ルアッハ
むしろ、この掲示板が理由で白銀さんに迷惑かけたって知られたら……。

747：ロクロネック
本当に見守り隊がきます。

748：林檎様
これは、罰が必要だなっ！

749：レクイエム
白銀さんとこにいってこい！

750：ラスプー
返ってきたぁ！
いや、それは無理だという話になったばかりだろうが！

751：ルアッハ
実際、白銀さんに迷惑かけたら、本当に通報されるでしょうからねぇ。
見守り隊はいつでも我々を見ている……かもしれない。

752：ロクロネック
なんか、ホラー入ってきました？

753：レクイエム
うーん。
見守り隊、都市伝説だと思ってたけど、意外と身近にいるかもしれないなぁ。

754：ラスプー
なんか、ちょっと怖くなってきた。

755：林檎様
俺も。

756：ルアッハ
こ、この話はこれくらいにしておいて、新しい従魔の話でもしますか？

757：レクイエム
白銀さんちの悪魔ちゃん。可愛い。
なんとかお近づきになれないだろうか？

758：ロクロネック
ごめんなさいごめんなさい！
見守り隊の方々！　私は無関係ですから！

759：レクイエム
えー、冗談だったのに。

760：ルアッハ
笑えません。ギルティ。

761：林檎様

自爆覚悟の冗談やめろ！

762：ラスプー

一度処されればいい。

763：ロクロネック

見守り隊さん！　この人です！

764：レクイエム

やめて！　マジで謝るから！

：：：：：：：：：：：：：：：

◇◇◆◇◇

オークションが終了し、ホームに戻ってきてからは怒涛の展開だった。
落札アイテムを確認し、運営からのメールに返信し、九三〇〇万の表示にしばし見入り、称号をゲットして驚く。
僅か三〇分くらいで色々あり過ぎだ。
称号に関しては、なんと三つもゲットできてしまった。『宵越しの金は投げ捨てる』と『ミリオンダラー』、『ミリオネア』である。

称号：宵越しの金は投げ捨てる
効果：賞金一万G獲得。ボーナスポイント2点獲得。

以前獲得した、宵越しの金は持たないの上位称号であるらしい。効果も似ているし、獲得条件がオークションで一〇〇〇万以上使用という点も似ている。

称号：ミリオンダラー
効果：なし。ありとあらゆる方法を使って一億Gをかき集めた人物に贈られる称号。

どうも、一億Gを所持したということを示すだけの、名誉称号であるらしい。それにしては、次のミリオネアとの差別化がいまいち分からんのだが……。ミリオンダラーとミリオネアを分ける意味が分からない。

称号：ミリオネア
効果：ボーナスポイント2点獲得。一部のNPCからの好感度上昇。自力で一億G稼ぎ出した、真なる富豪へと贈られる称号。

これも似た称号を持っている。イベントでゲットした、夏の海の思い出に近いのだ。あっちはイベントNPCの好感度上昇だったが、こちらは対象がよく分からない。

お金持ちのNPCとか？　もしくは、泥棒系のNPC？　変なイベントとか起きないよな？

ミリオンダラーをゲットしていたら、ミリオネアも手に入るんじゃないかと思っていたら、実はそうではなかった。

ミリオネアの情報を売りに行ったら、アリッサさんが教えてくれたのだ。ミリオンダラーは、クランの中でお金の受け渡しでもゲット可能。ミリオネアは完全に個人で達成せねばならないらしい。

クランに登録しているかどうかで、色々と変わってくるのだろう。それに、クラン内でお金を受け渡すにしても譲渡制限があるので、次の人間に渡すまで何日もかかるそうだ。

そう簡単にはいかないってことなのだろう。

ああ、ミリオネアに関しては情報料を貰っていない。その代わりに、凄い情報を貰ったからね！

「まさか、すでに必殺技と秘奥術の取得条件が分かっていたとは」

それ専用のチェーンクエストを攻略すればいいそうだ。ただ、メチャクチャ難しいので、攻略方法が分かったら連絡をくれるという約束を取り付けておいた。

いずれ、ゲットするのが楽しみである。

「当面の目的は第一〇エリアだけど、その前にホームの改装をしなくちゃな！」

「ムム？」

「キュ？」

ホームの庭に降りると、早速オルトたちが近寄ってきた。完全に俺と遊ぶ気だが、今は心を鬼にして誘いを断る。

遊具を設置すれば、オルトたちのためにもなるからね。

「今から落札したばかりの遊具で、庭を大改装するからな！　お前らも手伝ってくれ」

「ムー！」

「キキュ！」

さてと、まずは何から設置しようか。

「あまり近すぎてもごちゃごちゃするし、離れすぎてても寂しいしな……」

俺はオルトたちと庭を歩き回りながら、どこに何を設置するか考える。

「ここにジャングルジムで、あそこに雲梯。でもって、あっちにすべり台かな？」

「ムム！」

「キュ！」

「そうかそうか、お前らも賛成か」

最終的に、オルトとリックのオッケーももらったので、俺は次々と遊具を取り出していった。

遊具の封印された羊皮紙を地面に置き、発動すればそこに遊具が現れる。

あっという間に、庭が公園に生まれ変わっていた。芝生が敷き詰められた、ちょっとセレブな町にありそうなオシャレ公園風である。

遊具も黄や赤、緑といった原色で塗られ、非常にモダンな外見なのだ。

俺が子供の頃に泥だらけになって遊んだ、錆び錆び遊具だけが置かれた、地面むき出しの田舎公園とは一線を画すね！

「トリー！」

「スネー！」

「あいー！」

うちの子たちも、次々と集まってきた。ただ、誰も遊具で遊ぼうとはしない。なぜか、俺の後ろに並んでいる。

「どうした？　遊んでいいんだぞ？」

「フム！」

「ヒム！」

「え？　どういうことだ？」

「ペペン！」

何故か、皆で俺のことをグイグイと押している。どうやら、一番は俺に譲ってくれるということらしい。

別に遊びたいわけではないが、うちの子たちの厚意を無下にするのも忍びない。とりあえずどれかで遊んでみるか。

「うーん、サイズ調整機能の付いてるブランコが無難か？」

ブランコに座ろうとすると、自然とそのサイズが変化し、俺にジャストなサイズになった。これは便利だ。

「おお、しっかりしてるな」

俺が座ってもびくともしない。これなら、モンスたちがヤンチャに遊んでも、壊れたりはしないだろう。まあ、ゲームの中の遊具が、壊れるのかどうかは知らんけど。

「モグ」

「クマ」

「お？　押してくれんのか？」

ドリモとクママの力自慢コンビが、俺のブランコを後ろから押してくれる。最初はよかったんだけど、段々と笑っていられなくなってきた。

「おいおい！　ちょ、はや！　速いし！　凄いスイングしてるんだけどぉ！　押し過ぎだって！」

「モーグ！」

「クーマ！」

「うおおぉぉぉぉぉ？！」

ど、どこまで押す気だ？　もう俺、水平に一八〇度振られてるけど！

空が見えたかと思うと、今度は後ろに引っ張られて、地面が見えるような状況だ。

なのに、ドリモたちは止まらない。

「ヤヤー！」

「デビビ！」

「フーマー！」

ブランコの周りで歓声を上げている従魔たちのテンションにつられて、ドリモとクママも楽しくなってきたのだろう。

メッチャ楽しそうに、俺のブランコを押し続けていた。戻ってくる俺をタイミングよく躱し、前に行く瞬間にササッと入って俺を押す。

やべー！　一八〇度どころか、二七〇度すら超えている。

V字だよ！

「こ、このままじゃぁぁぁあぁぁ！」

「――」

横目に、心配そうな顔をしているサクラが見えた。俺のことを気遣ってくれるのは、お前だけだよ！

そして、俺の体はブランコの上を通り越し、凄まじい速度で一回転していた。

「こーわーいー！」

しかも、ドリモたちは止めないし！

「そろそろいいんじゃないかなぁぁぁぁ！」

「モグモー！」

「クックマー！」

こりゃあ、しばらく止まりそうにないなぁ！

三分後。

「あー、酷い目にあった……」

「――？」

「大丈夫だよサクラ」

俺がブランコに乗っている時からずっと心配そうな顔をしてくれていたサクラに、大丈夫アピールをしておく。

リアルだったらしばらく休憩しなきゃいけないだろうが、ここはゲームの中。

肉体的な疲労とかはほぼないのである。

そして、俺は新たな羊皮紙を取り出した。設置物は遊具だけではないからな。

「お次は水路だ！」

「――♪」

羊皮紙を使用する。すると、遊具とは全く違う現象が起きていた。

遊具の場合は半透明の遊具が出てきて、好きな場所に動かして設置すれば終わりだった。だが、水路はメチャクチャ長いうえに、その見た目や材質も変更できるらしい。

それを、自力でというのはかなり手間である。

だからだろう。羊皮紙から出てきたのは半透明な水路ではなく、一人のＮＰＣであった。巨大なハンマーを担いだ、ドワーフである。

「今回は儂らの水路をお買い上げいただき、感謝するぞい。ぶははは！」

敬語が怪しいけど、むしろそこがドワーフっぽいな。

この人が、設置を手伝ってくれるらしい。

「儂が呼ばれたということは、水路を設置したいのじゃろ？」

「ああ。あんたが手伝ってくれるのか？」

「うむ。儂に任せておけ！　儂の名はダイグじゃ」

「俺はユートだ。頼む」

ドワーフというだけで頼もしさが違う。俺はダイグを連れて、水路の出発点である清らかなる池へと向かった。

「ここから水路を延ばして、あっちの遊具の脇を抜けて――」

「ふむふむ――」

「そこは、あっちとつなげて――」

「なるほど――」

水路を通す経路を歩きながら、ダイグに説明をしていく。

「最終的には、ホームの畑の方まで繋がる感じにしてほしいんだけど」

「なるほど」

結構簡単な説明だったんだが、ダイグはそれで理解できたらしい。

「長さは足りそうかな？」

「問題ないぞい。じゃあ、仮設置しちまうか」

「仮設置？」

「まあ、どんな風になるかのお試しってことだ。仮設置の内は何度でも好きに変更できるから、安心してくんな」

「分かった。じゃあ、やってくれ」

「おう！」

ダイグが軽くハンマーを振るだけで、一気に長い水路が出現した。生産というか、魔法だよね完全に。

それとも、いつかプレイヤーもこんなことができるようになるのだろうか？

まだ一〇メートルくらい余っているそうなので、その分少し経路を変形させたりしながら、仮設置は完了だ。

「でよ、細かい調整をしたいんだが、高さと材質はどうするよ？　あと、デザインや色も選べるぜ？」

「高さはこれでいいかな」

俺の腰くらいの高さなら、みんなが水遊びもしやすいだろう。問題は材質とデザインだ。

「今はレンガだけど、他には何があるんだ？」

「石も色々あるし、木材でも行けるぜ」

「うーん」

俺がカタログを見ながら悩んでいると、サクラが横から手を伸ばしてきた。そして、ウィンドウの一部を指さす。

「うん？　これか？」

「――♪」

サクラが指しているのは、薄緑のタイル張りの水路であった。小さいタイルを白いモルタルのような材質の上に張り巡らせた、昭和レトロ風のデザインである。

ちょっと古めの銭湯とかにいくと、こんなお風呂あるよな。

「確かに、これなら日本家屋にも合うか？」

日本家屋に合わせて木材にしようかと思ったんだが、こっちの方がオシャレかもしれない。まあ、デザインセンス皆無の俺よりも、サクラが選んだデザインの方がましだろう。

「じゃ、これで頼む」

「うむ。よかろう！」

ということで、水路の完成だ。やっぱり魔法で召喚したようにしか見えんな！

ダイグは、最後に一礼して消えていった。

想定よりも完成までが早かったな。もっと何時間もかかるもんだと思っていた。

「キュー！」

「フムー！」

こいつらが水路に気づくのも早かったな！

ラッコたちとルフレが、すぐに水路を辿って現れていた。

「ぺぺーン！」

「ペルカも――って、速過ぎじゃね？」

「ペーン！」

水しぶきを盛大に立てながら、凄まじい速度でペルカも泳いできた。いや、泳ぐっていうか、水面を腹で滑っているような感じだ。遠目からだと、小さいジェットスキーのようにも見えた。

「ペルカ！　ぶつかるぞ！」

「ぺぺぺーン！」

と、跳んだぁぁ！　ペルカはラッコさんたちの上を跳び越え、反対側に着水してそのまま水路の向こうへと消えていった。

あとで注意しておいた方がいいかもしれない。いつか事故が起きるだろう。町の中ではダメージが発生しないから、見た目ほどひどいことにはならないとは思うが……。

「ま、みんなが楽しそうでよかった」

「キュキュー」

ラッコの親子がちっちゃな手をピンと伸ばして、ピコピコと振ってくれる。楽しんでるよアピールだろう。うむ、かわゆす。

そのフカフカの腹毛の誘惑には抗えず、手を伸ばしてモフる。

交互にモフっていると、親子で微妙に触り心地が違うのが分かった。シロコの方が少し硬くて、毛が長い分深く入るのだ。

そうしてラッコの毛を愛でていると、まだ落札アイテムの設置途中だったことを思い出した。

俺はシロコとチャタのラッコさん親子に別れを告げ、ホームの茶の間へと戻った。

「よし、掛け軸を飾ろう！」

「あいー！」

「お、マモリも気になるか？」

「あい」

さすが座敷童。ホームのことは気になるようだ。俺はとりあえず、落札した書画を全て取り出して、畳の上に並べてみた。

風景画が二枚あるから、一つは寝室で、一つは納屋にでも飾ろうかな？　効果なしのアイテムなら、飾ることができたはずだ。

で、水墨画と書は、日替わりで床の間に飾ればいいか。

「なあ、今は座敷童の掛け軸だけど、日替わりで交換しても平気か？」

「あい！」

問題ないらしい。じゃあ、とりあえず交換してみるか。

「どれにしようか……」

「あい！」

「そういえば、マモリのお気に入りはこれだったたな」

マモリが欲しがっていた、死戻遊戯の掛け軸を飾ってみる。

「うむ。中々いいじゃないか」

「あいー」

俺はマモリと並んで掛け軸を眺めながら、悦に入るのであった。

EPILOGUE ｜ エピローグ

暗い暗い、とある部屋。

全てが石造りの、狭く頑丈な部屋だ。

そこにいるのは、石造りの玉座に腰かける大柄な男と、その前に膝を突いてひれ伏す小柄な男。

二人の男が、密やかに会話をしていた。

部屋の四隅には埃が溜まり、天井の隅には蜘蛛の巣が張っている。

床には赤黒い染みが散っており、何やら良くないことを想像させた。

ここに彼ら以外の人がいれば、一時たりとも我慢できぬほどの強烈な異臭が漂っているが、男たちはそれも気にならないらしい。

唯一の光源である部屋の隅に置かれた小さな蝋燭の炎が揺らぐ度、男たちの影も醜く歪み、まるで二匹の悪魔がそこにいるかのようだ。

「それで？　相応しき品は手に入ったのか？　オークションとやらに潜り込んでおったのであろう？」

「は！　異界の旅人たちが様々な文物を出品しておりました。その中から、特に素晴らしきものをお持ちしております」

「ほう？　それほどのものか？」

「は！　我が主よ。こちらをどうぞ」

小柄な男が取り出したのは、赤い果実であった。

それを見た大柄な男が、驚きと興奮を露わにする。

「おお！　中々の魔力！」

異界の旅人――プレイヤーがそれを見れば、それがなんであるのか瞬時に悟ったであろう。

精霊の実という、霊木から採取された果実でございます」

そう。オークションに出品されていた、目玉アイテムの一つである。これを、小柄な男が落札していたようだ。

「それだけではありませぬ。これには、人々の注目――言い換えれば、希望が多く向けられております。その希望ごと取り込み、核とすれば――」

「素晴らしい。我が力は、さらに増すであろう！　希望を糧とし、絶望を生み出す！　さすれば、我は封印を破るための力を得る！」

「は！　しかも、神精の力すら秘めておるようでして……」

「なるほど！　微かに精霊の力を感じるな！　矮小なりし人の身で、よくやった。我が復活し、力を取り戻した際は汝を話が眷属としてやろう」

「で、では！　私めも、主様たちと同種の存在に……？」

「うむ。働き次第では、より上の階級に引き上げてやる」

「有り難き幸せ！」

「我がために、より励め！」

「はは！」

「くくく……くははははは！　人間ども！　見ていろ！　我の復活は近い！　貴様らの平穏を、全てぶち壊してくれる！　ふははははははは！」

哄笑を上げる男の影が再び揺らぐ。

その影からは巨大な角と翼が生え、完全に人のモノではなくなっていた。

「復活の儀式を急ぐ。準備せよ」

「ははぁ！」

モンス

✷ マモリ ✷

（座敷童）

✷ ナッツ ✷

（マメ柴）

✷ ダンゴ ✷

（三毛猫）

✷ リンネ ✷

（オバケ）

ホワン（モフフ）
タロウ（コガッパ）
オチヨ（テフテフ）
シロコ（ラッコ親子）
チャタ（ラッコ親子）
etc...

マスコット

✷ チャガマ ✷

No Image

✷ スネコスリ ✷

No Image

✷ ハナミアラシ ✷

妖怪

CHARACTERS

Deokure Tamer no Sonohigurashi

AFTERWORD あとがき

出遅れテイマー最新刊をお買い上げいただき、ありがとうございます！

毎度毎度、あとがきを書くのが苦手！　書きたくないと駄々をこねる作者ですが、今回は大丈夫！

私、気づいてしまったんです！

いつもは苦労するあとがきですが、簡単に行数を稼ぐ方法があるではないですか！

なんと、今回はゲストにお越しいただいております！

「ム？」

ユートのテイムモンスの中から、ノームのオルト君です！

そう！　掟破りの、本編のキャラクターの登場ですよ！

狭くて暗くてちょっと悲しくなる、地獄のあとがき部屋へとようこそ！

「ムムー？」

ふははははは！　ここは、あとがきを書き終わるまでは出ることができない、タコ部屋のような場所！

私と一緒にあとがきを埋めるまでは、ここから出ることは――。

「ムム！」

あ、ちょ、暴れないで！　ポカポカされても痛くないけど！

「ムムムー！」

クワはまずい！　クワはまずいよ！　そんなぶん回したら、壁が！

えええええ？　でっかい穴開いたー！

「ムッムー！」

オルト君！　待って！　置いてかないで！

というか、こっから脱出できるぞ！　うおおおぉぉ！　俺は自由だぁぁぁ！


はい、ということで、茶番でしたー。

私はこういう茶番系あとがきが好きなので、満足ですよ？

文句は——できれば見逃してください。


ここからはお礼の言葉を。


編集者のWさん、Iさん。色々と細かい私に根気よくお付き合いいただき、ありがとうございます。

Ｎａｒｄａｃｋ様。リリスが想像以上に可愛いです！　今回も素晴らしいんです！

友人知人家族たち。そして、この作品の出版に関わってくださった全ての方々と、応援してくださっている読者の皆様方。執筆を続けられているのは、皆様の応援のお陰です。本当にありがとうございます。

GC NOVELS

出遅れテイマーのその日暮らし⑪

2023年12月8日　初版発行

著者　棚架ユウ
イラスト　Nardack

発行人　子安喜美子
編集　伊藤正和、和田悠利
装丁　AFTERGLOW
印刷所　株式会社平河工業社
発行　株式会社マイクロマガジン社
URL:https://micromagazine.co.jp/

〒104-0041
東京都中央区新富1-3-7　ヨドコウビル
TEL 03-3206-1641 FAX 03-3551-1208(販売部)
TEL 03-3551-9563 FAX 03-3551-9565(編集部)

ISBN978-4-86716-499-0 C0093 ©2023 Tanaka Yuu ©MICRO MAGAZINE 2023 Printed in Japan

本書は小説投稿サイト「小説家になろう」(https://syosetu.com/)に掲載されていたものを、加筆の上書籍化したものです。